Let's TOEIC

5

NEW TOEIC

新制多益
核心單字

Vocabulary

隨身讀 二版

—— 三民英語編輯小組 彙整 ——

U0022204

單字依多益情境分類，快速掌握核心單字！

獨家贈送 「英文三民誌2.0」APP，隨手就能背單字！

三民書局

國家圖書館出版品預行編目資料

50天搞定新制多益核心單字隨身讀／三民英語編輯
小組彙整.－－二版一刷.－－臺北市：三民，2022
　　面；　公分.－－(Let's TOEIC)

　　ISBN 978-957-14-7489-2 （平裝）

1. 多益測驗 2. 詞彙

805.1895   111011029

Let's TOEIC

50 天搞定新制多益核心單字隨身讀

| 彙　　　整 | 三民英語編輯小組 |
| 責任編輯 | 楊雅雯 |

發 行 人	劉振強
出 版 者	三民書局股份有限公司
地　　　址	臺北市復興北路 386 號 (復北門市)
	臺北市重慶南路一段 61 號 (重南門市)
電　　　話	(02)25006600
網　　　址	三民網路書店 https://www.sanmin.com.tw

出版日期	初版一刷 2019 年 8 月
	二版一刷 2022 年 8 月
書籍編號	S870350
I S B N	978-957-14-7489-2

本書特色

☑ 一手掌握，隨時隨地隨身讀。

☑ 一次搞定，衍生用法隨字背。

☑ 主題分類，搭配例句隨即用。

☑ 免費 APP，四國口音隨時點。

☑ 子彈筆記，學習進度隨手排。

Contents

Adjective

Photo credits: Shutterstock

本書使用說明 📘

Study Tracker

✍ 在背完的單元旗子上著色，學習進度好管理。

口音標示好清晰

Unit 1 💼

一般商務 (1)

⏱ 分鐘快速掃過核心單字，你認識幾個？

- accept
- aim
- associate
- boost
- campaign
- collaborate
- compete
- consent
- convention
- deal
- display
- expiration
- flyer
- icebreaker
- logo
- participant
- postpone
- project
- questionnaire
- sales
- schedule
- spokesperson
- strategy
- survey
- trade

✍ 空心圓標號背完好劃記，背誦前、後自我檢測。

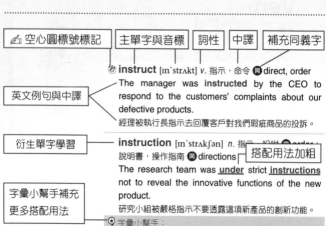

✍ 空心圓標號標記 ／ 主單字與音標 ／ 詞性 ／ 中譯 ／ 補充同義字

英文例句與中譯

instruct [ɪnˈstrʌkt] *v.* 指示，命令 📕 direct, order
The manager was **instructed** by the CEO to respond to the customers' complaints about our defective products.
經理被執行長指示去回覆客戶對我們瑕疵商品的投訴。

衍生單字學習

instruction [ɪnˈstrʌkʃən] *n.* 指示，一般附 📕 order，説明書，操作指南 📕 directions

搭配用法加粗

The research team was **under** strict **instructions** not to reveal the innovative functions of the new product.
研究小組被嚴格指示不要透露這項新產品的創新功能。

字彙小幫手補充更多搭配用法

🔹 字彙小幫手：
on sb's instructions 奉…的命令
read/follow the instructions 閱讀／遵照説明書

英文三民誌 2.0 APP 使用說明 📱

步驟一
點選「英文學習叢書」

步驟二
滑動至「50 天搞定新制多益核心單字」區域。點選所要下載的範圍。

步驟三　依提示輸入下載序號。

步驟四　點選下載完成內容，即可進入該課單字書點選單字學習。

下載請掃描：

Android

iOS

Study Tracker

Unit 1

一般商務 (1)

 5 分鐘快速掃過核心單字,你認識幾個?

① accept
② aim
③ associate
④ boost
⑤ campaign
⑥ collaborate
⑦ compete
⑧ consent
⑨ convention
⑩ deal

⑪ display
⑫ expiration
⑬ flyer
⑭ icebreaker
⑮ logo
⑯ participant
⑰ postpone
⑱ project
⑲ questionnaire
⑳ sales

㉑ schedule
㉒ spokesperson
㉓ strategy
㉔ survey
㉕ trade

① **accept** [ək`sɛpt] *v.* 接受；認可

To everyone's surprise, Mr. Fujita **accepted** the invitation to the opening party of a new branch, which belonged to his competitor.

令大家驚訝的是，藤田先生接受了競爭對手的邀請，出席新分店的開幕典禮。

acceptable [ək`sɛptəbl] *adj.* 可接受的

We need to come up with an **acceptable** compromise for both parties.

我們需要為兩方想出一個可接受的折衷方案。

② **aim** [em] *v.* 計劃，打算；*n.* 目標，意圖

Our team is **aiming to** complete the design and proposal writing by the end of this year.

我們的團隊計劃在年底前完成設計及企畫書撰寫。

The company's long-term **aim** is to expand the customer base to the neighboring countries, such as China, Japan, and Korea. 公司的長程目標是拓展客戶群至鄰國，如中國、日本及韓國。

③ **associate** [ə`soʃɪ,et] *v.* 把…聯繫在一起

Thanks to the efforts that all employees have done for the company, people now **associate** our brand **with** good service and quality.

多虧全體員工為公司所做的努力，人們現在將我們公司品牌與優良服務及品質聯繫在一起。

associated [ə`soʃɪ,etɪd] *adj.* 相關的 🔁 connected

1

Brian was informed about the danger and other **associated** risks of working in that poor country, but he accepted the job offer anyway.

布萊恩已被告知在那個貧困國家工作的危險及其他相關的風險，但他仍接受了那個工作機會。

association [ə͵sosɪˋeʃən] *n.* 聯繫，關係；協會，聯盟
⑥ organization

This product is created, designed, and produced **in association with** an international company.

這項產品是由一間國際公司協同創造、設計及生產。

⊙ 字彙小幫手：the Football Association 足球協會

④ **boost** [bust] *v.* 提高，增強

In the regular morning meeting, the manager announced that the aim of the next coming season is to **boost** sales and increase profits by at least 10%. 在例行的早會中，經理宣布在接下來這一季的目標是要提高銷售量及增加收益至少十個百分點。

⑤ **campaign** [kæmˋpen] *n.* (商業、政治或軍事的) 活動或運動

The beer company courted its popularity with a series of creative yet controversial advertising **campaigns**. 這間啤酒公司用了一系列有創意但具爭議性的廣告活動來博得人氣。

⑥ **collaborate** [kəˋlæbə͵ret] *v.* 合作

The sportswear company **collaborated with** the

kitchenware company **in** developing a new line of camping equipment.

運動服裝公司和廚具公司合作開發新系列的露營用具。

⑦ **compete** [kəm`pit] *v.* 競爭
It's very difficult for our little shop to **compete with** the national chain stores.

對我們這間小店鋪來說，很難跟全國連鎖的商店競爭。

competitive [kəm`pɛtətɪv] *adj.* 競爭的，競賽的
Constantly achieving self-improvement helps Sally stay **competitive** in her company.

持續地達到自我提升讓莎莉在公司維持競爭力。

competitor [kəm`pɛtətɚ] *n.* 競爭者
Mr. Chris Oliver outshone the other five **competitors** and got accepted into the firm.

克里斯・奧利佛先生勝過其他五位競爭者被公司錄取了。

⑧ **consent** [kən`sɛnt] *n.* 同意
You can only attend that seminar if your supervisor **gives** her **consent**.

只有你的主管同意，你才能去參加那場研習會。

⑨ **convention** [kən`vɛnʃən] *n.* 大會，會議
同 conference；習俗，慣例
As usual, the annual **convention** will be held at the headquarters in Chicago this year.

一如往常，今年的年度大會將於芝加哥總部舉行。

字彙小幫手：social conventions 社會習俗

4

⑩ **deal** [dil] *n.* 協議，交易；待遇；*v.* 做生意，買賣 (deal, dealt, dealt)

Right before the due date for signing the contract, Ms. Robertson suddenly **backed out of the deal** with the Piza Company.

就在簽約期限最後一天，羅伯森小姐突然撤回與皮賽公司的協議。

They only **deal with** local companies that develop eco-friendly products.

他們只與發展環保產品的當地公司做生意。

💡字彙小幫手：

get a raw/rough deal 受到不公平的 / 惡劣的待遇

⑪ **display** [dɪ`sple] *v.* 展示，陳列 圓 exhibit；*n.* 陳列；表演 圓 exhibition

Photographs of the former CEOs are **displayed** on the walls in the hall.

歷任執行長的照片被展示在大廳的牆上。

The manager told us to have a dazzling **display** of the products in the showroom.

經理要我們讓展示室裡的產品完美陳列。

💡字彙小幫手：a firework display 煙火表演

⑫ **expiration** [ˌɛkspə`reʃən] *n.* 到期，期滿 圓 expiry

At the **expiration** of her term, Ms. Woods moved back to her hometown but continued to serve as a consultant to the company. 在她任期屆滿時，伍茲小姐搬回家鄉，但仍繼續為公司擔任顧問。

expire [ɪk`spaɪr] v. 到期，失效 **同** run out
The contract between the CoolHoney Company and us will **expire** in August.
我們和酷蜂蜜公司的合約將於八月到期。

♀ 字彙小幫手：expiration date 有效期限

⑬ **flyer** [`flaɪɚ] n. 傳單
All the employees in that department were asked to distribute the **flyers** within a day.
那個部門的全部員工都被要求要在一天之內將傳單發完。

⑭ **icebreaker** [`aɪs,brekɚ] n. 打破僵局、活躍氣氛的東西
To lighten the atmosphere, the manager told a joke as an **icebreaker** in the meeting.
為了活絡氣氛，經理在會議中說了一個笑話來打破僵局。

⑮ **logo** [`logo] n. (公司、機構的) 標誌
They have been in that meeting room for the whole morning designing a new corporate **logo**.
他們已待在會議室裡一整個早上設計新的公司標誌。

⑯ **participant** [pɑr`tɪsəpənt] n. 參與者，參加者
There will be around one thousand **participants** attending the grand annual conference this year.
會有約一千名參與者出席今年盛大的年度會議。

participate [pɑr`tɪsə,pet] v. 參與，參加
Employees are highly encouraged to **participate in** seminars, workshops, or training courses.

員工被高度鼓勵參與研討會、工作坊或訓練課程。

⑰ **postpone** [post`pon] v. 延期，延遲 同 put off, put back
The reason why the CEO **postponed** the regular morning meeting remained unknown.
執行長將晨間例會延期的原因仍舊不明。

⑱ **project** [`pradʒɛkt] n. 企畫案，計畫
The budget for David's **project** was slightly cut down to one million US dollars.
大衛企畫案的預算被小幅砍到一百萬美元。

◉ 字彙小幫手：project manager 專案經理
sponsor a project 贊助一份企畫案

⑲ **questionnaire** [ˌkwɛstʃən`ɛr] n. 問卷 (調查)
Please **fill in** this **questionnaire** and hand it back to the finance department before noon.
請填妥這份問卷並於中午前交回財務部門。

⑳ **sales** [selz] n. 銷售部門；銷售量
Ms. Shimizu got promoted to **sales manager** last year. 清水小姐去年晉升為銷售部門經理。

◉ 字彙小幫手：sales figures 銷售數字
sales drive/campaign 促銷活動

㉑ **schedule** [`skɛdʒul] n. 行程表，時程表
It's very difficult to arrange another meeting into Mr. Taylor's tight **schedule**.

要將另一個會議排進泰勒先生緊湊的行程表實在是相當困難。

㉒ **spokesperson** [`spoks`pɝ·sn̩] *n.* 發言人
(pl. spokespersons, spokespeople)
The **spokesperson** for the electronics firm confirmed they have gone bankrupt in the press conference. 電子公司發言人在記者會證實他們已破產。

㉓ **strategy** [`strætədʒɪ] *n.* 策略，計謀 (pl. strategies)
My colleagues and I were asked to come up with a new **strategy** to increase the sales.
我的同事和我都被要求要想出一個新策略來增加銷售量。

㉔ **survey** [`sɝ·ve] *n.* 調查
A recent **survey** revealed that low prices and fashionable designs are the keys to the high popularity of our products. 最近一份調查顯示，便宜的價格與流行的設計是我們產品受高度歡迎的主因。

💡 字彙小幫手：do/carry out/conduct a survey 進行調查

㉕ **trade** [tred] *n.* 貿易，買賣 🔵commerce；*v.* 進行交易，從事買賣
More than sixty percent of **trade** in my company is with foreign companies.
我公司超過六成的交易都是跟外商公司做的。
Most of the products in this company have been **traded** worldwide. 這間公司大部分商品已銷售全球。

Unit 2

一般商務 (2)

 5 分鐘快速掃過核心單字，你認識幾個？

① adjust
② alteration
③ attend
④ brainstorm
⑤ chairperson
⑥ commercial
⑦ conference
⑧ contact
⑨ cooperate
⑩ demonstration
⑪ draft
⑫ figure
⑬ giveaway
⑭ launch
⑮ market
⑯ partner
⑰ presence
⑱ promote
⑲ representative
⑳ salesperson
㉑ seal
㉒ sponsor
㉓ suggestion
㉔ target
㉕ trend

① **adjust** [ə`dʒʌst] *v.* 調整；適應 圓 adapt

As the head of department, Ms. Paterson **adjusts** her leadership style **to** different employees.

身為部門主管，派特森小姐在面對不同員工時會調整自己的領導風格。

adjustment [ə`dʒʌstmənt] *n.* 調整，調節

I still need to **make** some minor **adjustments to** my proposal before submitting it to the manager.

在呈遞我的提案給經理之前，我仍須做一些小調整。

② **alteration** [ˌɔltə`reʃən] *n.* 改動，修改

The cost of **alterations** and repairs **to** the office has been under discussion for three months.

辦公室改動及維修的費用已經討論了三個月了。

◉ 字彙小幫手：make an alteration to sth 對…做出改動

③ **attend** [ə`tɛnd] *v.* 出席，參加

All employees are expected to **attend** the annual conference held at the headquarters.

所有員工都應出席在總部舉辦的年度會議。

attendee [ə`tɛndi] *n.* 參加者，出席者

The conference was definitely the grandest ever— there were over 25,000 **attendees**.

這次會議是史上最盛大的——有超過兩萬五千名參加者。

④ **brainstorm** [`bren,stɔrm] *v.* 集思廣益

The group members are now in the conference

room **brainstorming** a new marketing strategy.
全部的工作人員正在會議室裡集思廣益想出新的行銷策略。

⑤ **chairperson** [`tʃɛrpɚsn̩] *n.* 主席 同 chairman, chairwoman
Under the new regulations, the **chairperson** is now elected, not appointed.
根據新規定，主席一職應由選舉產生，而非指派。

⑥ **commercial** [kə`mɚʃəl] *adj.* 貿易的，商業的
The CEO and the top executives are considering a **commercial** expansion in Europe.
執行長和高層主管正在考慮到歐洲的貿易擴展。

⑦ **conference** [`kɑnfərəns] *n.* 會議，大會
The secretary checked twice if she had booked the **conference room** E109 for the meeting next Tuesday. 祕書再次確認她是否已經為下週二的會議預訂 E109 會議室。

⑧ **contact** [`kɑntækt] *v.* 聯絡；接觸；*n.* 人脈；聯繫
Please tell Mr. Tanaka to **contact** Mrs. Parker by phone before noon.
請告訴田中先生在中午前以電話聯絡帕克女士。
Mark's **contacts** in that company may be a great help to us to close the deal.
馬克在那間公司裡的人脈可能是我們完成交易的一大助力。

⑨ **cooperate** [ko`ɑpə,ret] v. 合作，協作

The ten small companies **cooperated in** holding a trade fair in the grand exhibition hall.

十間小公司聯手合作在大展覽館舉辦了一場貿易展。

cooperation [ko,ɑpə`reʃən] n. 合作，協作

There's almost no **cooperation between** the two major carriers.

這兩家主要的電信業者間幾乎沒有任何合作。

💡字彙小幫手：cooperate with sb in/on ... 和…合作…

⑩ **demonstration** [,dɛmən`streʃən] n. 展現，示範；示威，遊行

The rise in employees' complaints is just a **demonstration of** the CEO's incompetence.

員工們的抱怨四起就是一個執行長不稱職的展現。

💡字彙小幫手：

hold/stage a (peaceful/violent) demonstration (against sth) 舉行 (反對…) 的 (和平 / 暴力) 示威活動

⑪ **draft** [dræft] n. 匯票；草稿，草圖

That construction company asked us to make the monthly mortgage payments by banker's **draft**.

那間建設公司要求我們用銀行匯票來支付每月的貸款。

⑫ **figure** [`fɪgjɚ] n. 圖 (表)；數字；v. 計算 (數量、成本)

Figures 4 to 7 can help you understand the budget allocation of our proposal.

圖四到圖七可以協助你了解我們提案的預算分配。

We **figured** that the attendance of 50 at the party.
我們計算有五十位出席派對。

⑬ **giveaway** [`gɪvə,we] *n.* 贈品
The shopping bag is a **giveaway** for consumers buying this series of products.
這個購物袋是送給購買這系列商品消費者的贈品。

⑭ **launch** [lɔntʃ] *v.* 推出，啟動；發行；*n.* 發表會
The D&N Company is going to **launch** a new project next season aiming to increase its market share. D&N 公司將在下一季推出一項新企畫，目標在提高市場占有率。
The manager reminded us to order five more boxes of champagne for the **launch** this Friday night.
經理提醒我們多訂五箱香檳給這週五晚間的發表會。

⑮ **market** [`markɪt] *n.* 市場
One of our quarterly sales targets is to increase sales in foreign **markets**.
我們季銷售目標的其中一是增加國外市場的銷售量。

♀字彙小幫手：the economic/commodities/stock/job/housing market 經濟 / 商品 / 股票 / 就業 / 房地產市場

⑯ **partner** [`partnə] *n.* 夥伴；(公司) 合夥人
The boss **made** Hank and Raymond **become partners in** a project to redesign the popular product. 老闆讓漢克和雷蒙成為一項企畫案的夥伴，一起重新設計這個熱門產品。

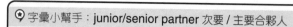

2

⊙字彙小幫手：junior/senior partner 次要 / 主要合夥人

⑰ **presence** [`prɛzn̩s] *n.* 出席，出現
The contract was signed **in the presence of** the representatives of both companies.
這份合約是在兩間公司的代表出席時簽署的。

present [prɪ`zɛnt] *v.* 授予；提交 圓 give, provide
Best employee of the year will be **presented with** medals and awards.
年度最佳員工將被授予獎牌及獎金。

⊙字彙小幫手：in sb's presence 在…在場時，在…面前
make sb's presence felt …引人注目
present sth to sb 把…授予 / 提交給…

⑱ **promote** [prə`mot] *v.* 推銷，推廣；晉升
Since the sales volume fell sharply last season, it's urgent for us to think of new and effective strategies to **promote** our products.
因為上一季銷售量劇烈下降，我們要趕緊想出嶄新且有效的策略來推銷我們的產品。

promotion [prə`moʃən] *n.* 晉升；促銷，宣傳
Lauren is looking for a job **with** great **promotion prospects**. 蘿倫正在尋找有良好晉升機會的工作。

⊙字彙小幫手：
promote sb (from sth) (to sth) …（從…）晉升（至…）
a sales promotion 促銷活動

14

⑲ **representative** [ˌrɛprɪˈzɛntətɪv] *n.* 代表;代理人
Only the **representatives from** each company were qualified to attend the convention.
唯有各公司的代表才有資格參加這個大會。

⑳ **salesperson** [ˈselzˌpɝsn̩] *n.* 銷售員 🔄 salesman, saleswoman (pl. salespersons, salespeople)
Ms. Paire has won the award for the top **salesperson** for the fourth year in succession.
帕爾雷小姐已經連續四年獲得最佳銷售員的獎項。

㉑ **seal** [sil] *v.* 密封,封;確認,批准
Mr. Miller was asked to sign and **seal** the confidential document after reading it.
米勒先生被要求在看完機密文件後,簽名並密封它。

💡 字彙小幫手:
seal a(n) agreement/contract 達成協定 / 訂定合約

㉒ **sponsor** [ˈspɑnsɚ] *v.* 贊助,資助;*n.* 贊助商,資助者
This television show is **sponsored** by EatWell Inc., so you can see the hosts and guests have its food product on the show.
這個電視節目由好好吃股份有限公司贊助,所以你會看到主持人和來賓們在節目中食用該公司的食品。
Due to the shortage of funds, the start-up needs to find more **sponsors** by the end of the year.
因為資金短缺,這間新創公司需要在年底前找到更多贊助商。

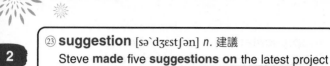

㉓ **suggestion** [sə`dʒɛstʃən] *n.* 建議

Steve **made** five **suggestions on** the latest project in his report, but his boss rejected three of them.

史蒂夫在他的報告中對最新計畫提出五點建議，但他老闆否決了其中三個。

🎯 字彙小幫手：be open to/have/reject a suggestion

願意考慮／有／否決一項建議

㉔ **target** [`tɑrgɪt] *n.* 目標 🔁 goal

Five percent growth for the coming season is not an easy **target**.

下一季要成長百分之五不是個容易的目標。

㉕ **trend** [trɛnd] *n.* 趨勢，潮流

As shown in Table 2, there was an **upward trend** in sales of this series of products in the last two seasons.

如表二顯示，前兩季此系列商品的銷售量有上升的趨勢。

🎯 字彙小幫手：

set/buck/follow a trend 開創潮流／逆勢成長／順應趨勢

trend to/toward ... 趨勢轉向…

trend away from ... 趨勢轉離…

Unit 3

一般商務 (3)

5 分鐘快速掃過核心單字，你認識幾個？

1. agenda
2. alternative
3. boardroom
4. brochure
5. client
6. commission
7. consensus
8. contract
9. corporate
10. discuss
11. exhibit
12. finalize
13. handout
14. leaflet
15. minutes
16. pitch
17. presentation
18. proposal
19. reschedule
20. sample
21. seminar
22. stall
23. summarize
24. terminate
25. workshop

3

① **agenda** [əˋdʒɛndə] *n.* 議程，議事日程

The manager requested that we make safety at work **be high on the agenda** for tomorrow morning's meeting.

經理要求我們把工作安全列為明早會議議程的首要議題。

⊛ 字彙小幫手：be on the agenda 在議程上
be high on the agenda 當務之急

② **alternative** [ɔlˋtɜ˞nətɪv] *n.* 可供選擇的事物

What **alternatives** do we have other than selling the company to Leon's Electric?

除了將公司賣給里昂電器之外，我們有什麼別的選擇？

⊛ 字彙小幫手：
have no alternative but to V 別無他法，只能去…

③ **boardroom** [ˋbord͵rum] *n.* 董事會會議室

The **boardroom** is under renovation, so the monthly board meeting will be held in conference room 204 today.　董事會會議室正在裝修，所以今天將在 204 會議室舉行每月的董事會。

④ **brochure** [broˋʃjʊr] *n.* 小冊子

The CEO was quite pleased with the latest version of the **brochure** introducing our company's products.

執行長對最新版本介紹公司產品的小冊子非常滿意。

⑤ **client** [ˋklaɪənt] *n.* 客戶 圓 customer

Mr. Anderson has a business lunch with two

18

important **clients**, hoping to close the deal during the meal. 安德森先生要和兩位重要客戶共進商業午餐，希望在用餐間完成交易。

⑥ **commission** [kə`mɪʃən] *n.* 回扣，佣金；委員會
Salespeople in that big company can **get** an eight percent **commission on** every product they sell.
那間大公司業務可在每樣賣出產品中抽百分之八的回扣。

◉ 字彙小幫手：
set up/establish a commission 成立委員會
a commission on domestic violence/human rights 家暴 / 人權委員會

⑦ **consensus** [kən`sɛnsəs] *n.* 共識 圓 agreement
In the meeting, board members had difficulty in **reaching a consensus on** the best candidate for the CEO.
在會議中，董事們無法達成共識選出執行長的最佳人選。

⑧ **contract** [`kɑntrækt] *n.* 合約，契約；[kɑn`trækt] *v.* 訂合約，訂契約
The construction company has **been awarded** the **contract to** build the new national museum.
這間建築公司已經獲得興建這座新的國立博物館的合約。
After reading the terms and conditions carefully, the two companies were **contracted to** merge together.
仔細閱讀完條款後，兩間公司簽約合併。

contractor [`kɑntræktɚ] *n.* 承包商，承辦人
The **contractor** promised to control the water leaks and repair the water damage in the office building within a week. 承包商應允會在一週內控制辦公大樓的漏水及修復漏水造成的損壞。

⑨ **corporate** [`kɔrpərɪt] *adj.* 公司的
Only a few top executives have access to the **corporate** checking account.
只有一些高層主管能使用公司的活期存款帳戶。

⑩ **discuss** [dɪ`skʌs] *v.* 討論，商談
The manager reminded us to think about the team-building activities that we would **discuss** over lunch.
經理提醒我們思考一下午餐時要討論的團隊建立活動。

⑪ **exhibit** [ɪg`zɪbɪt] *v.* 展示，展覽 圓 show；表現，顯示 圓 display；*n.* 展覽品
The Y&K Company will **exhibit** all series of its products during the 100th anniversary.
Y&K 公司將會在百年週年慶展示所有系列的產品。
Fifty **exhibits** from London will be displayed in the national museum next month.
五十件從倫敦來的展覽品將在下個月於國立博物館展示。

exhibition [,ɛksə`bɪʃən] *n.* 展覽會，展示會 圓 show
The annual Sports Merchandise Show will be held in the city **exhibition** hall.

年度運動商品展覽會將會在市展覽廳舉辦。

♥ 字彙小幫手：
make an exhibition of oneself ⋯當眾出糗

⑫ **finalize** [ˋfaɪn̩͵aɪz] v. 將 (日期、細節、計畫) 最後定下，
定案

The general manager required that we **finalize** all
the details of the press conference. 總經理要求我
們要在今天的會議中定下記者會的所有細節。

⑬ **handout** [ˋhænd͵aʊt] n. 講義，傳單

Please make sure that the meeting has got all the
handouts. 請確認與會者拿到全部的講義。

⑭ **leaflet** [ˋliflɪt] n. 傳單，廣告 ⓢ booklet, pamphlet

One of our promotional strategies is to hand out
leaflets to passersby, marketing the new products
to the public. 我們其中一個宣傳策略是發傳單給路人，
向大眾宣傳新產品。

⑮ **minutes** [ˋmɪnɪts] n. 會議紀錄

Three secretaries take turns to **take the minutes**,
and it's Joanna's turn today.
三個祕書輪流做會議紀錄，今天輪到喬安娜。

⑯ **pitch** [pɪtʃ] v. 竭力勸說，遊說 ⓢ persuade；n. 爭取，
推銷

Mr. Sandberg kept **pitching** his pay rise **to** his
superior in the pay negotiation.

在這場薪資談判中，桑德伯格先生一直竭力勸說他的上級為他加薪。

Ellie **made a pitch for** the promotion but failed.

艾莉竭力爭取升職但失敗了。

⑰ **presentation** [ˌprɛznˋteʃən] *n.* 外觀，呈現方式；發布會，介紹會

The design department was informed to work harder on the **presentation of** the new product, making it more trendy and eye-catching.

設計部門被告知要多加強新產品的外觀，讓它看起來更新潮和吸睛。

◉ 字彙小幫手：

give a presentation on sth 舉行一場⋯的發布會

⑱ **proposal** [prəˋpozḷ] *n.* 提案，計畫，建議

The general manager **rejected** Bob's **proposals** for any change in the advertising strategy for the new product.

總經理否決了鮑伯對改變新產品廣告策略的提案。

propose [prəˋpoz] *v.* 提議，建議 ⓢ suggest；提名，薦舉

In the meeting, Jonathan **proposed** planning a company trip in spring.

會議中，強納森提議在春季計畫一趟員工旅遊。

◉ 字彙小幫手：put forward/consider/accept/support a proposal 提出 / 考慮 / 接受 / 支持一項提案

> propose that ... 提議…
> propose sb as/for sth 提名…為…

⑲ **reschedule** [ˌriˈskɛdʒul] *v.* 改期,重新安排時間
Ms. Edison, the secretary, informed the staff through email that the regular meeting had been **rescheduled for** next Tuesday morning.
祕書愛迪生小姐發電子郵件通知全體員工,例會改期到下週二早上。

⑳ **sample** [ˈsæmpl] *n.* 樣品; *v.* 品嚐,嘗試 ⑥ try
We hired several part-timers to give out free **samples of** the new product on busy streets.
我們僱用數名工讀生在鬧街上發送新產品的免費樣品。
In hypermarkets, customers can **sample** food and drink that are on sale.
在大賣場,顧客可以品嚐拍賣的食物和飲料。

㉑ **seminar** [ˈsɛməˌnɑr] *n.* 研討會
It is a company policy that each employee should **attend** at least five **seminars** a year.
公司政策規定每位員工一年至少要參加五場研討會。

㉒ **stall** [stɔl] *n.* 攤位,貨攤 ⑥ stand
There will be dozens of **stalls** selling food, drink, and all kinds of products at the fair held by the company.
在公司舉辦的園遊會上,將會有數十個攤位販售食物、飲料及各式商品。

3

23

㉓ **summarize** [ˋsʌmə,raɪz] v. 總結，概括 圖 sum up
The chairperson asked Mr. Pine to **summarize** the main points of his program again before the meeting voted.

在與會者投票前，主席請潘恩先生再次總結他計畫的重點。

summary [ˋsʌmərɪ] n. 摘要，總結 (pl. summaries) 圖 abstract
The CEO asked the secretary to **give** him a brief **summary of** the morning meeting before he began another meeting in the afternoon.

在下午另一個會議開始前，執行長要祕書向他報告一下晨會的簡短摘要。

㉔ **terminate** [ˋtɝmə,net] v. 終止，停止 圖 end
The company will **terminate** the contract with the CEO, Ms. Roberts, in November.

公司在十一月時就會終止與執行長羅伯絲小姐的合約。

㉕ **workshop** [ˋwɝk,ʃɑp] n. 研討會，工作坊
During the **workshop** session, attendees will be divided into discussion groups and complete a project together.

在研討會期間，參加者會被分成討論小組並一起完成一份企畫案。

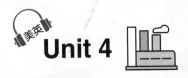

Unit 4

製造業 (1)

5 分鐘快速掃過核心單字，你認識幾個？

① assemble
② capacity
③ component
④ defect
⑤ discontinue
⑥ fabric
⑦ gear
⑧ handcrafted
⑨ insulation
⑩ labor
⑪ machinery
⑫ malfunction
⑬ manufacture
⑭ material
⑮ merchandise
⑯ operate
⑰ plant
⑱ proceed
⑲ protection
⑳ quantity
㉑ recall
㉒ scrap
㉓ specification
㉔ technique
㉕ tool

4

① **assemble** [ə`sɛmbl] *v.* 集合，聚集；裝配，組裝
The manager asked us to **assemble** in the conference room right after the lunch hour.
經理要求我們午休後立刻在會議室集合。

assembly [ə`sɛmblɪ] *n.* 裝配，組裝
Customers can follow the **instructions for assembly** on the website of the IJIA Company, and finish the **assembly job** by themselves.
顧客可遵照在愛家公司網站上的裝配指南並自行完成組裝工作。

💡 字彙小幫手：assembly/production line 裝配線

② **capacity** [kə`pæsətɪ] *n.* 生產能力；容納能力
The FineWood Company claimed that they have a seasonal **capacity of** 5,000 solid wood chairs.
良木公司聲稱他們每季有五千張實木椅子的生產能力。

💡 字彙小幫手：at full capacity 全力生產

③ **component** [kəm`ponənt] *n.* 零件，組成部分
The company supplies most kinds of electronic **components for** computers and televisions.
這間公司供給絕大多數類的電腦和電視零件。

④ **defect** [`dɪfɛkt] *n.* 缺陷，瑕疵
The mechanic finally found and repaired the **defects in** the construction of the machine.
技師終於找到並修復機器結構的缺陷。

defective [dɪ`fɛktɪv] *adj.* 有問題的，有缺陷的
同 faulty
The Angelic Car Corp. had issued a recall of all the **defective** cars manufactured last year.
天使汽車公司已宣布召回所有去年製造的有問題的車輛。

⑤ **discontinue** [ˌdɪskən`tɪnju] *v.* 停止，中止
The RedBerry Company announced that they will **discontinue** producing this type of cellphone next month.
紅莓公司宣布他們將於下個月停止生產此型號手機。

⑥ **fabric** [`fæbrɪk] *n.* 織品，布料
Cotton **fabrics** are widely used for producing clothes. 棉織品被廣泛運用在製造衣服。

⑦ **gear** [gɪr] *n.* 裝備，器具
That store doesn't sell any tent, let alone other **camping gear**.
那家店沒有賣任何帳篷，更別說其他露營裝備了。

⑧ **handcrafted** [`hændkræftɪd] *adj.* 手工製的
同 handmade
Our products are all **handcrafted**, and therefore unique and more costly.
我們的產品都是純手工的，所以不但獨特也比較昂貴。

⑨ **insulation** [ˌɪnsə`leʃən] *n.* 隔熱、音 (材料)，絕緣 (材料)
To provide better sound **insulation**, the hotel will

be closed for renovation for half a year.

為提供更好的隔音，這間旅館將休業半年整修。

⑩ **labor** [ˋlebɚ] *n.* 勞動；勞工

The price of regular preventive car maintenance includes both **labor** and car components.

汽車的定期預防性保養費用包括人工費和汽車零件費。

♥ 字彙小幫手：skilled/unskilled labor 技術／非技術勞工

⑪ **machinery** [məˋʃinərɪ] *n.* (大型) 機械，機器

We need to find enough money to replace the old **machinery** in the power plant as soon as possible.

我們要盡快有足夠的錢來更換發電廠的舊機械。

⑫ **malfunction** [͵mælˋfʌŋkʃən] *n.* 故障，失靈

The whole production line short-circuited after the technologist reported a **malfunction of** the cooling system.

整條生產線在技術專家報告冷卻系統故障後短路。

⑬ **manufacture** [͵mænjəˋfæktʃɚ] *v.* (工廠大量) 生產，製造 ⑯ mass-produce

R&F Electronics **manufactures** mainly computer chips, and its market share is quite high.

R&F 電子公司主要生產電腦晶片，而且市場率相當高。

⑭ **material** [məˋtɪrɪəl] *n.* 原料，材料

Before the construction begins, we need to import many **building materials**, such as granite and cypress first. 在開始建設之前，我們需要先進口許多建材，例如：花崗岩和檜木。

⑮ **merchandise** [`mɝtʃən͵daɪz] *n.* 商品，貨物；
v. 促銷，推銷 📖 market
According to statistics from the foundation, Germany imported 3.7 billion US dollars in **merchandise** from Canada. 據該基金會的統計數據，德國從加拿大進口了三十七億美元的商品。
The CEO emphasized that the company would apply itself to **merchandising** this new product this year. 執行長強調今年公司會盡全力促銷這一項新產品。

⑯ **operate** [`ɑpə͵ret] *v.* 操作；運行
New workers in our factory need to attend training courses to learn how to safely **operate** machines.
我們工廠的新進人員需參加訓練課程，學習如何安全地操作機器。

operation [͵ɑpə`reʃən] *n.* 運行；操作
So far the nuclear power plant has **been in operation** for fifty years. The government decided to decommission it.
至今，該核電廠已持續運行五十年。政府決定要停用它。

⑰ **plant** [plænt] *n.* 工廠 📖 factory
This firm is often praised for investing a lot of money in **plant**, workers, and employee benefits.
這公司常被讚揚投資大量資金在工廠、工人和員工福利。

⑱ **proceed** [prə`sid] v. 繼續進行，繼續做

Although there is still a risk of failure, the CEO decided to **proceed with** the plan.

雖然仍有失敗的風險，執行長決定要繼續進行計畫。

process [`prɑsɛs] n. 過程，步驟

Rethinking our marketing strategies and finding faults with them is a very difficult and painful **process**.

重新思考我們的行銷策略並挑出錯誤是一個非常困難和痛苦的過程。

processing [`prɑsɛsɪŋ] n. 處理

The company's goal is to have the most **food processing plants** in this country in ten years.

公司的目標是十年內擁有該國內最多的食品處理廠。

⑲ **protection** [prə`tɛkʃən] n. 保護

According to the regulations, when using this machinery, workers must wear helmets and safety goggles as a **protection for** their own safety.

根據規則，使用機器時，工作人員必須穿戴頭盔和護目鏡以保護他們的安全。

protective [prə`tɛktɪv] adj. 防護的，保護的

Please wear **protective clothing** and **mask** before entering the chemical plant.

進入化學工廠前，請穿戴防護衣和口罩。

⑳ **quantity** [`kwɑntətɪ] *n.* 量，分量 (pl. quantities)
Production engineers are developing different approaches to produce new products in large **quantities**.
產品工程師正在開發各種能大量生產新產品的方法。

㉑ **recall** [rɪ`kɔl] *v.* 召回
The company **recalled** tens of thousands of defective motorbikes and made a public apology.
公司召回好幾萬臺有問題的摩托車並公開致歉。

㉒ **scrap** [skræp] *v.* 銷毀 (scrap, scrapped, scrapped)
The firm promised to **scrap** those faulty transformers right after recalling them.
公司允諾在召回那些瑕疵的變壓器之後，會立即銷毀它們。

㉓ **specification** [ˌspɛsəfə`keʃən] *n.* 規格；詳細說明 (書)
All the wooden furniture is handcrafted and can be made **to** the customer's **specifications**.
所有的木造家具都是手工的，而且可依顧客要求的規格製作。

💡 字彙小幫手：a job specification 職務的詳細說明

㉔ **technique** [tɛk`nik] *n.* 技術，技能
New **techniques** are desperately required to speed up the manufacturing process.
迫切需要新技術來加速製作過程。

4

㉕ **tool** [tul] *n.* 工具，器具
Every machinery in the factory is well equipped with **a set of tools**.
廠房內的每一臺機器都備有一整套工具。

NOTE

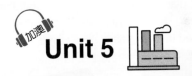

Unit 5

製造業 (2)

 5 分鐘快速掃過核心單字，你認識幾個？

① automated
② commodity
③ customize
④ destroy
⑤ equip
⑥ flaw
⑦ goods
⑧ high-quality
⑨ inventory
⑩ load

⑪ maintain
⑫ manual
⑬ massive
⑭ mechanic
⑮ metal
⑯ output
⑰ plastic
⑱ produce
⑲ quality
⑳ random

㉑ replace
㉒ shift
㉓ storage
㉔ template
㉕ warehouse

① **automated** [`ɔtə,metɪd] *adj.* 自動化的，機械化的

The new plan for our factory is to install the most up-to-date equipment and become totally **automated** in three years. 我們工廠的新計畫是要安裝最新的設備並在三年內全面自動化。

🅟 字彙小幫手：

ATM (automated teller machine) 自動櫃員機

② **commodity** [kə`mɑdətɪ] *n.* 商品，貨品
(pl. commodities)

The significant drop in oil prices causes problems for the country because crude oil is its main **export commodity**. 油價大幅下跌為該國造成許多問題，因為原油是它的主要出口商品。

③ **customize** [`kʌstəmaɪz] *v.* 客製化，訂製

You can **customize** any furniture by discussing in detail with our designer.

你可以與我們的設計師商談細節客製化任何家具。

④ **destroy** [dɪ`strɔɪ] *v.* 摧毀，毀壞

The big fire **destroyed** several plants and houses, but luckily, there were no casualties.

大火摧毀了許多工廠和房屋，所幸無人傷亡。

⑤ **equip** [ɪ`kwɪp] *v.* 裝備，配備 (equip, equipped, equipped)

Workers need to **equip** themselves **with** necessary tools and safety gear before working on

construction sites.
進入工地前，工人需要裝備好必要的工具和安全裝置。

equipment [ɪ`kwɪpmənt] *n.* 設備，裝備
To increase the production rates, the **equipment for** the factory needs to be replaced.
要增加生產率，工廠的設備需要更新。

⑥ **flaw** [flɔ] *n.* 瑕疵，缺陷 圓 defect, fault
The customer returned the product, claiming that there were **flaws** in it.
顧客退回這項商品，並聲稱它有瑕疵。

⑦ **goods** [gʊdz] *n.* 商品，貨物
The **goods** will be sent by air at Mr. Smith' request.
商品將依照史密斯先生的要求空運過去。

⑧ **high-quality** [`haɪ`kwɑlətɪ] *adj.* 高品質的
My favorite brand of camera is **high-quality** and yet inexpensive.
我喜歡品牌的相機是高品質而且又不貴的。

⑨ **inventory** [`ɪnvən͵tɔrɪ] *n.* 物品清單；存貨，庫存
圓 stock (pl. inventories)
The manager asked Mr. Parsons to compile a detailed **inventory** of the products of our company.
經理要求帕森斯先生編製一份本公司產品的詳細物品清單。

⑩ **load** [lod] *n.* 工作量；負擔 圓 burden

The team leader assigned jobs to his teammates equally, trying to spread the **load**.

隊長平均分配工作給隊友，試圖分散工作量。

💡 字彙小幫手：lighten sb's load 減輕⋯的負擔

⑪ **maintain** [men`ten] *v.* 維修，保養；保持，維持

同 preserve

Under the regulations, the technicians should **maintain** machinery every two weeks.

根據規定，技師應每兩週維修大型機械一次。

maintenance [`mentənəns] *n.* 維修，維護

Must-Buy Store will close from July 1st to 3rd for routine **maintenance**.

必買商店將為例行維修，於七月一日到三日店休。

💡 字彙小幫手：maintain law and order/standards/ a balance 維持治安 / 水準 / 平衡

⑫ **manual** [`mænjʊəl] *adj.* 手動的

Some of the machines are old and **manual**. Workers are reminded to operate them with extra caution. 有一些機器既老舊又是手動的。工人被提醒操作時要特別小心。

⑬ **massive** [`mæsɪv] *adj.* 大型的，巨大的；大量的

同 huge

The GIGA Company has several **massive** electronics factories in rural areas.

技佳公司有好幾間大型電子工廠在郊區。

⑭ **mechanic** [mə`kænɪk] *n.* 技師;機械師,機工
My car couldn't start this morning. I need to find a car **mechanic** sometime soon to fix it.
我的車今早發不動。我得盡快找一位汽車技師修理它。

mechanical [mə`kænɪk!] *adj.* 機械的
The Green Corporation mainly produces **mechanical** parts for cars, airplanes, and motorcycles.
格林公司主要生產汽車、飛機、摩托車的機械零件。

⑮ **metal** [`mɛt!] *n.* 金屬
The machine made of hard **metals** will be used for drilling for oil in the area.
由堅硬金屬製作的機器將在此區域被用以鑽探石油。

⑯ **output** [`aut,put] *n.* (工廠、國家、人的) 產量
After we modernized our factory, the growth of **output** and the profit have doubled over the past half year. 我們將工廠現代化後,產量和利潤的成長在過去半年都翻倍。

⑰ **plastic** [`plæstɪk] *adj.* 塑膠的
In the annual conference, the CEO announced that the company would replace **plastic** cups with mugs to reduce single-use plastics due to environmentally friendly issue.
在年度大會上,執行長因環境友善議題,宣布公司將把塑膠杯換成馬克杯以減少使用一次性塑膠。

⑱ **produce** [prə`djus] v. 生產，製造 同 manufacture
India **produces** a great amount of rice for export,
and so does Thailand.
印度生產大量稻米出口，泰國也是。

producer [prə`djusɚ] n. 生產商／者／國
Queenie's Egg Farm is one of the main egg
producers in our country.
昆妮蛋廠是本國主要的蛋生產商之一。

product [`prɑdəkt] n. 產品
What marketing department does is to concentrate
on promoting new **products**.
行銷部門在做的是致力於推廣新產品。

production [prə`dʌkʃən] n. 生產 (過程)，製造 (過程)
This new model is not yet going into **production**,
for the feedback from market surveys isn't as good
as expected.
這新型號還沒加入生產，因為市調結果不如預期的好。

productive [prə`dʌktɪv] adj. 多產的，富饒的
同 fruitful；有效益的
Leo's team is very efficient and **productive**. It is no
wonder that they won the best team of the year.
里歐的團隊非常有效率和多產。難怪他們贏得了年度最佳
團隊獎。

productivity [ˌprodʌk`tɪvətɪ] n. 生產力，生產率

The manager tries to come up with ways to increase the **productivity** of the office.
經理試著要想出能增進辦公室生產力的方法。

⑲ **quality** [ˋkwɑlətɪ] *n.* 品質
The cellphones R&F Electronics made are **of outstanding quality**.
R&F 電子公司製作的手機品質非常好。

⑳ **random** [ˋrændəm] *adj.* 隨機的，任意的
The Born Beauty Company asked a **random** sample of 1,000 people what they thought about its new product.
生而美麗公司隨機抽樣詢問一千人對它新產品的看法。

㉑ **replace** [rɪˋples] *v.* 取代，替代 ⑤ take over from
It is expected that most of the human workers will be **replaced** by robots in the near future.
預期不久後，大部分的工人將被機器人取代。

replacement [rɪˋplesmənt] *n.* 更換，替換
The **replacement** of existing air conditioning will take at least 8 hours.
更換現有的空調系統需要至少八個小時。

㉒ **shift** [ʃɪft] *n.* 班 (工作時段)，輪班
The **graveyard shift** starts at 10:00 p.m. and ends at 6:00 a.m.
大夜班從晚上十點開始並在早上六點結束。

39

⊙字彙小幫手：

day/regular/night/graveyard shift 日／日／夜／大夜班

㉓ **storage** [`storɪdʒ] *n.* 儲存，儲藏

We urgently need to extend the warehouse to create more **storage** space.

我們急需擴建倉庫增加更多儲存空間。

㉔ **template** [`tɛmplət] *n.* 樣板，模板

The customer required that we should provide him with some **templates** first.

顧客要求我們先提供一些樣板。

㉕ **warehouse** [`wɛr͵haʊs] *n.* 倉庫，貨倉

The manager ordered some more goods, for there wasn't much stock in the **warehouse**.

經理訂了更多商品，因為倉庫裡的存貨不多。

NOTE

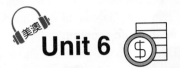

Unit 6

金融 / 預算 / 經濟 (1)

5 分鐘快速掃過核心單字，你認識幾個？

1. account
2. add
3. ailing
4. balance
5. bounce
6. cash
7. cost
8. credit line
9. debit card
10. deposit
11. estimate
12. fiscal
13. investment
14. loss
15. owe
16. plummet
17. projection
18. rate
19. recovery
20. save
21. stockholder
22. tax
23. total
24. value
25. worth

① **account** [ə`kaunt] *n.* 帳戶，戶口；帳目

Under the regulations of the bank, you should prepare a minimum deposit of one hundred US dollars for **opening an account**.

根據這間銀行的規定，你需要準備開立帳戶的最低存款金額一百美元。

- -

accountant [ə`kauntənt] *n.* 會計師

Before the merger, the **accountants** from the two firms will check the books together. 在合併之前，兩間公司的會計師會一起檢視兩間公司的帳簿。

✪ 字彙小幫手：a joint account 共同帳戶
open/close an account 開立 / 結清帳戶
do the accounts 記帳

② **add** [æd] *v.* 加 (上)，附加

Please be sure you **add on** the office expenses **to** the operating expenses.

請記得在營業費用加上辦公室支出。

✪ 字彙小幫手：add insult to injury 雪上加霜
add fuel to the fire/flames 火上加油

③ **ailing** [`elɪŋ] *adj.* 不景氣的，處境困難的

The boss has come up with some strategies to make the company survive the **ailing** economy.

老闆想了一些策略要讓公司撐過這不景氣的經濟。

④ **balance** [`bæləns] *n.* (銀行存款) 結餘，結存；平衡
🔁 equilibrium

I have checked my current **bank balance**, and it is 532 US dollars.

我查看了我目前銀行的帳戶結餘，是五百三十二美元。

⊙字彙小幫手：strike a balance between sth and sth
在…和…間取得平衡

⑤ **bounce** [bauns] *v.* (因存款不足) 支票被拒付
Some firms called in to complain about our checks being **bounced** by the banks.

一些公司打電話來抱怨我們的支票被銀行拒付。

⑥ **cash** [kæʃ] *v.* (將支票) 兌現；*n.* 現金
The manager asked Ms. Goodman to **cash** some checks in the bank.

經理要古德曼小姐去銀行兌現一些支票。

Customers can get a better discount if they pay in **cash** rather than pay by credit card.　如果顧客付現金而不用信用卡的話，他們能拿到比較好的折扣。

⑦ **cost** [kɔst] *n.* 支出，成本；費用，價格
The most shocking news is that every department will have to cut its regular **costs** in half.

最令人震驚的消息是，每個部門將裁減一半常態性支出。

⑧ **credit line** [`krɛdɪt] [laɪn] *n.* 信用額度 同 line of credit
After some negotiations and evaluations, the bank finally agreed a ten-year **credit line**, which will help our company survive the financial crisis.

經過數次談判和評估後，銀行終於同意十年期的信用額度，這將幫我們公司挺過財務危機。

⑨ **debit card** [`dɛbɪt] [kard] *n.* 簽帳金融卡
Mr. Akamatsu only pays in cash or by **debit card** because he believes it can help him manage his finances.　赤松先生只用現金或簽帳金融卡付款，因為他認為這可以幫助他管理個人財務。

⑩ **deposit** [dɪ`pazɪt] *v.* 儲存 (金錢)；存放
Ms. Walker **deposits** one fourth of her monthly salary **in** her bank account every month.
沃克小姐每個月把她四分之一的月薪存入她的銀行帳戶。

⑪ **estimate** [`ɛstəmet] *v.* 估計，估算
The investment analyst **estimated** that the potential customers of the new product will be women aged between 30 and 40.　該投資分析師估計這項新產品的潛在客戶是三十到四十歲的女性。

⑫ **fiscal** [`fɪskl̩] *adj.* 財政的，國庫的
Since the influence brought by the new **fiscal policy** could be considerable, the president needs to work out some strategies to cope with it.
由於新財政政策帶來的影響可能甚鉅，總裁需要想出一些策略來應對。

⑬ **investment** [ɪn`vɛstmənt] *n.* 投資 (物)；投資額
The expert suggested that properties should be

good long-term **investments** at present.
專家表示房地產目前還是良好的長期投資物。

- -

investor [ɪnˋvɛstɚ] *n.* 投資者
Small **investors** gathered to protest the unstable
and unfriendly investment environment.
小額投資者群聚抗議不穩定且不友善的投資環境。

⑭ **loss** [lɔs] *n.* 虧損；損失，失去 (pl. losses)
Making an unwise investment, Mr. Davis had no
choice but to sell his company **at a loss**. 做了不明
智的投資，戴維斯先生沒有選擇只能虧本賣出他的公司。

⑮ **owe** [o] *v.* 欠 (帳)，欠 (錢)
The entrepreneur has already paid off the debt he
owed to the bank early this year.
這位企業家已經在今年年初還清了銀行債務。

⑯ **plummet** [ˋplʌmɪt] *v.* 暴跌，急遽下降 ⓢ plunge
The stock price **plummeted** this morning, so the
executives are having an emergency meeting now,
hoping to come up with a solution.
今早股價暴跌，所以行政主管們正召開緊急會議，希望能
想出解決方法。

⑰ **projection** [prəˋdʒɛkʃən] *n.* (數值) 預期，預測
That company has been failing to achieve the sales
projections for the past three years.
那間公司在過去三年來一直沒有達到預期銷售目標。

⑱ **rate** [ret] *n.* 費用，價格；比率；*v.* 評估，評價
The **going rate for** a construction worker is seventy US dollars per day.
工地工人一般薪資是每天七十美元。
The market analyst **rates** the countries in Southeast Asia as diamonds in the rough.
市場分析師評估位處東南亞的國家們為未經雕琢的鑽石。

🔮 字彙小幫手：a fixed/variable rate 固定 / 浮動利率
the inflation/unemployment/success/failure rate
通貨膨脹 / 失業 / 成功 / 失敗率

⑲ **recovery** [rɪ`kʌvərɪ] *n.* 復甦，恢復 (pl. recoveries)
Every investor is really looking forward to the **economic recovery**. 每個投資者對經濟復甦充滿期待。

⑳ **save** [sev] *v.* 儲蓄，儲存
Paul tries to **save** half of his earnings every month.
保羅每個月都試著儲蓄一半的薪水。

saving [`sevɪŋ] *n.* 省下的錢；儲蓄，存款
The company made huge **savings** by cutting back on the spending on electricity.
公司透過減少用電花費省下一大筆錢。

🔮 字彙小幫手：save (up) for sth 為…存錢
savings account 儲蓄帳戶

㉑ **stockholder** [`stɑk,holdɚ] *n.* 股東，持股人
🔵 shareholder
The **stockholders** in our company will receive a

set of glass tableware as a gift.
我們公司的股東會收到一組玻璃餐具作為禮物。

6

㉒ **tax** [tæks] *n.* 稅 (pl. taxes)；*v.* 課稅
The lawyer needs to pay 35% **tax on** her income this year. 這律師今年需繳交所得百分之三十五的稅。
The rich are **taxed** at a higher rate in most of the countries. 在大多數國家，有錢人被以較高的稅率課稅。

💡字彙小幫手：income/council/inheritance tax
所得 / 房屋 (市政) / 遺產稅
before/after tax 課稅前 / 後
raise/increase taxes 增稅；cut/reduce taxes 減稅

㉓ **total** [ˋtotḷ] *n.* 總數，總額
The operating expenses of our department achieved a **total** of ten thousand US dollars for the past month, which reached a record high.
我們部門上個月的營業費高達一萬美元，創下了歷史新高。

㉔ **value** [ˋvæljʊ] *v.* 給⋯估價；*n.* 價格，價值
The company has been conservatively **valued at** twenty million US dollars.
這間公司保守估價為兩千萬美元。
Property values have sharply risen since the government announced the plan for the construction of a new train station in this neighborhood. 自從政府公布要在這區蓋新火車站的計畫，房地產價格就大幅升高。

47

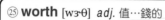

㉕ **worth** [wɝθ] *adj.* 值…錢的

Ms. Austin's mansion in the urban district is **worth** about two million US dollars.

奧斯汀小姐在都會區的豪宅大約值兩百萬美元。

🔍 字彙小幫手：be (well) worth it 物有所值

NOTE

Unit 7

金融 / 預算 / 經濟 (2)

5 分鐘快速掃過核心單字，你認識幾個？

① accrue
② advisor
③ asset
④ bankrupt
⑤ banking
⑥ charge
⑦ credit
⑧ correction
⑨ debt
⑩ economy

⑪ financial
⑫ inflation
⑬ loan
⑭ lucrative
⑮ percentage
⑯ profit
⑰ prosperous
⑱ recession
⑲ reduce
⑳ share

㉑ surplus
㉒ tight
㉓ transaction
㉔ withdraw
㉕ yield

① **accrue** [əˋkru] *v.* 累計，(逐漸) 增加
People nowadays are less likely to deposit money in the bank, for the interest **accruing** on the account is too little.
現在人們不太把錢存在銀行了，因為利息累計實在太少。

② **advisor** [ədˋvaɪzɚ] *n.* 顧問 同 adviser
At the conference, the manager made a suggestion that it was necessary to hire a professional financial **advisor**.
經理在會議上提出必須要聘請專業財務顧問的建議。

⊛ 字彙小幫手：advisor on sth 在…領域的顧問

③ **asset** [ˋæsɛt] *n.* 資產，財產；有價值的人／事／物
Goodwill is one of the most important **assets** that a company has.
商譽是一家公司所擁有的最重要資產之一。

④ **bankrupt** [ˋbæŋkrʌpt] *adj.* 破產的 同 insolvent
Many small businesses **went bankrupt** during the economic recession.
許多小型企業在經濟衰退中破產倒閉。

⊛ 字彙小幫手：declare bankrupt 宣告破產

⑤ **banking** [ˋbæŋkɪŋ] *n.* 銀行業；銀行帳戶事宜
There are many openings in the service industry, such as **banking** and tourism.
現在服務業有許多職缺，像是銀行業和旅遊業。

⊛ 字彙小幫手：do sb's banking 處理…的銀行帳戶事宜

⑥ **charge** [tʃɑrdʒ] *n.* 收費，要價；*v.* 收費，要價

Every employee in the company can attend this management training workshop. It is **free of charge**.

每個公司僱員都可以參加這個管理培訓研討會。不用另外收費。

If you pay by credit card when traveling abroad, the bank will **charge** you a 1.5% commission.

如果你在國外旅行時使用信用卡結帳，銀行會收你百分之一點五的手續費。

⊕ 字彙小幫手：

a(n) admission/service/cancellation charge
入場 / 服務 / 取消費
charge for sb/sth 為…收費
charge sth to sb's account 把…記在…的帳上

⑦ **credit** [`krɛdɪt] *n.* 信用貸款，賒購

Mr. Parker didn't have enough cash, so he bought the minivan **on credit**.

帕克先生現金不夠，所以他用信用貸款的方式買休旅車。

⑧ **correction** [kə`rɛkʃən] *n.* (市場價格上漲後根據公司實際狀況又發生的) 回跌，回落

Investors are expecting a **stock market correction** next week because the stock prices have risen too high for the past ten days.

投資者預期下週股票市場會回跌，因為股價在過去十天內漲得太高了。

⑨ **debt** [dɛt] *n.* 債務；負債 (狀態)

Mr. Smith promised the boss that he would manage to **pay off** all his **debts to** the company in six months. 史密斯先生承諾老闆他會在半年內償還所有他欠公司的錢。

📍 字彙小幫手：run up debts 債臺高築
get/go/run into debt 舉債；be in debt to sb/sth 欠⋯錢

⑩ **economy** [ɪˋkɑnəmɪ] *n.* 經濟 (狀況) (pl. economies)

It is suggested that people cut investment when the **economy** is in recession.

在經濟衰退時期，建議減少投資。

⑪ **financial** [faɪˋnænʃəl] *adj.* 財務的，金融的

They endeavored to get **financial** support for their project, but in vain. 他們非常努力為他們的企畫案爭取財務資助，但還是落空了。

⑫ **inflation** [ɪnˋfleʃən] *n.* 通貨膨脹

The government has carried out multiple policies to control **inflation**.

政府已實施多項政策來控制通貨膨脹。

⑬ **loan** [lon] *n.* 貸款

Mr. Lopez has decided to **apply for** a $200,000 **loan** to buy his first house. 羅佩茲先生已決定申請二十萬美元貸款來購買他的第一間房子。

📍 字彙小幫手：take out/pay back/pay off a loan
取得 / 償還 / 還清貸款

⑭ **lucrative** [ˋlukrətɪv] *adj.* 收益的，賺錢的
同 profitable
The merger of the two firms proved to be promising and **lucrative** for both sides.
兩公司合併的結果是對雙方都有前途及有收益的。

💡 字彙小幫手：lucrative business/contract/market
賺錢的生意／合約／市場

⑮ **percentage** [pəˋsɛntɪdʒ] *n.* 百分比
The government raised the interest rates by two **percentage points**, hoping to fight inflation.
政府提高存款利率兩個百分點，希望可以對抗通貨膨脹。

⑯ **profit** [ˋprɑfɪt] *n.* 獲利，利潤
After three years of striving, my company finally **turned a profit** this year.
經過三年的努力，今年我的公司終於有獲利了。

💡 字彙小幫手：make a profit from ... 從…獲取利潤

⑰ **prosperous** [ˋprɑspərəs] *adj.* 成功的，繁榮的
同 affluent
Ms. Adams has now become a **prosperous** merchant despite her humble background.
儘管出身貧寒，亞當斯小姐現在是一名成功的商人。

⑱ **recession** [rɪˋsɛʃən] *n.* (經濟) 衰退期 同 slump
The trade war between countries will probably cause **a global recession**.
國家間的貿易戰爭可能會造成全球性的經濟衰退期。

7

⑲ **reduce** [rɪˋdjus] *v.* 降低，減少 同 cut

That store is having a sale on all its electronic products, which are **reduced by** 100 US dollars on average.

那個店家正在舉辦電子產品大特賣，商品價格平均可以減少一百美元。

reduced [rɪˋdjust] *adj.* 減少的，縮減的

Because of the recession, employees are faced with **reduced** working hours and the possibility of being fired.

因為經濟衰退，員工要面對工作時數減少，甚至可能被解僱。

⑳ **share** [ʃɛr] *n.* 股票，股份

The **share price** of the company has risen by twenty percent since January.

從一月起，這公司的股價升值了百分之二十。

shareholder [ˋʃɛr͵holdɚ] *n.* 股東，持股人
同 stockholder

Hundreds of **shareholders** will attend the annual conference at the headquarters next Monday.

數以百計的股東下週一將參加在總部舉行的年度大會。

㉑ **surplus** [ˋsɝplʌs] *n.* 資金盈餘；剩餘，多餘
(pl. surpluses)

As the CEO announced that the company's bank account was **in** large **surplus**, the shareholders

were all cheering.
當執行長宣布公司的銀行帳戶資金盈餘很多時，股東們都歡呼大叫。

🔍 字彙小幫手：trade/budget surplus 貿易順差 / 預算結餘

㉒ **tight** [taɪt] *adj.* (金錢) 拮据的；(時間) 緊迫的
The company is **on a tight budget** due to the three projects in process.
因為那三個正在進行中的企畫案，公司現在資金頗為拮据。

㉓ **transaction** [trænsˋækʃən] *n.* 交易，買賣 🟰 deal
The finance director has kept a detailed record of all the **transactions** made over the past few years.
財務經理把過去幾年來產生的所有交易都詳細地紀錄下來。

🔍 字彙小幫手：cash/credit card/online transaction
現金 / 信用卡 / 線上交易

㉔ **withdraw** [wɪθˋdrɔ] *v.* 提款，取錢 (withdraw, withdrew, withdrawn)
People can **withdraw** a maximum of 200 US dollars from ATMs per day.
人們每天最高可以從自動櫃員機提款兩百美元。

withdrawal [wɪθˋdrɔəl] *n.* 提款，取錢
The teller is explaining to the old man that there is no charge for **withdrawals**.
銀行出納員正在向那位老人解釋提款並不會被收取費用。

㉕ **yield** [jild] *v.* 產出，生產  produce

The manager set the team the goal of **yielding** more profits than last quarter.

經理為團隊設定的目標是產出比上一季更高的利潤。

NOTE

Unit 8

辦公室 (1)

 5 分鐘快速掃過核心單字,你認識幾個?

1. access
2. acquaint
3. archive
4. attach
5. break
6. bulletin board
7. clerical
8. correspondence
9. cubicle
10. department
11. distribute
12. duplication
13. errand
14. file
15. forward
16. headquarters
17. instruct
18. mail
19. morale
20. overtime
21. photocopy
22. reminder
23. senior
24. stationery
25. supervise

① **access** [ˋæksɛs] v. 讀取 (電腦檔案)；n. 權限，機會；通道，通路

Don't open any spam. It may give hackers a chance to **access** the files in your computer.

不要開啟任何垃圾電子郵件。這可能讓駭客有機會讀取你電腦裡的資料。

Only senior employees have **access to** the archive.

只有資深員工有權限進入檔案室。

② **acquaint** [əˋkwent] v. 使熟悉，使認識

The manager told the newcomers not to be nervous and to take some time to **acquaint themselves with** the working environment.

經理告訴新進人員不要緊張，並花一些時間熟悉辦公室的工作環境。

acquaintance [əˋkwentəns] n. 認識的人，泛泛之交

Catherine claimed that she had quite a few **acquaintances** in the catering industry.

凱瑟琳聲稱她在餐飲業有很多認識的人。

🟊 字彙小幫手：

business acquaintance 生意上來往過的泛泛之交
make sb's acquaintance/make the acquaintance of sb 結識…

③ **archive** [ˋɑrkaɪv] n. 檔案室；檔案

Mr. Fujita studied the transaction records in the **archive** this afternoon.

藤田先生今天下午在檔案室裡研讀交易紀錄。

8

④ **attach** [ə`tætʃ] v. 把…附在…上
Leah forgot to **attach** her project schedule **to** the email which she sent to her supervisor earlier.
莉亞忘記把專案進度表附件在稍早寄給主管的電子郵件裡。

---

attachment [ə`tætʃmənt] n. (檔案) 附件；(機器) 附加設備
The secretary emailed the minutes of the meeting to the boss as an **attachment** right after the meeting.
祕書在會議過後馬上寄給老闆一封附上會議紀錄附件的電子郵件。

⑤ **break** [brek] n. 短期休假；休息，中止；v. 打破，終結；打斷，中止 圓 interrupt (break, broke, broken)
Charles decided to have the Christmas **break** with his family in Finland.
查爾斯決定要在芬蘭和家人共度耶誕假期。
Kyle played some jazz to **break** the monotony of his paperwork.
凱爾播放爵士樂來打破他單調枯燥的文書工作。

⊙ 字彙小幫手：a lunch/dinner break 午餐 / 晚餐時間
take a break 短暫休息

⑥ **bulletin board** [`bulətn̩] [bord] n. 布告欄
圓 noticeboard

Everyone saw the announcement about Ms. Watson's promotion on the **bulletin board** and came to congratulate her. 每個人看到布告欄上華森小姐的升職公告後,都來恭喜她。

⑦ **clerical** [ˈklɛrɪkl̩] *adj.* 文書工作的
We need to hire a new assistant to do the **clerical** work during Diana's maternity leave.
我們需要聘請新助理在黛安娜產假期間負責文書工作。

⑧ **correspondence** [ˌkɔrəˈspɑndəns] *n.* (來往的) 信件,信函;通信
Please note that we've moved. Kindly send any further **correspondence** to the new address that is attached.
請注意我們搬家了。後續來信煩請寄到附件的新地址。

⑨ **cubicle** [ˈkjubɪkl̩] *n.* (大房間分隔出來的) 小房間,隔間
Compared with an open-plan office, an office **cubicle** enables employees to have more privacy.
與開放式的辦公室相比,有隔間的辦公區域讓員工有更多的隱私。

⑩ **department** [dɪˈpɑrtmənt] *n.* 部門
To which **department** should I reimburse for my traveling expenses?
我該去哪個部門核銷我的出差費?

✒ 字彙小幫手:be sb's department 是…分內的事

⑪ **distribute** [dɪ`strɪbjut] *v.* 分配，分發 **同** give out
The bonuses will be **distributed to** all the employees according to their merit and seniority.
獎金將依照業績和資歷分配給所有員工。

distribution [,dɪstrə`bjuʃən] *n.* 分布；分發
Here is a chart showing the **distribution** of the number of employees in every department.
這個表單顯示各部門員工的人數分布。

⑫ **duplication** [,djuplə`keʃən] *n.* 重複工作；複製，拷貝
At the meeting, the boss requested the department managers to reallocate work to avoid **duplication of effort**.
在會議中，老闆要求各部門經理重新分配工作以避免工作重複。

⑬ **errand** [`ɛrənd] *n.* 跑腿，差事
Mr. Parker often asks his secretary to **run errands for him**. 帕克先生常要他的祕書替他跑腿。

⊙ 字彙小幫手：
on an errand 辦差事；errand of mercy 雪中送炭

⑭ **file** [faɪl] *n.* 檔案
The careless secretary accidentally deleted a **file** containing lots of confidential information.
粗心的祕書不小心刪掉一個含有大量機密資料的檔案。

⊙ 字彙小幫手：keep sb/sth on file 將…歸檔

⑮ **forward** [`fɔrwəd] v. 轉寄，發送 🔃 send on
Sally efficiently **forwarded** the minutes to all the attendees right after the meeting.
會議一結束，莎莉就極有效率地把會議紀錄轉寄給所有與會者。

---

⑯ **headquarters** [`hɛd`kwɔrtəz] n. 總部，總公司
(pl. headquarters)
The executives from the **headquarters** will visit our branch at 10:00 a.m. tomorrow.
來自總部的行政主管明天早上十點會來拜訪我們分行。

---

⑰ **instruct** [ɪn`strʌkt] v. 指示，命令 🔃 direct, order
The manager was **instructed** by the CEO to respond to the customers' complaints about our defective products.
經理被執行長指示去回覆客戶對我們瑕疵商品的投訴。

instruction [ɪn`strʌkʃən] n. 指示，吩咐 🔃 order；說明書，操作指南 🔃 directions
The research team was **under** strict **instructions** not to reveal the innovative functions of the new product.
研究小組被嚴格指示不要透露這項新產品的創新功能。

♥ 字彙小幫手：
on sb's instructions 奉…的命令
read/follow the instructions 閱讀 / 遵照說明書
instructions on how to V 如何去…的說明書

8

⑱ **mail** [mel] *n.* 信件，郵件；電子郵件 **同** email
Since Barbara often takes a business trip, she has her **personal mail** sent to her work address.
由於芭芭拉常要出差，她將個人信件寄到工作地址。

⑲ **morale** [mə`ræl] *n.* 士氣，鬥志
Several resignations and layoffs have greatly **destroyed morale** of our department.
幾個職員的辭職和解僱重創我們部門的士氣。

💡 字彙小幫手：raise/boost/improve morale 提高士氣

⑳ **overtime** [`ovɚ͵taɪm] *adv.* 加班地，超時地；*n.* 加班費；加班
The colleagues in the sales department have been working **overtime** for the new project recently.
銷售部門的同事最近為了新企畫案加班工作。
The companies that refuse to pay employees reasonable **overtime** will face a heavy fine.
拒絕支付員工合理加班費的公司，將面臨巨額罰款。

㉑ **photocopy** [`fotə͵kɑpɪ] *n.* 影本，影印本
(pl. photocopies)
Please ask Ms. Fox to **make** three **photocopies of** this contract. 請福克斯小姐把合約複印三份影本。

㉒ **reminder** [rɪ`maɪndɚ] *n.* 通知單，提示
The **reminders about** all kinds of due dates are pinned to the secretary's desk.
各種到期日的通知單被釘在祕書的桌前。

㉓ **senior** [`sinjɚ`] *adj.* 層級較高的;較資深的,較年長的
Mr. Green is **senior to** us, so he is the one who makes the final decision in our department.
格林先生的職位比我們都還要高,所以他是我們部門做最後決策的人。

㉔ **stationery** [`steʃən,ɛrɪ`] *n.* 文具
The manager just announced the shocking news that the company would no longer offer free **stationery**.
經理剛發布一個令人震驚的消息,公司將不再供應免費的文具。

㉕ **supervise** [`supɚ,vaɪz`] *v.* 管理,監督 同 oversee
Mr. Parker was hired to **supervise** the accounts.
帕克先生受僱來管理會計部門。

supervisor [`supɚ,vaɪzɚ`] *n.* 管理者,監督者
As a **supervisor**, what I do is oversee my subordinates fairly and objectively.
身為一個管理者,我要做的就是公平且客觀地監督我的下屬。

Unit 9

辦公室 (2)

5 分鐘快速掃過核心單字，你認識幾個？

① accommodate
② administrative
③ assignment
④ board
⑤ briefcase
⑥ cartridge
⑦ committee
⑧ corridor
⑨ deadline
⑩ designate

⑪ division
⑫ enclose
⑬ executive
⑭ firm
⑮ gossip
⑯ inaugural
⑰ laptop
⑱ message
⑲ occupation
⑳ paperwork

㉑ printer
㉒ revise
㉓ staff lounge
㉔ submit
㉕ workload

① **accommodate** [ə`kɑmə,det] v. 為…提供方便，給予…幫助；適應

You have a good credit history, and I think there is a high chance that the bank will **accommodate** you **with** a loan.

你有好的信用紀錄，我覺得銀行提供貸款給你的可能性很大。

⊕ 字彙小幫手：accommodate oneself to sth 使…適應…

② **administrative** [əd`mɪnə,stretɪv] adj. 行政的，管理的

Dozens of candidates are competing for the position of **administrative** assistant.

有很多位候選人來競爭行政助理這個職位。

③ **assignment** [ə`saɪnmənt] n. 分配 (工作)；(分派的) 工作，任務

Everyone is fairly satisfied with the manager's **assignment** of tasks.

每個人都很滿意經理分配的任務。

⊕ 字彙小幫手：on assignment 執行任務；外派工作

④ **board** [bord] n. 董事會

Ms. Anderson's proposal has not been approved by **the board of directors** yet.

安德森小姐的提案還沒有被董事會通過。

⊕ 字彙小幫手：board meeting/member 董事會議 / 成員
sit on a board 為董事會成員

⑤ **briefcase** [`brif,kes] n. 公事包

Mark's trendy **briefcase** is a birthday gift from his wife. He carries it everywhere he goes. 馬克的時髦公事包是他太太送的生日禮物。他走到哪兒都帶著它。

⑥ **cartridge** [`kɑrtrɪdʒ] *n.* 墨水匣
Please be extra careful when you replace the printer **cartridge**. It's hard to remove the ink stains from your clothes. 更換印表機墨水匣時請特別小心。衣服上的墨水漬很難去除。

⑦ **committee** [kə`mɪtɪ] *n.* 委員會
The **committee meeting** will be held in our branch on Friday morning.
週五早上將會在我們分行舉行委員會會議。

💡 字彙小幫手：sit/be on the (finance/management) committee 是 (財務 / 管理) 委員會的委員

⑧ **corridor** [`kɔrədə] *n.* 走廊，通道 🔄 hallway, passage
You can find Mr. Webb's office at the end of the **corridor** on the left.
你會在走廊盡頭的左側找到韋伯先生的辦公室。

⑨ **deadline** [`dɛd͵laɪn] *n.* 截止日期，最後期限
The manager emphasized once again that we must **meet the deadline**.
經理再次強調我們一定要在截止日期內完成工作。

💡 字彙小幫手：
set/miss/extend a deadline 設定 / 錯過 / 延長截止日期

9

⑩ **designate** [ˋdɛzɪg͵net] *v.* 指派，委任 ⓔ appoint
Ms. Chiyo was **designated** by the headquarters to
assist the new branch to be on track.
千代小姐被總部指派去協助新分行上軌道。

💡字彙小幫手：be designated as/for sth 被指派為⋯

⑪ **division** [dɪˋvɪʒən] *n.* 部門 (如：部、處、室、科)；分配
That company is planning to restructure the **sales
division**, so there might be some layoffs.
那間公司計劃重整銷售部門，所以也許會有一些解僱。

⑫ **enclose** [ɪnˋkloz] *v.* 隨信附上，隨信封入
Job applicants were asked to **enclose** their
résumés **with** their applications.
求職者被要求把個人簡歷隨申請書一同附上。

enclosed [ɪnˋklozd] *adj.* 隨信附上的，附上的
Please find enclosed a check for 500 US dollars
and the agenda for the meeting on Thursday.
已隨信附上五百美元支票和週四會議的議程。

⑬ **executive** [ɪgˋzɛkjutɪv] *n.* 行政主管
Several managers are competing for the
opportunity to be promoted to senior **executive**.
好幾位經理正在為升職成高級行政主管的機會競爭。

⑭ **firm** [fɝm] *n.* 事務所，公司，商號
Laura had job interviews with some companies
today, including a **law firm**, an **advertising firm**,

and an **electronics firm**.

蘿拉今天要去一些公司面試，包括一間律師事務所、一間廣告公司和一間電子公司。

⑮ **gossip** [ˋgɑsɪp] *n.* 八卦，流言蜚語

Our supervisor hates **idle gossip**, so we should avoid **having a gossip about** anyone or anything in the office.

我們主管厭惡流言蜚語，所以我們要避免在辦公室裡聊八卦。

⑯ **inaugural** [ɪnˋɔgjərəl] *adj.* 就職的，就任的

The new CEO is giving her **inaugural address** to the staff now. After that, they will all attend the **inaugural ball**.

新來的執行長正在對員工發表就職演說。在那之後，他們全體都會參加就職舞會。

⑰ **laptop** [ˋlæp͵tɑp] *n.* 筆記型電腦，手提電腦
圓 notebook

Matthew has four projects in progress, so he needs to bring his **laptop** with him during the family trip.

馬修有四個案子在進行中，所以他必須帶著筆記型電腦去家族旅行。

⑱ **message** [ˋmɛsɪdʒ] *n.* 訊息，口信 圓 note, word

Mr. Jones went on a business trip in Los Angeles today. Can I **take a message**?

瓊斯先生今天去洛杉磯出差了。要我幫你傳個話嗎？

69

messenger [`mɛsn̩dʒɚ] *n.* 送信人，信差

The financial report is of crucial importance, so I'll deliver it by a special **messenger**.

這份財務報表很重要，所以我會請特別的送信人送件。

⭕ 字彙小幫手：message for sb from sb …要給…的留言
send/pass on/receive/leave a message
寄出 / 傳遞 / 收到 / 留下訊息

⑲ **occupation** [ˌɑkjə`peʃən] *n.* 職業，工作

Please fill in your name, place of residence, phone number, and **occupation** in the form.

請在表格內填寫你的名字、居住地、電話號碼和職業。

⑳ **paperwork** [`pepɚˌwɝk] *n.* 文書工作；文件

Helen deals with most of the **paperwork** in our department. If you have any question about this document, just ask her.

海倫處理我們部門大部分的文書工作。如果你對這份文件有任何疑問，可以直接問她。

㉑ **printer** [`prɪntɚ] *n.* 印表機

We are considering replacing the old **bubble jet printer** with a laser one.

我們在考慮把老舊的噴墨印表機換成雷射印表機。

㉒ **revise** [rɪ`vaɪz] *v.* 修改

The team leader gathered us to **revise** our proposal for the last time, for it will be submitted to the manager at the meeting tomorrow.

團隊領導人把我們集合起來做最後一次的提案修改,因為明天開會時就要把提案交給經理了。

---

revision [rɪ`vɪʒən] *n.* 修改
The boss asked Gina to make some **revisions to** the proposal.
老闆要求吉娜對提案做一些修改。

㉓ **staff lounge** [stæf] [laʊndʒ] *n.* 員工休息室
The staff can take a break in the **staff lounge**, such as chatting, having some snacks, and drinking a cup of coffee.
員工可以在員工休息室小憩,像是聊天、吃零食或喝杯咖啡。

㉔ **submit** [səb`mɪt] *v.* 呈遞,提交 (submit, submitted, submitted)
Each team has to **submit** two proposals for this project **to** the director by this Friday.
每個團隊必須在這個週五前呈遞兩份這項企畫的提案給經理。

㉕ **workload** [`wɝk,lod] *n.* 工作量
According to the statistics, ATMs have reduced about 50% **workload** of bank tellers.
根據統計數據,自動櫃員機為銀行行員減少約百分之五十的工作量。

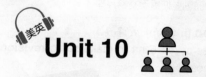

Unit 10

辦公室 (3)

5 分鐘快速掃過核心單字，你認識幾個？

① acknowledge
② announcement
③ assistant
④ branch
⑤ browser
⑥ classified
⑦ compile
⑧ council
⑨ demanding
⑩ director
⑪ document
⑫ envelope
⑬ facility
⑭ folder
⑮ harassment
⑯ install
⑰ letterhead
⑱ monitor
⑲ organize
⑳ password
㉑ procedure
㉒ routine
㉓ staple
㉔ subsidiary
㉕ workplace

① **acknowledge** [ək`nɑlɪdʒ] v. (透過電子郵件或信件)
確認收到
Please **acknowledge receipt of** the duplication of
the contract as soon as you receive it.
請在一收到合約複本時回函告知。

② **announcement** [ə`naʊnsmənt] n. 公告，聲明
The CEO said that he would make a surprising
announcement about the changes in the
company policy tomorrow.
執行長說他明天會發布一個令人驚喜的公司政策更動公
告。

announce [ə`naʊns] v. 宣布，宣告
The boss **announced** that the staff would receive
an extra bonus this month.
老闆宣布這個月全體員工會得到一筆額外獎金。

③ **assistant** [ə`sɪstənt] n. 助理，助手
Mr. Nakase is a personal **assistant to** the
personnel manager, arranging all the appointments
and meetings for him.
中瀨先生是人事經理的私人助理，為他安排所有的約會和
會議。

④ **branch** [`bræntʃ] n. 分店，分支機構
· The boss happily announced the opening of three
new **branches** in the rural area.
老闆很高興地宣布在郊區開幕三間新分店。

⑤ **browser** [`brauzɚ] *n.* 瀏覽器

Ted likes to open a couple of **browser** windows when he looks for information on the Internet.

泰德在上網找資料時，喜歡打開好幾個瀏覽器視窗。

⑥ **classified** [`klæsə,faɪd] *adj.* 機密的，保密的

同 secret

These documents contain **classified information**, which can only be accessed by the general manager and CEO. 這些文件包含了機密資料，只有總經理和執行長可以讀取。

📍字彙小幫手：

classified documents/material 機密文件 / 資料

⑦ **compile** [kəm`paɪl] *v.* 彙編，編纂

The business executive needs to **compile** the data and figures **for** the annual reports.

業務主管需要為年度報告彙編資料和數據。

⑧ **council** [`kaʊnsəl] *n.* 委員會，理事會；地方議會

The **council** has decided to reject Mr. Scott's planning application.

委員會已經決定要拒絕史考特先生的規畫申請書。

⑨ **demanding** [dɪ`mændɪŋ] *adj.* 艱鉅的，耗時耗力的

同 difficult

This project was extremely **demanding**, so the manager augmented one senior account executive.

這個專案計畫非常艱鉅，所以經理擴編了一位資深專員。

⊙ 字彙小幫手：
physically/emotionally/intellectually demanding
耗費體力 / 心神 / 腦力的

⑩ **director** [dəˋrɛktɚ] *n.* 主任，經理
Many employees suspected that the new **director** designated by the president would make some changes in personnel. 許多員工猜想這位總裁派任的新主任會在人事方面做一些更動。

⑪ **document** [ˋdɑkjəmənt] *n.* 文件，公文
Please send this **document** by email to all the staff two days before the meeting.
請在會議前兩天將此文件透過電子郵件傳給全體員工。

⊙ 字彙小幫手：official/legal/confidential document
正式 / 法律 / 機密文件

⑫ **envelope** [ˋɛnvəlop] *n.* 信封
The secretary forgot to enclose the check and receipt before he sealed the **envelope**.
祕書忘記在封上信封前隨函附上支票和收據。

⊙ 字彙小幫手：pay envelope 薪資袋
on the back of an envelope 匆忙地；粗略地

⑬ **facility** [fəˋsɪlətɪ] *n.* 設施，設備
The chairman promised that there would be new sports **facilities** built on the rooftop of the company next July.
董事長承諾明年七月會在公司天臺建造新的運動設施。

⑭ **folder** [`foldɚ] *n.* 文件夾
Cynthia sorts relevant documents into same
folders. 辛西雅把相關的文件歸納整理在同個文件夾。

⑮ **harassment** [hə`ræsmənt] *n.* 騷擾，煩擾
Everyone should pay attention to the issue of
sexual harassment. 每個人都應該重視性騷擾議題。

⑯ **install** [ɪn`stɔl] *v.* 把…安裝到電腦上
The computer technicians **installed** the new
software on every computer in the firm within just
one day. 電腦技師們只花了一天時間就把新軟體安裝
在公司的每臺電腦上。

installation [ˌɪnstə`leʃən] *n.* 安裝
Christine was blamed for the **installation** of
unnecessary software on the company's computer.
克莉絲汀因在公司電腦上安裝不必要的軟體而被責罵。

⑰ **letterhead** [`letɚhɛd] *n.* (印於信紙上方的名稱和地
址) 信頭
Letterheads are usually printed at the top of
writing paper and often include company logos.
信頭通常印在信紙的上方，也常包含公司標誌。

⑱ **monitor** [`monətɚ] *n.* 螢幕，顯示器 同 screen；
v. 監視，跟蹤調查 同 track
There is something wrong with my computer
monitor. I have already made a request for

maintenance service.

我的電腦螢幕有些不對勁。我已經請求提供維修服務。

The bank vault is carefully **monitored** by the high-tech surveillance cameras.

銀行金庫受到高科技的監視攝影機嚴密監視。

⑲ **organize** [`ɔrgən͵aɪz] *v.* 安排，組織

Mr. Lynch reminded us to **organize** a welcome party for our new employee, Ms. Shelton.

林區先生提醒我們要為新員工謝爾頓小姐安排歡迎派對。

⑳ **password** [`pæs͵wɜd] *n.* 密碼

People can't go into the data room without entering the correct **password**.

沒有輸入正確密碼，人們不能進入資料室。

㉑ **procedure** [prə`sidʒɚ] *n.* 程序，步驟

The company has simplified the **procedure for** applying for leave. 公司簡化了請假的程序。

㉒ **routine** [ru`tin] *n.* 例行公事，慣例

Clerical work seems to be a set **routine**, but in fact, it's quite challenging.

文書工作看似例行公事，但事實上是非常有挑戰性的。

routinely [ru`tinlɪ] *adv.* 日常地，常規地 圓 regularly

I **routinely** turned on the computer, placed a cup of coffee on the right corner of the desk and started my work at 9:00 a.m.

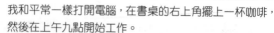

10

我和平常一樣打開電腦，在書桌的右上角擺上一杯咖啡，然後在上午九點開始工作。

🔍 字彙小幫手：as a matter of routine 習慣性地
establish/follow/break a routine 建立／遵從／打破慣例

㉓ **staple** [`stepḷ] *n.* 主要產品；訂書針；*v.* 用訂書針裝訂
Disposable tableware is a **staple** of my company.
免洗餐具是我公司的主要產品。
Peter had to **staple** all the receipts to the order forms by noon.
彼得最晚要在中午前把全部的收據裝訂到訂購單上。

㉔ **subsidiary** [səb`sɪdɪərɪ] *n.* 子公司
We have a few **subsidiaries** in Japan, China, and Spain, but the parent company is in the United Kingdom.
我們在日本、中國和西班牙有幾間子公司，但是母公司是在英國。

㉕ **workplace** [`wɝkples] *n.* 工作場所
Earning a good profit this year, the boss promised to improve the facilities in the **workplace**.
由於今年的獲利不錯，老闆承諾要改善工作場所的設施。

78

Unit 11

人事 (1)

5 分鐘快速掃過核心單字，你認識幾個？

(1) absence
(2) advertise
(3) appraisal
(4) bonus
(5) capability
(6) characteristic
(7) deduct
(8) eligible
(9) experience
(10) human resources

(11) income
(12) interview
(13) literacy
(14) niche
(15) paycheck
(16) personal
(17) portfolio
(18) practitioner
(19) raise
(20) refer

(21) résumé
(22) skill
(23) supervision
(24) train
(25) unemployment

① **absence** [ˋæbsn̩s] *n.* 缺席
Frank lost half of his year-end bonus because of his repeated **absences from** work.
法蘭克因為屢次曠職而少了一半的年終獎金。

② **advertise** [ˋædvɚ͵taɪz] *v.* 登廣告，打廣告
The company is thinking about **advertising** the new product line in all the national newspapers and on several popular social media.
公司正考慮在所有全國性的報紙和幾個受歡迎的社群媒體登新產品系列的廣告。

advertisement [͵ædvɚˋtaɪzmənt] *n.* 廣告 回 ad
After watching the new television **advertisement** for our new product, the board of directors all nodded in agreement.
看完我們新產品的電視廣告後，董事會都點頭表示贊同。

③ **appraisal** [əˋprez!] *n.* (工作) 鑒定，評估 回 assessment
The staff have been working harder these days, for the annual regular job **appraisals** will be carried out soon. 員工們這幾天更加努力，因為年度定期工作鑒定就要開始。

appraise [əˋprez] *v.* 鑒定，評估 回 evaluate, assess
It is a tradition in our company that the staff will **appraise** their own and other co-workers' performance at the end of every year. 員工們在每年年底鑒定自己和同事們的工作表現是我們公司的傳統。

④ **bonus** [`bonəs] *n.* 獎金，津貼 (pl. bonuses)
The company had strong sales growth, and thus the staff all got an extra productivity **bonus**.
公司銷售量大幅成長，因此員工都得到額外的生產績效獎金。

⑤ **capability** [ˌkepə`bɪlətɪ] *n.* 能力，才能
(pl. capabilities) 同 ability
Ms. Shelley admitted to the supervisor that the job was **beyond** her **capabilities**.
雪萊小姐向她的長官坦承這項工作超出她的能力。

⑥ **characteristic** [ˌkærɪktə`rɪstɪk] *n.* 特質，特徵
同 feature
We are looking for employees that possess certain **characteristics**, such as vigor, patience, and calmness.
我們正在尋找具備像是活力、耐心和沉著等特質的員工。

⑦ **deduct** [dɪ`dʌkt] *v.* 扣除，減去 同 subtract
The company will **deduct** income tax **from** your monthly salary.
公司會從你的每月薪資中扣除所得稅。

⑧ **eligible** [`ɛlədʒəbl] *adj.* 有資格的，合格的 同 qualified
Mr. Roberts is not **eligible** for retirement yet, but he will be next year.
羅伯絲先生還尚未到達退休的資格，但他明年就符合資格了。

⑨ **experience** [ɪk`spɪrɪəns] *n.* 經驗

Among the four interviewees, only Lily has hands-on **experience** of the job in a hospital.

在這四位面試者當中，只有莉莉有在醫院工作的實務經驗。

⑩ **human resources** [`hjumən] [rɪ`sorsɪz]

n. 人事部，人力資源部

Newcomers should report to **human resources** on the first day of work.

新進人員應該在第一天上班時到人事部報到。

⑪ **income** [`ɪn,kʌm] *n.* 收入，收益

We heard that Peter's **income** rose more than 40% after he was headhunted by the P&B Corp.

我們聽說彼得的收入在被 P&B 公司挖角後增加超過百分之四十。

⑫ **interview** [`ɪntɚ,vju] *n.* 面試；訪談

Never be late for a job **interview**. That will definitely leave a bad impression on the interviewers.

面試時絕對不要遲到。那絕對會給面試官帶來壞印象。

⑬ **literacy** [`lɪtərəsɪ] *n.* (某領域的) 知識，能力

同 knowledge

Computer **literacy** is crucial to surviving in the workplace. 電腦知識對於在職場生存可說是非常重要。

⑭ **niche** [nɪtʃ] *n.* (合自己心意的) 工作 / 職位
Karen is happy that she has made a **niche** for herself in the publishing industry.
凱倫很開心已在出版業找到適合自己的工作。

⑮ **paycheck** [ˋpeˌtʃɛk] *n.* 薪資；付薪水的支票
Two thirds of my **paycheck** normally goes to living expenses, and I deposit the rest of it in my bank account every month.　每個月通常有三分之二的薪資作為生活所需，其餘的我都存入銀行帳戶。

⑯ **personal** [ˋpɜsn̩l] *adj.* 私人的，個人的 **同** private
Employees who wish to take a week's **personal leave** should tell their superiors in advance.
想要請一週休假的同事應提前告知上級。

personally [ˋpɜsn̩lɪ] *adv.* 親自地，本人直接地
同 in person
Ms. Johansson, the CEO herself, will **personally** interview the job applicants this time.
執行長喬韓森小姐本人會親自面試這次的求職者。

⑰ **portfolio** [portˋfolɪˌo] *n.* 作品集；投資組合
A job applicant's **portfolio** of work may be the key to passing a job interview successfully.
求職者的作品集也許是成功通過面試的關鍵所在。

⑨ 字彙小幫手：
an investment/share portfolio 投資 / 股份組合

⑱ **practitioner** [præk`tɪʃənə] *n.* (尤指醫界或法律界的) 從業人員

Joe dreamed about being a medical **practitioner** when he was young, but he is an editor now.

喬年輕時夢想自己成為一位醫生，但他現在是編輯。

⑲ **raise** [rez] *n.* 加薪 圆 rise

After the big success of the project, Allen thought he would deserve a **raise**.

專案大成功之後，艾倫認為他應該被加薪。

⑳ **refer** [rɪ`fɝ] *v.* 涉及，有關 (refer, referred, referred)

The dress code **refers to** all the staff, from CEO to clerks. 服裝規定適用於全體員工，包括執行長到文書員。

reference [`rɛfrəns] *n.* 涉及，提到

The manager asked me to write to Mr. Buck **in reference to** his email of April 9th.

經理要求我就巴克先生四月九日的電子郵件回信給他。

㉑ **résumé** [`rɛzəme] *n.* 履歷，簡歷 圓 CV

Joan had several interviews after sending her **résumé** to dozens of companies.

在寄出數十封履歷後，瓊得到幾個面試機會。

㉒ **skill** [skɪl] *n.* 技巧，技能

The manager suggested that Eric improve his negotiating **skills** with clients.

經理建議艾瑞克改善他與顧客協商的技巧。

📍 字彙小幫手：skill in/at ... …的技能

㉓ **supervision** [ˌsupə`vɪʒən] *n.* 管理，監督
Rachel is promoted to senior executive, and now there are thirty people **under** her **supervision**.
瑞秋晉升為資深主管，現在有三十人由她管理。

㉔ **train** [tren] *v.* 培訓，訓練
The company intended to **train** the employee to be a quality assurance manager.
公司有意培訓那位員工成為品質保證經理。

training [`trenɪŋ] *n.* 培訓，訓練
The employees need to take the **training** courses and pass the tests in order to stay in the company.
員工需參加培訓課程並通過考試，才可以繼續待在公司。

㉕ **unemployment** [ˌʌnɪm`plɔɪmənt] *n.* 失業率，失業人數，失業 (狀態)
The government has tried every means to improve the problems of **unemployment** and homelessness.
政府試過各種方法去改善失業率和無家可歸的問題。

📍 字彙小幫手：
rising/falling unemployment 上升的 / 下降的失業率
unemployment benefit/statistics 失業補助 / 統計數據

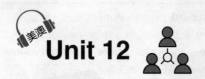

Unit 12

人事 (2)

5 分鐘快速掃過核心單字，你認識幾個？

① achievement
② applicant
③ bachelor's degree
④ caliber
⑤ career
⑥ commensurate
⑦ dismiss
⑧ employment
⑨ expert
⑩ identification

⑪ intensive
⑫ introduce
⑬ manage
⑭ notice
⑮ payroll
⑯ personnel
⑰ position
⑱ predecessor
⑲ recruit
⑳ require

㉑ retire
㉒ staff
㉓ tenure
㉔ transfer
㉕ union

① **achievement** [əˋtʃivmənt] *n.* 成就

圓 accomplishment

It is a remarkable **achievement** for our CEO, Mr. Anderson, to build up his electronic business kingdom on his own.

這是我們執行長安德森先生偉大的成就,親自打造他自己的電子商務王國。

② **applicant** [ˋæpləkənt] *n.* 申請人

To our surprise, there are over a hundred **applicants for** this job.

出乎我們意料之外,竟然有超過一百個人應徵這個工作。

application [͵æpləˋkeʃən] *n.* 申請,請求;應用軟體

You should learn how to write a formal **letter of application**. 你應該學習如何書寫一封正式的求職信。

⍟ 字彙小幫手:application form 申請表

③ **bachelor's degree** [ˋbætʃələ‿z] [dɪˋgri] *n.* 學士學位

Catherine is a genius. She got her **bachelor's degree** at the age of 15.

凱瑟琳是一個天才。她十五歲就拿到學士學位。

④ **caliber** [ˋkæləbə‿] *n.* 水準,品質 圓 quality

The board of directors decided to offer a handsome salary, hoping to attract people of higher **caliber**.

董事會決定開出優渥的薪水,希望可以吸引更高水準的人才。

⑤ **career** [kə`rɪr] *n.* (終身) 職業，生涯 同 occupation
When you look for a job, **career** prospects are a crucial factor that you should ponder.
當你找工作的時候，事業前景是一個重要的考量因素。

⑥ **commensurate** [kə`mɛnʃərɪt] *adj.* 相稱的，相當的
同 comparable, corresponding
Amelia hopes to find a job offering a salary that is **commensurate with** her qualifications and skills.
艾蜜莉亞希望找到一份工作能提供與她資歷和技能相稱的薪資。

⑦ **dismiss** [dɪs`mɪs] *v.* 解僱，免職
Alexander was **dismissed from** the position of senior executive for leaking confidential information to another company.
身為高階主管的亞歷山大因為洩露機密資訊給另一家公司而被解僱。

⑧ **employment** [ɪm`plɔɪmənt] *n.* 就業，僱用
The residents in that area hoped the new factory would provide **employment** for them.
那個地區的居民希望新工廠可以提供他們就業機會。

⑨ **expert** [`ɛkspɝt] *n.* 專家，行家 同 specialist
We need to consult the **experts** about the problems of import tax.
我們需要諮詢專家關於進口稅的問題。

expertise [ˌɛkspɚˈtiz] *n.* 專長，專門技能 同 skill
With her **expertise in** financial management, Olivia got job offers from seven large companies.
由於奧利維亞的財務管理專長，她得到七家大公司的工作機會。

⑩ **identification** [aɪˌdɛntəfəˈkeʃən] *n.* 身分證明，身分證 同 ID
Special **identification** is required to enter the control room. Authorized personnel only.
需要特殊的身分證明才能進入控制室。限授權人員出入。

⑪ **intensive** [ɪnˈtɛnsɪv] *adj.* 密集的，集中的
There will be some **intensive** training courses in brand management this month.
這個月有幾場密集的品牌管理訓練課程。

⑫ **introduce** [ˌɪntrəˈdjus] *v.* 引進，採用；介紹
There has been no theft since they **introduced** a new security system **into** the firm.
自從他們引進了新保全系統到公司後再也沒有竊盜案了。

introduction [ˌɪntrəˈdʌkʃən] *n.* 引進，採用；介紹，引見
The **introduction** of a new facial recognition system to the company has generated a large number of discussions and complaints.
公司新引進的臉部辨識系統帶來許多的討論和抱怨。

89

12

introductory [ˌɪntrəˋdʌktərɪ] *adj.* (新產品) 上市的，首次的

The sales department is having a meeting deciding an **introductory price** for the new product.
銷售部門正在舉行會議決定新產品的上市價格。

🟡字彙小幫手：introduce sb to sb 介紹⋯給⋯

⑬ **manage** [ˋmænɪdʒ] *v.* 管理，經營
Kyle will be a perfect candidate for this position, for he has many successful experiences of **managing** big projects. 凱爾是這個職位的絕佳候選人，因為他有很多成功管理大案子的經驗。

managerial [ˌmænəˋdʒɪrɪəl] *adj.* 管理的，經營上的
Laura takes courses after work, hoping to master more **managerial** skills.
蘿拉在下班後進修，希望能夠精通更多管理技巧。

⑭ **notice** [ˋnotɪs] *n.* 通知，預告 🟰 notification；(因解僱或辭職的) 通知期
Half of the staff is forced to take unpaid leave until further **notice**.
直到有更進一步的通知前，半數員工被迫要放無薪假。

notify [ˋnotəˌfaɪ] *v.* (正式) 通知，告知 🟰 inform (notify, notified, notified)
Please make sure that every employee has been **notified of** the changes in the company.
請確定每個職員都已被通知公司有所變動。

90

⑮ **payroll** [`pe͵rol] *n.* 在職人員工資表，工資名單；(公司的) 工資總支出

With the rapid development of the company, there will be another fifty employees added to the **payroll** in the third quarter of the year.

由於公司的快速發展，在職人員工資表在今年第三季會再增加五十人。

⑯ **personnel** [͵pɝsṇ`ɛl] *n.* 人事部門；(公司) 全體員工

The **personnel** manager announced that the rents of the staff dormitory will increase next month.

人事部門經理宣布下個月員工宿舍租金將調漲。

⑰ **position** [pə`zɪʃən] *n.* 職務，工作 回 job

Leo would accept any **position** the company offers because he has been unemployed for half a year.

里歐會接受公司提供的任何職務，因為他已經失業半年了。

⑱ **predecessor** [`prɛdɪ͵sɛsɚ] *n.* 前輩，前任

Joanne had to deal with many problems her **predecessor** left last year, and yet she gets things back on track now. 喬安去年必須處理她前輩留下來的許多問題，但是她現在讓一切重回正軌。

⑲ **recruit** [rɪ`krut] *v.* 招募，招聘

The firm is thinking about **recruiting** some marketing experts overseas.

公司考慮越洋招募一些行銷專業人士。

⑳ **require** [rɪ`kwaɪr] v. 需要，依賴
This development project **requires** the boss's authority. 這項開發計畫需要老闆的授權。

required [rɪ`kwaɪrd] *adj.* 必須的
Newcomers will attend the **required** one-week training courses to familiarize themselves with the company and their work. 新進人員必須參加為期一週的訓練課程，以多了解公司與工作內容。

requirement [rɪ`kwaɪrmənt] *n.* 要求，規定
⟨同⟩ demand
A master's degree and at least two years' hands-on experience are the basic **requirements for** this job.
碩士學位和至少兩年實務經驗是這個工作最基本的要求。

㉑ **retire** [rɪ`taɪr] v. 退休
Mr. Edmond plans to travel around the world after **retiring from** the company.
艾德蒙先生計劃從公司退休後環遊世界。

㉒ **staff** [stæf] *n.* 全體員工 (總稱) ⟨同⟩ personnel
Mike works in a big company. There are more than 2,000 **staff** in his company.
麥克在一間大公司上班。那間公司有超過兩千位員工。

㉓ **tenure** [`tɛnjɚ] *n.* 任期，使用權
During Ms. Bates' **tenure** as CEO, she made regulations to follow, established goals to pursue,

and got the company back on track.
在貝茲小姐擔任執行長任期期間，她不僅訂下該遵循的規範和建立要追求的目標，也帶領公司上軌道。

㉔ **transfer** [træns`fɝ] v. 調動，調任 ⑤ relocate
(transfer, transferred, transferred)
The manager is looking for a volunteer willing to **be transferred to** the London branch.
經理正在尋找一個自願調職到倫敦分行的人。

㉕ **union** [`junjən] n. 工會
The heads of several **unions** gathered to discuss the details before staging a strike for better pay.
幾個工會的領導人在發動爭取較好薪資的罷工之前，先聚在一起討論細節。

NOTE

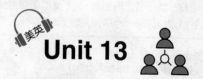

Unit 13

人事 (3)

5 分鐘快速掃過核心單字，你認識幾個？

① addition
② appoint
③ benefit
④ candidate
⑤ certificate
⑥ compensation
⑦ documentation
⑧ evaluate
⑨ hire
⑩ impress

⑪ internship
⑫ leave
⑬ merit
⑭ novice
⑮ pension
⑯ placement
⑰ post
⑱ qualification
⑲ redundancy
⑳ resign

㉑ salary
㉒ strength
㉓ testimonial
㉔ understaffed
㉕ workforce

① **addition** [əˋdɪʃən] *n.* 增加的人或物
We believe the new assistant will be a useful **addition** to our department.
我們相信這位新助理會是我們部門的生力軍。

② **appoint** [əˋpɔɪnt] *v.* 委任，指派
The director of human resources **was appointed to** run the project.
人力資源總監被委任執行這項專案。

③ **benefit** [ˋbɛnəfɪt] *n.* (員工獲得的) 福利，補助
The sales performance of the company is poor this year; therefore, **employee benefits** and pay will be slightly cut to help the company go through the difficulty.
公司今年的銷售狀況很差；因此，員工福利和薪水都會微幅的縮減來幫助公司渡過難關。

beneficial [ˌbɛnəˋfɪʃəl] *adj.* 有利的，有益的
圓 favorable
The new changes in the company would only **be beneficial to** the management, but not the labor.
公司的新改革只對資方有利，對勞方則不然。

④ **candidate** [ˋkændəˌdet] *n.* 候選人
Among the six **candidates** for the position, Mr. Wesley is the most promising one.
在六個此職位的候選人當中，衛斯理先生是最有希望的。

⑤ **certificate** [sə`tɪfəkɪt] *n.* 證明，證書

To claim on the insurance, I need to provide my **medical certificate**.

要申請保險理賠，我需要提供我的醫療證明。

⑥ **compensation** [,kɑmpən`seʃən] *n.* 賠償金

Victor was hurt while operating a machine in the factory, and thus, he received 2,000 US dollars **in compensation for** his injury.

維克多在工廠操作機器時受傷，因此，他收到一筆二千美元的傷害賠償金。

★ 字彙小幫手：

demand/seek/claim compensation 要求賠償

⑦ **documentation** [,dɑkjəmɛn`teʃən] *n.* 證明文件

The new employees have to provide necessary **documentation** to the personnel department on the first day of work. 新進員工要在第一天上班提供必要的證明文件給人事部門。

⑧ **evaluate** [ɪ`væljʊ,et] *v.* 評估，評價 同 assess

Mr. Smith is in charge of **evaluating** the whole members of the sales department. He always reminds himself to be fair and objective.

史密斯先生負責評估銷售部門的所有人員。他總是提醒自己要保持公正客觀。

evaluation [ɪ,væljʊ`eʃən] *n.* 評估，評價 同 assessment

It is said that the chairperson, Ms. Goodman, will review all the staff's **job evaluations**.
據說主席古德曼小姐將會檢視所有員工的工作評估。

⑨ **hire** [haɪr] v. 僱用，錄用 圓 employ
The manager said the company would **hire** a brand management consultant to help improve our brand image.
經理說公司會僱用一位品牌管理顧問來幫助我們提升品牌形象。

⑩ **impress** [ɪm`prɛs] v. 使印象深刻，使欽佩
The job applicant tried to **impress** the interviewers **with** his portfolio and qualifications.
求職者試圖以其作品集和資歷讓面試官印象深刻。

impressed [ɪm`prɛst] adj. 印象深刻的，欽佩的
Mr. Webb **was** very **impressed with** Linda's résumé, requesting to interview her in person.
韋伯先生對琳達的履歷表印象深刻，要求親自面試她。

⑪ **internship** [`ɪntɝn.ʃɪp] n. 實習期
Christopher wants to find a paid **internship** to support himself.
克里斯多夫希望找到帶薪實習的工作來養活他自己。

⑫ **leave** [liv] n. 假，假期
Sarah took a week's annual **leave** to travel in Europe.
莎拉休了一週的年假去歐洲旅遊。

97

⑬ **merit** [`mɛrɪt] *n.* 優點，功績 同 advantage, strength
After considering the **merits** of every applicant, the interviewer offered Ms. Thurman the job.　在考量了每位求職者的個人優點後，面試官給舒曼小姐這個職位。

💡 字彙小幫手：
on sb's (own) merits 根據…(本身的) 的特點

⑭ **novice** [`nɑvɪs] *n.* 新手，初學者
Ms. Shelton is a complete **novice** in accounting, but she's a fast learner.
謝爾頓小姐是會計新手，但她學得很快。

⑮ **pension** [`pɛnʃən] *n.* 退休金，養老金
Appreciating his devotion to the firm, the boss granted Mr. Lucas early retirement and gave him a generous **pension**.　由於感謝盧卡斯先生對公司的奉獻，老闆批准他提早退休並且給他優渥的退休金。

⑯ **placement** [`plesmənt] *n.* 臨時工作，臨時職位
Diana's father found a **placement** for her in his company right after she graduated from university.
黛安娜從大學畢業後，她父親馬上幫她在自己公司找到一份臨時工作。

⑰ **post** [post] *n.* 職位，職務 同 job, position
Gillian told me that there were some vacant **posts** in the international department and advertising department of her company.
吉莉安告訴我她公司的國際部和廣告部有一些職缺。

⑱ qualification [ˌkwɑləfəˈkeʃən] *n.* 資歷，資格；合格證書

Daniel's impressive **qualifications** have won him many job interviews.

丹尼爾令人印象深刻的資歷為他得到了非常多的面試機會。

---

qualify [ˈkwɑləˌfaɪ] *v.* 使有資格，使合格 同 equip
(qualify, qualified, qualified)

Kelly took a month's training course to **qualify as** a chief marketing officer.

凱莉修習為期一個月的研習課程以取得行銷長的資格。

---

⑲ redundancy [rɪˈdʌndənsɪ] *n.* 失業，裁員
(pl. redundancies)

Owing to the recession, there were 8,000 **redundancies** in the country last year.

由於經濟不景氣，去年全國有八千個人失業。

---

⑳ resign [rɪˈzaɪn] *v.* 辭去 (職務) 同 quit

Patrick **resigned from** his well-paid job in order to pursue his dream—opening a café.

派翠克辭去高薪的工作為了追求他的夢想——開一間咖啡廳。

㉑ salary [ˈsælərɪ] *n.* 薪水，薪資 (pl. salaries) 同 wage

That job offers an annual **salary** of 40,000 US dollars and a three percent salary increase yearly.

那份工作提供年薪四萬美元，還有年度百分之三的加薪。

13

㉒ **strength** [strɛŋθ] *n.* 優點，長處 同 merit, advantage；
人數、人力

The secretary has many **strengths**, two of which
are carefulness and thoughtfulness.

這位祕書有許多優點，其中兩項是細心和體貼。

♥字彙小幫手：in strength 大量 (地)
below strength 人力不足，缺乏人手

㉓ **testimonial** [ˌtɛstə`monɪəl] *n.* 推薦函 同 reference
Applicants should enclose two **testimonials** from
their former employers with the application.

求職者應該隨申請書附上兩封來自前任僱主的推薦函。

㉔ **understaffed** [ˌʌndə`stæft] *adj.* 人手不足的，人力
配置不夠的

Because five members resigned at the same time,
the import department was desperately
understaffed.

因為五位成員同時離職，進口部門嚴重人手不足。

㉕ **workforce** [`wɝk,fors] *n.* 勞動人口，勞動力 同 staff
The company reskills its **workforce** regularly to
keep up with the rapid technological advances.

公司定期培訓員工以因應快速的技術進步。

Unit 14

員工人格特質

5 分鐘快速掃過核心單字，你認識幾個？

① ambitious
② careless
③ commitment
④ confident
⑤ dedicate
⑥ dependable
⑦ devoted
⑧ diligent
⑨ efficiency
⑩ helpful

⑪ inefficient
⑫ inexperienced
⑬ loyalty
⑭ optimistic
⑮ outgoing
⑯ patience
⑰ positive
⑱ potential
⑲ professional
⑳ proficiency

㉑ prospective
㉒ reliable
㉓ resourceful
㉔ responsibility
㉕ suited

① **ambitious** [æm`bɪʃəs] *adj.* 有抱負的，雄心勃勃的
I heard that the new employee, Gary, is an **ambitious** young man.
聽說新進員工蓋瑞是個很有抱負的年輕人。

② **careless** [`kɛrlɪs] *adj.* 粗心的，馬虎的
Joel is quite **careless** with money. Do you think it's a good idea for him to work in the finance department?
喬伊對金錢很粗心。你覺得他在財政部門工作是個好點子嗎？

③ **commitment** [kə`mɪtmənt] *n.* 奉獻，投入
同 dedication, devotion
Due to the **commitment** from our staff, the company has achieved its objectives this year.
由於員工的奉獻，公司今年已經達到預期目標。

committed [kə`mɪtɪd] *adj.* 盡忠職守的，忠誠的
同 dedicated, devoted
Mr. Dickens was elected as the most **committed** employee of the year.
狄更斯先生獲選為年度最盡忠職守的員工。

④ **confident** [`kɑnfədənt] *adj.* 有自信的，有信心的
同 positive
Anderson always sounds **confident** and convincing whenever he gives a presentation.
安德森每次在做簡報時，總是很有自信和說服力。

confidence [ˋkɑnfədəns] *n.* 信心，自信 圓 faith
I **have confidence in** our proposal. The boss will definitely approve it.
我對我們的提案很有信心。老闆絕對會同意。

⑤ **dedicate** [ˋdɛdə͵ket] *v.* 奉獻，獻出 圓 devote
Mr. Diaz has **dedicated** his youth and passion **to** the company.
迪亞茲先生對公司奉獻出他的青春和熱情。

dedicated [ˋdɛdə͵ketɪd] *adj.* 盡忠職守的，盡心盡力的
圓 devoted
Ms. Arnold was awarded the most **dedicated** employee of the year, which was such a great honor for her. 阿諾小姐獲頒為年度最盡忠職守的員工，這對她來說是無上的榮耀。

dedication [͵dɛdəˋkeʃən] *n.* 奉獻，貢獻
圓 devotion
The CEO bowed to the whole staff at the year-end party, showing his appreciation for their **dedication to** the firm.
執行長尾牙時向全體員工敬禮，感謝他們對公司的付出。

⑥ **dependable** [dɪˋpɛndəbl] *adj.* 可信賴的，可靠的
圓 reliable
Larry is a **dependable** interior designer, who has ten years of hands-on experience.
賴瑞是個可信賴的室內設計師，他有十年的實務經驗。

⑦ **devoted** [dɪˋvotɪd] *adj.* 全心貢獻的，忠誠的
同 dedicated
It is not easy to be a **devoted** father at home and a
dedicated supervisor at work simultaneously.
在家是個全心奉獻的父親，同時在工作上又是個盡忠職守
的上司實在很不容易。

⑧ **diligent** [ˋdɪlədʒənt] *adj.* 勤奮的，認真刻苦的
The whole team is extremely **diligent in** promoting
the proposal, hoping to turn their idea into a real
product. 整個團隊很勤奮的推動這個案子，希望能把他
們的創意變成真實產品。

⑨ **efficiency** [ɪˋfɪʃənsɪ] *n.* 效率，功效
The manager asked the department to improve
efficiency and finish the project before the end of
this week.
經理要求部門要改善工作效率並在週末前完成專案。

efficient [ɪˋfɪʃənt] *adj.* 有效率的，功效高的
To be more **efficient**, the electronic company will
replace dozens of poorly trained workers on the
assembly line. 為了更有效率，電子公司將換掉裝配線
上數十個訓練不佳的工人。

efficiently [ɪˋfɪʃəntlɪ] *adv.* 有效率地
Even a boss needs to learn more about how to run
a business **efficiently**.
即使是老闆也要再學習如何有效率地經營事業。

⑩ **helpful** [ˋhɛlpfəl] *adj.* 有用的，有幫助的

Ms. Watson works hard and often makes **helpful** suggestions. No wonder she is the darling of the company.

華森小姐工作很努力，時常給有用的建議。難怪她在公司人見人愛。

⑪ **inefficient** [ˏɪnəˋfɪʃənt] *adj.* 沒效率的，能力差的

Mr. Hardy complains to us about his **inefficient** secretary every day.

哈迪先生每天都向我們抱怨他很沒效率的秘書。

⑫ **inexperienced** [ˏɪnɪkˋspɪriənst] *adj.* 沒經驗的，不熟練的 ⓢ unskilled, green

Being the leader of this team is to teach and support those young and **inexperienced** newcomers to the company.

身為團隊中的領導者要教導和支持那些年輕且沒經驗的公司新進人員。

⑬ **loyalty** [ˋlɔɪəltɪ] *n.* 忠誠，忠心 ⓢ devotion, faithfulness

No one will question Joseph's **loyalty to** our team and the company.

沒人會質疑喬瑟夫對本團隊和公司的忠誠度。

⑭ **optimistic** [ˏɑptəˋmɪstɪk] *adj.* 樂觀的 ⓢ positive

I've never seen someone so **optimistic** and aggressive like Bob.

我從沒看過像鮑伯那樣樂觀和積極進取的人。

⑮ **outgoing** [`autgoɪŋ] *adj.* 外向的，開朗的
Mr. Chiyo, the top salesperson of his company,
said that a competent salesperson needs to be
outgoing and punctual. 千代先生是他公司的首席銷
售員，說一個稱職的銷售員要外向和準時。

⑯ **patience** [`peʃəns] *n.* 耐心
It takes a great deal of **patience** to sign a contract
with a fussy client.
與一個挑剔的客戶簽約，需要非常有耐心。

patient [`peʃənt] *adj.* 有耐心的 圓forbearing; *n.* 病人，
病患
Please be **patient**. I believe someone will be here
dealing with this problem shortly.
請保持耐心。我相信很快就會有人來處理這個問題。
The **patient** had surgery on her brain, so she can't
do any strenuous exercise.
病人曾在腦部開過刀，所以她不能做任何激烈運動。

⑰ **positive** [`pazətɪv] *adj.* 積極的，正向的；有建設性的
Teddy's **positive** attitude is quite infectious. His
team soon becomes active and aggressive.
泰迪的積極態度非常有感染性。很快地，他的團隊變得既
活躍又積極。

⑱ **potential** [pə`tɛnʃəl] *n.* 潛力，潛能；*adj.* 潛在的，可
能的 圓possible
The supervisor encouraged us to **achieve** our **full**

potential in our jobs.
長官激勵我們在工作上完全發揮潛力。

There are many **potential customers** waiting for the end-of-season sale.
有很多潛在顧客在等待季末大特價。

⊙ 字彙小幫手：have potential to V/for sth
很有做…的潛力 / 對…很有潛力

⑲ **professional** [prə`fɛʃənl] *adj.* 專業的；非常內行的
Sally looks very **professional** when she talks with the clients.　莎莉與客戶說話時看起來非常專業。

⑳ **proficiency** [prə`fɪʃənsɪ] *n.* 熟練，精通
We will hire trained workers who can demonstrate a high level of technical **proficiency in** repairing and maintaining machinery.　我們要僱用訓練良好的工人，他們要能展現修理和維護機器的高度熟練技巧。

㉑ **prospective** [prə`spɛktɪv] *adj.* 潛在的，預期的
We need to call all the **prospective** buyers today to inform them about this new product.
今天我們要打電話給所有潛在買家通知他們這個新產品。

㉒ **reliable** [rɪ`laɪəbl̩] *adj.* 可信賴的，可靠的
🔘 dependable, trustworthy
Ryan wanted to make sure that this is a piece of **reliable** information before making an investment in that company.　萊恩要在投資那間公司之前，確定這是一個可信賴的資訊。

㉓ **resourceful** [rɪ`sorsfəl] *adj.* 足智多謀的，機敏的

Ms. Clarke is a **resourceful** supervisor and always gives us inspiration and helpful suggestions.

克拉克小姐是一個足智多謀的上司，總是給我們啟發和有用的建議。

㉔ **responsibility** [rɪ,spɑnsə`bɪlətɪ] *n.* 職責，責任

(pl. responsibilities) 同 duty, obligation

It is Ms. Weaver's **responsibility** to send and receive mail for the firm.

為公司寄信和收信是薇佛小姐的職責。

㉕ **suited** [`sutɪd] *adj.* 合適的，適宜的

I think Jeff is perfectly **suited to** the position, especially with his experience and qualifications.

我覺得傑夫很適合這個職位，特別是他的經驗和資歷。

NOTE

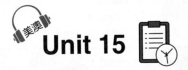

Unit 15

採購

 分鐘快速掃過核心單字,你認識幾個?

① amount
② assessment
③ bid
④ budget
⑤ container
⑥ calculate
⑦ cargo
⑧ cut
⑨ deliver
⑩ demand
⑪ dispatch
⑫ expense
⑬ fill
⑭ freight
⑮ invoice
⑯ package
⑰ payable
⑱ payment
⑲ place
⑳ quote
㉑ shipment
㉒ shipping
㉓ subtotal
㉔ supply
㉕ track

① **amount** [ə`maʊnt] *n.* 數量，數值，量
Mr. Lewis had **a certain amount of** difficulty renovating the old apartment.
路易斯先生費了不少力氣翻修老公寓。

② **assessment** [ə`sɛsmənt] *n.* 評估，評價
同 appraisal, evaluation
The chief financial officer demanded to see the **risk assessment** of the construction project.
財務長要求看此建案的風險評估。

③ **bid** [bɪd] *v.* 競標，投標 (bid, bid, bid)
There are five companies **bidding for** the contract on the city museum.
有五間公司競標城市博物館的工程合約。

④ **budget** [`bʌdʒɪt] *n.* 預算
Since prices went through the roof, the president asked the staff to cut down on expenses to be **within budget**.
由於物價飛漲，總裁要求員工刪減支出以符合預算。

📍 字彙小幫手：raise/increase a budget 提高預算
cut/reduce a budget 刪減預算
over/under budget 超出 / 低於預算

⑤ **container** [kən`tenɚ] *n.* 貨櫃
A cargo of fruit will be shipped by the **container truck** to the port of dispatch.
一批水果將由貨櫃卡車送至發貨港。

⑥ **calculate** [`kælkjə,let] v. 計算 📗 work out

It is very convenient that local residents can **calculate** and even file their income tax returns on the Internet.

本國居民可以上網計算，甚至申報他們的所得稅，實在非常便利。

⑦ **cargo** [`kɑrgo] n. (大型交通工具裝載的) 貨物

The company bought two new **cargo vessels** to ship **cargos** to Western Europe.

公司購買兩艘新的貨船運送貨物到西歐。

⑧ **cut** [kʌt] v. 降低，減少 📗 reduce (cut, cut, cut)

It is impossible to **cut** costs when commodity prices are high.

物價飆漲的時候，不可能降低成本。

⑨ **deliver** [dɪ`lɪvɚ] v. 運送，輸送

A cargo of wood **was delivered to** the wrong customer by mistake.

這批木材因為疏失而送錯了客戶。

🔁 字彙小幫手：

deliver sth to sb/sth 運送…給…

⑩ **demand** [dɪ`mænd] n. 請求，要求 📗 request；需求 📗 need

The CEO rejected the workers' **demand for** better employee benefits.

執行長拒絕員工要更好的員工福利的請求。

⑪ **dispatch** [dɪ`spætʃ] *v.* 發送，派遣 同 send

The site supervisor asked the company to **dispatch** a cargo of cement to the construction site immediately.

工地主管要求公司馬上發送一批水泥到工地。

🔍 字彙小幫手：dispatch sth to sb/sth 發送⋯給⋯

⑫ **expense** [ɪk`spɛns] *n.* 開銷；費用

The biggest **expense** of the company this year was the purchase of that piece of land.

今年公司最大的開銷是購買那塊土地。

🔍 字彙小幫手：reimburse expenses 報銷費用
cut down on sb's expenses 縮減⋯費用

⑬ **fill** [fɪl] *v.* 擔任；派人擔任

The board of directors appointed Ms. Carano to **fill the position of** manager.

董事會指派卡拉諾小姐擔任經理。

⑭ **freight** [fret] *n.* 貨運，貨物 同 cargo

This train has four **freight** cars and six passenger cars, carrying both goods and passengers to the destination. 這一列火車有四個貨運車廂和六個乘客車廂，載運貨物和旅客到目的地。

⑮ **invoice** [`ɪnvɔɪs] *n.* 費用清單 同 bill

The firm always sends **invoices** to their clients at the end of every month.

這間公司通常在每個月的月底傳送費用清單給客戶。

⊕★字彙小幫手：
issue/settle an invoice 開立 / 結清費用清單

⑯ **package** [`pækɪdʒ] *n.* 包裹 parcel
Ms. Chastain is expecting an important **package** from T&T Electronics, and she said she would **undo** it herself.
雀絲坦小姐正在等待從 T&T 電子公司寄來的包裹，她說她會親自拆開包裹。

⊕★字彙小幫手：
seal a package 封起包裹
deliver a package to sb 寄送包裹給⋯
receive a package from sb 收到⋯寄來的包裹

⑰ **payable** [`pejəbəl] *adj.* 應支付的
The landlord demanded that the rent should be **payable** on the first day of every month.
房東要求房租必須要在每個月的一號支付。

⑱ **payment** [`pemənt] *n.* 支付的金額
A cash **payment** is preferred, and you can get a five percent discount.
支付現金為佳，你還可以有百分之五的折扣。

⊕★字彙小幫手：make a payment 支付費用

⑲ **place** [ples] *v.* 安排，放置
The agency **placed** me in a software company the other day.
這家仲介所前幾天安排我到軟體公司工作。

⑳ **quote** [kwot] *n.* 報價 同 quotation
Mr. Brown asked the worker to give him a **quote for** repairing the roof.
伯朗先生要工人提供修理屋頂的報價給他。

㉑ **shipment** [ˋʃɪpmənt] *n.* 貨運，運輸
The **shipment** is detained by Customs, so it will be delayed for about a week.
貨運被海關扣押，所以會延遲大概一週。

㉒ **shipping** [ˋʃɪpɪŋ] *n.* 運輸，海運，船運
Because of the hurricane, all ports were closed to **shipping**.
因為颶風的關係，所有的港口都停止運輸。

⚐ 字彙小幫手：
shipping company/route/industry
海運公司 / 海運路線 / 運輸業

㉓ **subtotal** [ˋsʌbˌtotl] *n.* 小計，部分總和
The secretary forgot to add the manager's travel expenses to the **subtotal**.
祕書忘了在小計的部分加上經理的出差費。

㉔ **supply** [səˋplaɪ] *v.* 供應，供給 同 provide (supply, supplied, supplied)
All the information and statistics **supplied** in the document are confidential.
文件裡所有提供的資料和統計數據都是機密。

supplier [sə`plaɪr] *n.* 供應商，供應者
The manager asked me to inform the **supplier** about the poor quality of this cargo.
經理要求我通知供應商這批貨物的品質很差。

㉕ **track** [træk] *n.* 軌道 **同** route, way；(工作或受教育的)方向
Mr. Gosling **got** the company **back on track** with his professional experience and great vision.
葛斯林先生以他專業經驗和遠見卓識帶公司重新上軌道。

15

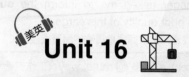

Unit 16

房屋 / 地產 / 地理環境 (1)

5 分鐘快速掃過核心單字，你認識幾個？

1. architect
2. base
3. blueprint
4. ceiling
5. community
6. construction
7. decorate
8. distinctive
9. district
10. electricity
11. excavation
12. footpath
13. garage
14. interior
15. local
16. mansion
17. obstruction
18. ownership
19. plaza
20. property
21. relocate
22. rent
23. restoration
24. structure
25. tenant

① **architect** [`ɑrkɪ,tɛkt] *n.* 建築師
Santiago Calatrava is one of the top **architects** in the world, even though some of his works are controversial.
聖地牙哥・卡拉特拉瓦是世界頂尖的建築師之一，縱然他的一些作品具有爭議。

② **base** [bes] *n.* 基地，總部
Mr. Wesley rented an office in San Francisco as a **base for** his retail business.
衛斯理先生在舊金山租了一間辦公室作為他零售事業的基地。

③ **blueprint** [`blu,prɪnt] *n.* 藍圖
The architect is discussing the **blueprint for** the new office building with the president.
建築師正在和總裁討論新辦公大樓的藍圖。

④ **ceiling** [`silɪŋ] *n.* 天花板
The renovation included repainting the water-damaged **ceiling** and the four walls.
翻修內容包括重新粉刷被水破壞的天花板和四面牆。

⊙ 字彙小幫手：glass ceiling 玻璃天花板 (通常指無明文規定卻存在於女性或其他特定族群職務升遷上的無形限制)

⑤ **community** [kə`mjunətɪ] *n.* 社區；團體，社團
(pl. communities)
The local **community** welcomes the famous circus from Russia.　本地社區歡迎來自俄羅斯的著名馬戲團。

16

★ 字彙小幫手：a sense of community 社區意識
a black/white/Chinese/Jewish community
黑人 / 白人 / 華人 / 猶太人社區

⑥ **construction** [kən`strʌkʃən] *n.* 建造，建築；構造
The mall is still **under construction**. People will
have to wait another two months for its grand
opening.
商場仍在建造中。人們還要再等兩個月，它才盛大開幕。

⑦ **decorate** [`dɛkəˌret] *v.* 裝潢；點綴，裝飾
🔄 ornament, adorn
Alex bought a pre-owned house, and he is going to
spend a large sum of money **decorating** it before
moving in.
艾力克斯買了中古屋，在搬進來前，他要花不少錢裝潢。

⑧ **distinctive** [dɪ`stɪŋktɪv] *adj.* 獨特的 🔄 characteristic
When it comes to Gothic architecture, the pointed
arch is one of its **distinctive** features.
談到哥德式建築，尖拱是其中一個獨特之處。

⑨ **district** [`dɪstrɪkt] *n.* 區，區域 🔄 area
Karen opened a coffee shop in the busiest
business **district** of New York City, and the rent
there is unbelievably high.　凱倫在紐約市最繁忙的商
業區開了一間咖啡店，那邊的房租難以置信地高。

★ 字彙小幫手：urban/rural/agricultural/industrial/financial
district 都會 / 鄉村 / 農業 / 工業 / 財經區域

⑩ **electricity** [ɪ͵lɛkˋtrɪsətɪ] *n.* 電
I will pay the **electricity bill** on my way to work tomorrow morning.
我會在明天早上上班途中支付電費帳單。

⑪ **excavation** [͵ɛkskəˋveʃən] *n.* 挖掘，開挖
The dreadful weather has delayed **conducting** the **excavation** of the archaeological site for two weeks. 糟糕的天氣已經延誤開挖考古遺址兩週了。

⑫ **footpath** [ˋfʊt͵pæθ] *n.* 人行小徑，鄉間小路 🟢 trail
The **coastal footpath** was temporarily closed because of the typhoon.
沿岸的人行小徑因為颱風的關係暫時關閉。

⑬ **garage** [gəˋrɑʒ] *n.* 車庫
After **putting the car in the garage**, Ms. Andrew went into the house.
把車子停在車庫後，安德魯小姐走進屋裡。

⑭ **interior** [ɪnˋtɪrɪɚ] *adj.* 內部的，室內的
The **interior designer** used natural lighting and made the house more eco-friendly.
室內設計師使用自然採光讓房子更加環保。

⑮ **local** [ˋlokl̩] *n.* 當地人； *adj.* 當地的，本地的
This Mexican restaurant is very popular with the **locals**. I recommend that you make a reservation a month in advance. 這間墨西哥餐廳很受當地人歡迎。
我建議你提前一個月訂位。

The grocery store mainly sells fresh produce that comes from the **local** farms.

這間雜貨店主要販售來自當地農場的新鮮農產品。

⑯ **mansion** [`mænʃən] *n.* 豪宅，大樓，大廈
The billionaire just bought a lavish **mansion** in Beverly Hills.
這名億萬富翁最近在比佛利山買了一間奢華的豪宅。

⑰ **obstruction** [əb`strʌkʃən] *n.* 障礙物；妨礙，阻礙
同 blockage
Fred pulled over and got out of the car to remove the **obstruction** from the road. 佛烈德把車停在路邊並從車子出來後，把路上的障礙物移開。

⑱ **ownership** [`onɚˌʃɪp] *n.* 所有權，產權
Mr. Davis transferred the **ownership of** the apartment to his daughter a few months before he passed away. 戴維斯先生在過世前幾個月，把房屋所有權轉讓給他的女兒。

⑲ **plaza** [`plæzə] *n.* 購物中心；露天廣場
The new **shopping plaza** is huge, including one theater, one supermarket, and numerous stores.
新的購物中心很大，包括一家電影院、一間超市和許多的商店。

⑳ **property** [`prɑpɚˌtɪ] *n.* 房地產；財產，所有物
(pl. properties)

Kelly dreams to be a **woman of property** so she works hard to save money for the down payment.

凱莉夢想成為有產階級，所以她為了頭期款努力工作存錢。

💡 字彙小幫手：
personal/government property 個人／政府財產

㉑ **relocate** [ri`loket] *v.* 搬遷，遷移
Ms. Gilbert **relocated to** Melbourne after her retirement. 吉兒伯特小姐在退休後搬到墨爾本。

㉒ **rent** [rɛnt] *n.* 租金，租用費；*v.* 出租；租用
The landlord called to remind us that the **rent** was due this Thursday.
房東打電話來提醒我們這週四要繳房租。
The landlord agreed to **rent** the house **out to** me at a lower rent. 房東同意用較低的租金將房子出租給我。

rental [`rɛntl̩] *n.* 租借；租借費
Tim only rents cars from the biggest **car rental company** in the city.
提姆只向城裡最大的租車公司租賃汽車。

💡 字彙小幫手：for rent 出租，招租
a high/low/fair rent 高／低／合理的租金

㉓ **restoration** [ˌrɛstə`reʃən] *n.* 整修，恢復
The **restoration work** on the leaking ceiling of Helen's apartment will take at least one month.
海倫公寓的天花板漏水整修工程至少要花一個月。

restore [rɪ`stor] *v.* 修復，整修
The long neglected house is now being carefully **restored** and will be put up for sale soon.
這間長年疏於管理的房子正在被仔細地修復，而且很快就會刊登求售。

㉔ **structure** [`strʌktʃɚ] *n.* 大型建築物；結構，構造
The new work of that famous architect is a forty-story steel **structure**.
那位著名建築師的新作品是一棟四十層樓高的鋼鐵建築。

㉕ **tenant** [`tɛnənt] *n.* 房客，租戶
Ms. Craig is an ideal **tenant** because she always keeps the place tidy and pays the rent on time.
克雷格小姐是位理想的房客，因為她總是保持環境整潔，也很準時繳房租。

NOTE

Unit 17

房屋 / 地產 / 地理環境 (2)

5 分鐘快速掃過核心單字，你認識幾個？

① adjacent
② attic
③ basement
④ brick
⑤ closet
⑥ commute
⑦ cookware
⑧ demolish
⑨ doorway
⑩ entrance
⑪ fence
⑫ found
⑬ gate
⑭ layout
⑮ located
⑯ mortgage
⑰ occupancy
⑱ passageway
⑲ plumber
⑳ railing
㉑ remodel
㉒ repair
㉓ spacious
㉔ suburb
㉕ utensil

① **adjacent** [ə`dʒɛsn̩t] *adj.* 相連的，毗鄰的 同 next to
Mr. Jones aimed to purchase that two-story house **adjacent to** the beautiful park.
瓊斯先生目標要買下那間毗鄰漂亮公園的兩層樓房屋。

② **attic** [`ætɪk] *n.* 閣樓，頂樓
Amelia rented a small **attic** room as her temporary residence because she had a limited budget.
艾蜜莉亞因為預算有限而租了一間閣樓小房間作為暫時的住所。

③ **basement** [`besmənt] *n.* 地下室
Mr. and Mrs. Black will consider a **basement** flat for its lower rent.
布萊克夫婦會考慮地下室公寓，因為租金較低。

④ **brick** [brɪk] *n.* 磚 同 adobe
Some **bricks** started to fall away from the old chimney. I think repairs must be done soon before anyone gets hurt. 一些磚塊開始從老煙囪剝落。我認為在傷到人之前必須趕快修好。

⑤ **closet** [`klɑzɪt] *n.* 衣櫥，壁櫥
The **closet** in my room is quite small, so there is a need to buy another one.
我房間的衣櫥有點小，所以需要再買一個。

⑥ **commute** [kə`mjut] *v.* 通勤，往返 同 shuttle
It's exhausting to take more than two hours to

commute **from** my place **to** the office every working day. 每個上班日都要花超過兩個小時從我家通勤到辦公室,真是非常疲累。

commuter [kə`mjutɚ] *n.* 通勤者
There must be over hundreds of thousands of **commuters** in a big city like New York City.
像紐約市這樣的大城市一定有超過數十萬的通勤者。

💡 字彙小幫手:
commute between ... and ... 在⋯和⋯間通勤

⑦ **cookware** [`kʊk,wɛr] *n.* 廚具
Ethan bought his mother a new set of stainless steel **cookware** as a Mother's Day gift.
伊森買給他母親一套新的不鏽鋼廚具作為母親節禮物。

⑧ **demolish** [dɪ`mɑlɪʃ] *v.* 拆除,拆毀
To build a new office building, the old houses and stores were all **demolished**. 為了要建造一棟新的辦公大樓,這些舊房屋和商店全都被拆除。

⑨ **doorway** [`dɔr,we] *n.* 門口,出入口
The new refrigerator was too huge to get through the **doorway**. 新冰箱太大了,以致於無法通過門口。

⑩ **entrance** [`ɛntrəns] *n.* 入口,大門
There are five **entrances to** the stadium, and three guards are posted at each one.
體育館有五個入口,每個入口都有三名警衛駐守。

17

⑪ **fence** [fɛns] *n.* 籬笆，圍欄

Ms. Sutton built a wooden **fence** around her garden to keep the dogs from her plants.

薩頓小姐為她的花園建造一個木頭籬笆，用來防止狗接近她的植物。

💡 字彙小幫手：be/sit on the fence 保持中立

⑫ **found** [faʊnd] *v.* 建立，建造 📵 establish

Bruce **founded** a bank which lends the poor money at low interest rates.

布魯斯建立了一家以低利率借錢給貧困者的銀行。

foundation [faʊn`deʃən] *n.* 地基；基金會

Construction workers are reinforcing the **foundations** of Mr. Shelton's house to stop it from sinking further. 建築工人正在強化謝爾頓先生家的地基，避免房屋繼續下陷。

⑬ **gate** [get] *n.* 大門，門口；登機口

Let's meet at the school **gate** at three o'clock tomorrow afternoon.

我們明天下午三點約在學校大門見面。

⑭ **layout** [`le,aʊt] *n.* 布置設計，版面配置

Though the apartment is small, the brilliant **layout** makes it look more spacious.

雖然公寓很小，但高明的設計讓它看起來較為寬敞。

⑮ **located** [`loketɪd] *adj.* 座落於，位於 📵 situated

Ms. Wade's mansion is **located** on the mountain top and within the most expensive community of the city.

維德小姐的豪宅座落於山頂，且在城中最貴的社區裡。

---

location [loˋkeʃən] *n.* 地點，位置
Close to three schools and two office buildings, the supermarket is **in** a good **location**.

緊鄰三間學校和兩棟辦公大樓，這間超級市場地點絕佳。

⑯ **mortgage** [ˋmɔrgɪdʒ] *n.* (尤指房子的) 抵押貸款
Joe **took out** $100,000 **mortgage** to buy the apartment, and the monthly **mortgage payment** will take up one third of his salary.

喬借了十萬美元的貸款購買公寓，而每月付貸款的金額占了他薪資的三分之一。

🔍 字彙小幫手：pay off a mortgage 還清抵押貸款

⑰ **occupancy** [ˋɑkjəpənsɪ] *n.* 居住；使用率
Hank's **occupancy** of the previous apartment lasted only three months because he found a better one.

漢克在上一間公寓只住三個月，因為他找到更好的。

---

occupy [ˋɑkjə͵paɪ] *v.* 占用，占據；忙著做…
(occupy, occupied, occupied)
The bathroom **has been occupied by** Rebecca for almost an hour. Is she alright?

蕾貝卡在廁所待了幾乎一個小時。她還好嗎？

♥ 字彙小幫手：average occupancy 平均使用率
　　　　　　　sb be occupied with ... …忙著做…

⑱ **passageway** [`pæsɪdʒ,we] n. 通道，走廊 ⓢ corridor
Following Mr. Neal through a narrow **passageway**,
we arrived at his office.
跟隨尼爾先生走過一條狹窄通道後，我們抵達他辦公室。

⑲ **plumber** [`plʌmɚ] n. 水電工，水管工
When Linda called the **plumber** to ask him to
repair the leaky pipe, he said he couldn't arrive
until noon.　當琳達打電話叫水電工來修理漏水的水管
時，水電工說他中午才能到。

plumbing [`plʌmɪŋ] n. 自來水管線
The interior designer suggested that we replace
the old **plumbing** of the house when renovating
the house.　室內設計師建議我們在翻修房子時更換老
舊的自來水管線。

⑳ **railing** [`relɪŋ] n. 欄杆，圍欄；(樓梯) 欄杆扶手
Some people are leaning on the **railings**, watching
the sunset and listening to the sea.
一些人靠著欄杆欣賞夕陽和聽海的聲音。

♥ 字彙小幫手：staircase railings 樓梯扶手

㉑ **remodel** [ri`mɑdl] v. 改造，重新塑造
The talented interior designer almost completely
remodeled our house. We could barely recognize

it. 這位有才華的室內設計師幾乎全面改造我們的家。我們差點不認得了。

㉒ **repair** [rɪ`pɛr] *v.* 修理，修補；*n.* 維修；修理
My father asked me to **get** his bicycle **repaired** by the old mechanic this afternoon.
父親囑咐我下午把他的腳踏車送去給老師傅修理。
The house was severely damaged by the tornado and in pressing need of **repair**.
房屋被龍捲風嚴重損壞，急需維修。

💡 字彙小幫手：under/beyond repair 正在 / 無法維修
in good/bad (state of) repair 狀況良好 / 不佳

㉓ **spacious** [`speʃəs] *adj.* 寬敞的 🔄 roomy
At my mother's request, we are looking for a house with a **spacious** kitchen and balcony.
在我母親的要求下，我們正在找一間有著寬敞廚房和陽臺的房子。

㉔ **suburb** [`sʌbɝb] *n.* 郊區，城外
Oliver has been thinking about relocating to **the suburbs** for the cheaper rent.
為了比較便宜的房租，奧利佛考慮搬到郊區。

㉕ **utensil** [ju`tɛnsl] *n.* (家庭) 用具
The store on Sixth Avenue is having a sale on kitchen **utensils**.
第六大道的那間商店裡的廚房用具正在特賣。

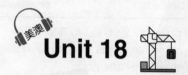

Unit 18

房屋 / 地產 / 地理環境 (3)

5 分鐘快速掃過核心單字，你認識幾個？

① appliance
② balcony
③ block
④ carpet
⑤ collateral
⑥ concrete
⑦ courtyard
⑧ dimension
⑨ due
⑩ erect

⑪ floor
⑫ furnished
⑬ heating
⑭ lease
⑮ lock
⑯ neighborhood
⑰ on-site
⑱ patio
⑲ premises
⑳ ramp

㉑ renovate
㉒ resident
㉓ spare
㉔ surround
㉕ venue

① **appliance** [əˋplaɪəns] *n.* (家用) 電器
We should replace some of the old domestic **appliances**, such as the refrigerator and dishwasher, for safety's sake. 為求安全起見，我們應該更換一些老舊的家用電器，譬如：冰箱和洗碗機。

🟡 字彙小幫手：electrical/household/kitchen appliances
電器 / 家用電器 / 廚房家電

② **balcony** [ˋbælkənɪ] *n.* 陽臺 (pl. balconies)
Mr. Black is looking for a two-bedroom apartment with a **balcony**.
布萊克先生在找一間兩房且有陽臺的公寓。

③ **block** [blɑk] *n.* 街區
That coffee shop I mentioned earlier is just a few **blocks** away from our office.
之前我提到的那間咖啡廳就離我們辦公室幾個街區遠。

④ **carpet** [ˋkɑrpɪt] *n.* 地毯
We are thinking about having a new **carpet** fitted in the master bedroom, for there are some wine stains on the old one. 我們考慮在主臥室鋪一張新地毯，因為舊的那張有一些酒漬。

⑤ **collateral** [kəˋlætərəl] *n.* 抵押品，擔保品 🟰 security
If you are in urgent need of money, you can go to a bank and **put up** your car or house **as collateral** for a loan.
如果你急需用錢，你可以到銀行用車子或房子抵押貸款。

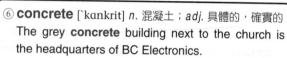

18

⑥ **concrete** [`kɑnkrit] *n.* 混凝土；*adj.* 具體的，確實的
The grey **concrete** building next to the church is the headquarters of BC Electronics.
教堂旁那棟灰色混凝土建築物就是 BC 電子公司的總部。
Nicholas only gave the manager a vague idea for the new project, but he promised to come up with something **concrete** soon.
尼可拉斯僅提供經理關於新計畫一個很模糊的概念，但是他承諾很快就會提出具體的想法。

⑦ **courtyard** [`kort,jɑrd] *n.* 院子，庭院 ⑰ court
Ms. Ramos enjoys having an afternoon nap in her tree-shaded **courtyard** every day.
拉摩斯小姐喜歡每天下午在她那樹蔭下的庭院小睡一下。

⑧ **dimension** [dɪ`mɛnʃən] *n.* 空間，尺寸
⑰ measurement；層面，特點 ⑰ aspect
Before you sign a lease, please be sure that the landlord specifies the **dimensions** of the house in it.
在你簽租約前，請確認房東有在租約明確說明房子大小。

⑨ **due** [dju] *adj.* 應給的，應支付的；預計的，預期的
⑰ expected
The first payment of this construction project is **due** next Monday.　這個建案的首筆款項應在下週一支付。

♥ 字彙小幫手：be due to sb 應給…；be due sth 應有…
be due to V 預計要去…；be due for sth 預期…

132

⑩ **erect** [ɪˋrɛkt] *v.* 建立，建造 圓 build；豎立，使直立 圓 put up

On the completion date of the hospital, a memorial was **erected** at the entrance of it.

在醫院落成當天，一座紀念碑被建在它的入口處。

⑪ **floor** [flor] *n.* 樓層

Ms. Davis is looking for a three-**floor** building as her design studio.

戴維斯小姐在找一棟三層樓建築物當作她的設計工作室。

⑫ **furnished** [ˋfɝnɪʃɪt] *adj.* 配有家具的

Mr. Wilson preferred to rent a **furnished apartment**, which will save him the trouble of furnishing it. 威爾森先生偏好租一間附有家具的公寓，這樣他就省去布置房子的麻煩了。

furniture [ˋfɝnɪtʃɚ] *n.* 家具

This apartment is almost empty; the only **piece of furniture** in it is a three-seat sofa. 這間公寓幾乎是空的，裡面唯一一件家具是一張三人座沙發。

⑬ **heating** [ˋhitɪŋ] *n.* 暖氣 (設備) 圓 gear

It was so freezing outside that we stayed at home and **had the heating on** all day.

外面如此寒冷以致於我們整天待在家裡吹暖氣。

⊛ 字彙小幫手：central heating 中央暖氣系統
switch/turn the heating on/off 打開 / 關暖氣
turn the heating up/down 將暖氣溫度調高 / 調低

⑭ **lease** [`lis] *v.* 租用，租借 ⑰ rent；*n.* 租約

Ms. Miller, the landlord, **leased** four fifths of the fifty units of this building **to** our firm as our dormitory.

房東米勒小姐出租這棟建築物裡五十個單位中的五分之四給我們公司作為宿舍。

We only have this apartment **on a short lease**, for we're planning to move to Chicago.

我們只是短期租用這公寓，因為我們計劃要搬到芝加哥。

★ 字彙小幫手：sign/renew a lease 簽 / 延長租約
a lease expires/runs out 租約到期

⑮ **lock** [lɑk] *v.* 鎖住，鎖上

We **lock** the confidential files and documents in this safe, and only the manager has the key to it.

我們將機密檔案及文件鎖在這個保險箱裡，只有經理有它的鑰匙。

locksmith [`lɑk͵smɪθ] *n.* 鎖匠

Jonathan locked himself out of the house accidentally, so he called in a **locksmith** to help.

強納森意外將自己反鎖屋外 ， 所以他打電話找鎖匠來幫忙。

⑯ **neighborhood** [`nebɚ͵hud] *n.* 社區，住宅區

Contrary to the **wealthy neighborhood** he is living in now, Mr. Hawkes grew up in a **poor neighborhood**.

和霍克斯先生目前居住的富裕社區相反，他以前在一個貧窮社區長大。

⑰ **on-site** [ˌɑnˋsaɪt] *adv.* 在現場地;*adj.* 在現場的
A construction accident happened this morning, so the manager is on his way to meet the constructor **on-site**.
早上發生了一件工地意外,所以現在經理要趕去現場與建造商碰面。
They provided the injured marathon runners with **on-site** medical treatment.
他們為受傷的馬拉松跑者提供現場的醫療救治。

⑱ **patio** [ˋpætɪˏo] *n.* 露臺,院子 (pl. patios)
Every morning, I can see Mrs. Roberts exercising **on** the **patio**.
每天早上我都能看見羅伯絲太太在院子裡運動。

⑲ **premises** [ˋprɛmɪsɪz] *n.* (公司、機構的) 生產地區,廠區
In this winery, the red, white and sparkling wines are all made **on the premises**.
在這座釀酒廠裡,紅酒、白酒和氣泡酒都是自產自銷的。

⑳ **ramp** [ræmp] *n.* (人造) 斜坡,坡道
Penny carefully pushed her grandmother's wheelchair up the **ramp** to the elevator entrance.
潘妮小心翼翼地沿著坡道推著她祖母的輪椅到電梯入口。

ramp up [ræmp] [ʌp] 增加 (數量、價格、速度)
The merger of the two companies will surely **ramp up** not only production but also share prices soon.
兩間公司的合併一定很快會增加生產量及股價。

㉑ **renovate** [ˈrɛnəˌvet] v. 翻新，修復
Ms. Goodman planned to **renovate** her 25-year-old apartment before selling it. 古德曼小姐計劃在出售她屋齡二十五年的老公寓前先翻修一番。

renovation [ˌrɛnəˈveʃən] n. 翻新，修復
We need to work in the temporary office now because the original one is **under renovation**.
我們必須在臨時辦公室工作，因為原本的辦公室在翻修。

㉒ **resident** [ˈrɛzədənt] n. 居民，住戶
The new interchange will greatly benefit the **residents** there.
這條新的交流道將會給那邊的居民帶來許多好處。

㉓ **spare** [spɛr] adj. 多餘的，備用的 同 extra
During my trip in Sydney, my friend invited me to stay in her **spare room**.
當我在雪梨旅遊的期間，我朋友邀請我去住她家的空房。

㉔ **surround** [səˈraund] v. 環繞，圍繞 同 encircle
The asking price for that house remains extremely low because it is **surrounded** by factories.
那間房子的要價仍然非常低，因為它被工廠環繞。

㉕ **venue** [ˈvɛnju] n. 舉行地點，發生場所
This conference room is the alternative **venue for** our annual convention.
這間會議室是我們年度大會的替代場地。

Unit 19

生態 / 環境保育 / 農業 (1)

5 分鐘快速掃過核心單字,你認識幾個?

① abundant
② barren
③ breed
④ climate
⑤ conservation
⑥ dig
⑦ ecology
⑧ endangered
⑨ energy-efficient
⑩ extinction

⑪ fertilizer
⑫ forest
⑬ frozen
⑭ fuel efficiency
⑮ grain
⑯ harvest
⑰ indigenous
⑱ nuclear
⑲ pollen
⑳ preserve

㉑ renewable
㉒ seed
㉓ species
㉔ toxic
㉕ waste

19

① **abundant** [ə`bʌndənt] *adj.* 大量的，充足的 ㊌ plentiful
There is **abundant evidence** to suggest that too much carbon dioxide can cause global warming.
有充分證據顯示，太多二氧化碳會造成全球暖化。

② **barren** [`bærən] *adj.* 貧瘠的；不孕的
The dry and **barren** land turned into a desert fifty years later.
這片乾燥貧瘠的土地在五十年後變成了沙漠。

③ **breed** [brid] *n.* (動植物的) 品種；*v.* 飼養；交配繁殖 (breed, bred, bred)
What is your favorite **breed** of dog?
你最喜歡哪一品種的狗？
The family makes a living by **breeding** cattle and sheep.
這個家庭靠飼養牛羊維生。

④ **climate** [`klaɪmɪt] *n.* 氣候；風氣，思潮
Sick of the cold and humid **climate**, Lily decided to relocate to Vancouver.
由於厭倦陰冷潮濕的氣候，莉莉決定搬遷到溫哥華。

⑤ **conservation** [ˌkɑnsə`veʃən] *n.* (對自然資源的) 節約；保育 ㊌ conservancy, preservation
I go to work by bicycle for the purpose of **energy conservation**.
為了節約能源，我騎腳踏車上班。

♥字彙小幫手：wildlife conservation 野生生物保育

⑥ **dig** [dɪg] v. 挖掘；搜尋 (dig, dug, dug)

The children were taught how to **dig** holes and plant trees on Arbor Day.

這些小朋友在植樹節當天被教導如何挖洞和種樹。

💡 字彙小幫手：**dig sth out** 找出／挖掘出…

⑦ **ecology** [i`kɑlədʒɪ] n. 生態；生態學

The oil tanker spill caused serious damage to the **ecology** of the sea.

油輪石油外洩對海洋生態造成嚴重的破壞。

💡 字彙小幫手：**plant/animal/marine/human ecology**
植物／動物／海洋／人類生態學

⑧ **endangered** [ɪn`dendʒəd] adj. 瀕臨絕種的

The giant panda has graduated from **endangered** to vulnerable species due to the conservation of their habitats.

因為保護了大熊貓棲息地，牠們已從瀕危物種轉為易危物種。

⑨ **energy-efficient** [`ɛnədʒɪɪ,fɪʃənt] adj. 節省能源的
🔄 energy-saving

Energy-efficient lighting can help save money and the planet.　節能的照明有助於節省金錢並拯救地球。

⑩ **extinction** [ɪk`stɪŋkʃən] n. 滅絕，絕種

Because of pollution and overexploitation, many species have been **threatened with extinction**.

因為汙染和過度開發，許多物種面臨滅絕的威脅。

📍 字彙小幫手：in danger of extinction 有絕種的危險
on the verge/brink/edge of extinction 在絕種邊緣

⑪ **fertilizer** [ˈfɝtḷˌaɪzɚ] *n.* 肥料
The farmer insisted on using **organic fertilizers** instead of **chemical fertilizers**.
這位農夫堅持使用有機肥料而不用化學肥料。

⑫ **forest** [ˈfɔrɪst] *n.* 森林
Human activity is the main cause of the destruction of the tropical rain **forest**.
人類活動是熱帶雨林被破壞的主因。

📍 字彙小幫手：
thick/dense forest 茂密的森林；forest fire 森林大火

⑬ **frozen** [ˈfrozn̩] *adj.* 結冰的，冰凍的；(食物) 冷藏的
The temperature was so low last night that the puddles on the road were **frozen**.
昨晚溫度如此地低，以致於路上的小水窪都結冰了。

⑭ **fuel efficiency** [ˈfjuəl] [ɪˈfɪʃənsɪ] *n.* 燃油效率，省油
Hybrids are supposed to achieve better **fuel efficiency** than their non-hybrid counterparts.
油電混合車相較於同廠牌的非油電混合車應該可達到更高的燃油效率。

⑮ **grain** [gren] *n.* 穀粒；顆粒
These bags of **rice grains** will be exported to other countries next week.

這一袋袋的米粒下週將會出口到其他國家。

⑯ **harvest** [`hɑrvɪst] *n.* 收穫，收成；*v.* 收穫，收成
Food shortages have resulted from a series of **poor harvests**. 食物短缺因一連串的歉收而起。
The crop can be **harvested** twice a year in a warm climate, but only once a year in a cold climate.
作物在溫暖的氣候一年能收成兩次，但在寒冷的氣候一年只能收成一次。

💡字彙小幫手：a good/bumper harvest 大豐收
harvest time 收穫時節

⑰ **indigenous** [ɪn`dɪdʒənəs] *adj.* 本土的，當地的 🔵 native
Many species such as koalas and kangaroos are **indigenous to** Australia because Australia is separated from other continents by the ocean.
許多像無尾熊和袋鼠等物種是澳洲本土的，因為澳洲和其他大陸被海洋隔開。

⑱ **nuclear** [`njuklɪɚ] *adj.* 核能的；核武的
The small country relies strongly on **nuclear energy**, and it has three **nuclear power plants**.
這個小國家非常依賴核能，它有三座核電廠。

💡字彙小幫手：nuclear waste/weapon/bomb/missile
核廢料 / 核武 / 核彈 / 核導彈

⑲ **pollen** [`pɑlən] *n.* 花粉
Pollen is usually carried from plant to plant by insects, birds or wind.

花粉通常藉由昆蟲、鳥類或風在植物間傳遞。

⑳ **preserve** [prɪˋzɝv] *v.* 維護，保存 ⓢ reserve；(食物) 保鮮，儲藏；*n.* (野生動物) 保護區 ⓢ reserve；蜜餞
The government has taken several preventive measures to **preserve** the environment.
政府已經採取幾項預防性措施來維護環境。
The national park used to be the biggest **wildlife preserve**.
這座國家公園曾經是最大的野生生物保護區。

㉑ **renewable** [rɪˋnjuəb!] *adj.* 可再生的；可展期的
There are many forms of **renewable energy**, such as wind power and solar power.
可再生的能源有很多形式，像是風力和太陽能。

㉒ **seed** [sid] *n.* 種子；起源，開端；*v.* 去籽；結 (籽)
You have to **sow the seeds** around two centimeters deep in the soil.
你必須在大約泥土兩公分深處種下種子。
Seed and cut the green pepper into strips first. Then stir-fry them with chicken for about three minutes.
先把青椒去籽並切成條狀。然後再與雞肉拌炒約三分鐘。

㉓ **species** [ˋspiʃɪz] *n.* 種，物種 (pl. species)
The white rhinoceros is a **protected species** in Africa.
白犀牛在非洲是被保護的物種。

㉔ **toxic** [`tɑksɪk] *adj.* 有毒的；引起中毒的

Some **toxic chemicals** have been released into the air, soil, and water by the factories.

一些有毒的化學物質一直被工廠排放到空氣、土壤和水裡。

🔍 字彙小幫手：toxic waste/gases/substances
有毒的廢棄物 / 氣體 / 物質

㉕ **waste** [west] *n.* 浪費，濫用；廢料；*v.* 浪費

Taking a bath every day is **a waste of** water.

每天泡澡浪費水。

Be realistic, and don't **waste** your money **on** the luxury car.

現實一點，不要浪費你的錢買那輛豪華房車。

🔍 字彙小幫手：go to waste 被浪費掉
household/nuclear/chemical/industrial waste
家庭 / 核 / 化學 / 工業廢料
waste sb's breath …白費脣舌

NOTE

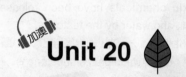

Unit 20

生態 / 環境保育 / 農業 (2)

5 分鐘快速掃過核心單字，你認識幾個？

① barn
② bloom
③ by-product
④ conscious
⑤ cultivation
⑥ drought
⑦ emission
⑧ energy
⑨ environment
⑩ feed

⑪ flooding
⑫ frigid
⑬ fuel
⑭ generate
⑮ habitat
⑯ inclement
⑰ irrigation
⑱ plough
⑲ pollutant
⑳ recycle

㉑ resource
㉒ soil
㉓ stagnant
㉔ vegetable
㉕ weed

① **barn** [bɑrn] *n.* 穀倉，糧倉

The pigs were penned in beside the **barn**.

豬被圈在穀倉旁邊。

② **bloom** [blum] *n.* 花朵 圓 flower；*v.* 開花 圓 flower

The tulips are **in full bloom** in my grandmother's garden. 我祖母花園裡的鬱金香盛開。

Lavender usually **blooms** from late spring to early summer. 薰衣草通常從晚春到初夏都會綻放。

◉ 字彙小幫手：come into bloom 開始開花

③ **by-product** [`baɪ͵prɑdəkt] *n.* 副產品；附帶產生的後果

Vaseline is a **by-product of** the petroleum manufacturing process.

凡士林是石油生產過程時的副產品。

④ **conscious** [`kɑnʃəs] *adj.* 意識到，察覺到 圓 aware

More and more people **are conscious of** the importance of environmental protection.

愈來愈多人意識到環保的重要性。

⑤ **cultivation** [͵kʌltə`veʃən] *n.* 耕種；(關係、技巧) 培養

The land has been **under cultivation** for many years, so the farmer lets his land lie fallow.

這片土地已經耕種好幾年了，所以農夫讓他的土地休耕。

⑥ **drought** [draʊt] *n.* 旱災，久旱

The severe **drought** left thousands of people short of food and drinking water.

嚴重的旱災讓好幾千人缺乏食物和飲用水。

⑦ **emission** [ɪ`mɪʃən] *n.* 排放，散發
It has been proven that driving hybrid cars can cut
vehicle **emissions**.
已經證實駕駛油電混合車能減少車輛廢氣的排放。

⑧ **energy** [`ɛnɚdʒɪ] *n.* 能源；精力
The shortage of crude oil has created an **energy
crisis**. 原油短缺已經造成能源危機。

♥字彙小幫手：
solar/nuclear/wind/wave energy 太陽 / 核 / 風 / 波浪能

⑨ **environment** [ɪn`vaɪrənmənt] *n.* 自然環境；環境
Some pesticides have been strictly forbidden
because of their permanent damage to **the
environment**.
一些農藥因為會對自然環境產生永久破壞已經被嚴格禁
用。

⑩ **feed** [fid] *n.* 飼料 ; 一餐 ; *v.* 提供食物 ; 餵養 (feed,
fed, fed)
This **animal feed** is specially formulated for the
premature calf.
這份動物飼料是專為這早產小牛調配。
The country didn't develop agriculture sustainably,
so it had trouble **feeding itself**.
這國家沒有永續經營農業，所以無法自給自足。

♥字彙小幫手：feed sb/sth on sth 以…餵養…

⑪ **flooding** [`flʌdɪŋ] *n.* 水災
The torrential rain has caused serious **flooding** in many areas.
傾盆大雨已經在多處造成水災。

⑫ **frigid** [`frɪdʒɪd] *adj.* 嚴寒的，寒冷的 **同** icy, freezing
The forecast warned of strong winds and **frigid temperatures**, so you'd better put on your heavy coat.
氣象預報警告強風和嚴寒氣溫，所以你最好穿上你的厚大衣。

⑬ **fuel** [`fjuəl] *n.* 燃料；刺激因素；*v.* 為…添加燃料；加強，激起 **同** stoke
Burning **fossil fuels** may lead to global warming.
燃燒石化燃料有可能導致全球暖化。
Our car is running out of gas, so we should have it **fueled** at the nearest gas station.
我們的車快沒油了，所以我們應該在最近的加油站加油。

🔑 字彙小幫手：add fuel to the fire/flames 火上加油
fuel speculation/controversy/rumors/fears
引起猜測 / 爭論 / 謠傳 / 恐懼

⑭ **generate** [`dʒɛnə͵ret] *v.* 產生，製造 (能量等)；引發，引起 **同** cause
The solar panels on the roof are able to **generate** enough **electricity** for my home.
屋頂上的太陽能板能產生足夠的電供給我家使用。

♀字彙小幫手：

generate revenue/profit/income 產生收益 / 利潤 / 所得
generate interest/excitement/support
引發興趣 / 興奮 / 支持

⑮ **habitat** [ˋhæbəˌtæt] *n.* 棲息地，生長地
With so many trees cut down in the rain forest,
many wild animals have lost their **natural habitats**.
隨著雨林中的樹木被大量砍伐，許多野生動物已經失去牠
們的天然棲息地。

⑯ **inclement** [ɪnˋklɛmənt] *adj.* (天氣) 惡劣的
The trapped hikers have suffered from hunger and
inclement weather for three days.
受困的山友已經飢寒交迫三天了。

⑰ **irrigation** [ˌɪrəˋgeʃən] *n.* 灌溉；沖洗 (傷口)
The reservoir is designed for hydroelectricity and
the **irrigation** of crops.
水庫被設計來水力發電和灌溉作物。

⑱ **plough** [plaʊ] *v.* 犁，耕 同 plow；*n.* 犁 同 plow
After the farmer had harvested his wheat, he
started to **plough** and fertilize the land for next
planting season.
農夫收成小麥之後，他開始為了下個種植季犁田並施肥。
Horses and buffalos can be used to **pull the
plough**. However, the mechanization of agriculture
has gradually increased now.

馬匹和水牛能用於拉犁。然而，現在農業機械化的程度已
經逐漸提高。

🔹 字彙小幫手：under the plough (土地) 用於耕種的

⑲ **pollutant** [pə`lutənt] *n.* 汙染物
An air purifier can reduce a wide variety of indoor
air pollutants.
一臺空氣清淨機能減少大多數的室內空氣汙染物。

pollution [pə`luʃən] *n.* 汙染
Toxic wastes from the factories are the main
reason for the **soil** and **water pollution** in the
countryside.
工廠排放的有毒廢棄物是鄉間土壤和水汙染的主因。

⑳ **recycle** [ri`saɪkl] *v.* 回收利用
The school asked the students to **recycle** metal,
paper and plastic.
學校要求學生回收金屬、紙張和塑膠。

recycling [ˌri`saɪklɪŋ] *n.* 回收利用
The city government tried to encourage **recycling**
by putting many **recycling bins** in the city.
市政府嘗試在城市裡放置許多資源回收桶來鼓勵回收。

㉑ **resource** [ri`sors] *n.* 資源；財力
The country is blessed with rich **natural resources**
like coal and natural gas.
這國家有幸擁有豐富的天然資源，例如：煤礦和天然氣。

㉒ **soil** [sɔɪl] *n.* 泥土；國土 country

Sandy **soil** drains well and is perfect for watermelons.

砂質土壤排水良好，適合西瓜生長。

㉓ **stagnant** [`stægnənt] *adj.* (水、空氣) 淤滯不通的；停滯的

The **stagnant** ditch is extremely stinky, which may affect the residents' health.

淤滯不通的水溝異常惡臭，可能會影響居民的健康。

💡 字彙小幫手：a stagnant economy 停滯的經濟

㉔ **vegetable** [`vɛdʒtəbl] *n.* 蔬菜

Cabbages and onions are the two most popular **vegetables** in the country.

高麗菜和洋蔥是該國最受歡迎的兩種蔬菜。

㉕ **weed** [wid] *n.* 雜草，野草；*v.* 除草

Mr. Lin is tired of the continuing battle against the **weeds** in his garden.

林先生對於經常對抗花園裡的雜草感到厭煩。

The farmer spent several hours **weeding** the fields.

這位農夫花了好幾個小時為田地除草。

💡 字彙小幫手：weed sb/sth out 淘汰…

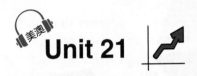

Unit 21

企業發展

 5 分鐘快速掃過核心單字，你認識幾個？

① advance
② analyze
③ brand
④ breakthrough
⑤ chain
⑥ create
⑦ design
⑧ develop
⑨ engineer
⑩ ergonomic

⑪ expand
⑫ growth
⑬ improve
⑭ innovation
⑮ institute
⑯ invent
⑰ leading
⑱ merge
⑲ modernize
⑳ modify

㉑ patent
㉒ progress
㉓ research
㉔ specialization
㉕ surpass

21

① **advance** [əd`væns] v. 進展，進步；增加；n. (價格) 上漲，提高；進步，發展

Ms. Pittman aims to **advance through** the ranks and become the team leader in one year.

皮特曼小姐目標是在一年內晉升成為團隊的領導者。

The significant **advance** in prices makes people's lives worse.　物價大幅上漲讓人民的生活更加困難。

🟢 字彙小幫手：

in advance 事先；in advance of sb/sth 在…之前

② **analyze** [`ænḷ͵aɪz] v. 分析

The manager carefully **analyzed** the data we collected and made his suggestions on the proposal.

經理仔細地分析我們收集的資料，並提出對提案的建議。

③ **brand** [brænd] n. 品牌

Matthew and his partners tried very hard to find sponsors to help them establish a **brand**.

馬修和他的合夥人非常努力要找到贊助商協助他們創建一個新品牌。

④ **breakthrough** [`brek͵θru] n. 突破，重大進展

The big success of this product line is a significant **breakthrough for** our company.

這個生產線的大成功是我們公司的重大突破。

⑤ **chain** [tʃen] n. 一系列，一連串

Mr. Logan has slowly built up his kingdom of fast

food—a **chain** of 533 stores around the world.
羅根先生慢慢建立起自己的速食王國——全球五百三十三間連鎖店。

⑥ **create** [krɪ`et] *v.* 創造，創立
According to the report, the merger of the two big firms would **create** 100 job openings.
根據報告，兩間大事務所的合併可創造一百個工作職缺。

⑦ **design** [dɪ`zaɪn] *n.* 設計；*v.* 設計
The CEO was very pleased with Joanna's **design** of the new product.
執行長非常喜歡喬安娜的新產品設計。
The latest fashions **designed** by Lisa are now all the rage. 麗莎設計的最新時裝現在十分流行。

⑧ **develop** [dɪ`vɛləp] *v.* 開發；發展
The senior executives held different opinions on spending 4.7 million US dollars on **developing** new technology and replacing old machinery.
高階主管們對於要花費四百七十萬美元在開發新技術及汰換舊設備抱持不同的看法。

⑨ **engineer** [ˌɛndʒə`nɪr] *n.* 工程師
A computer **engineer** is coming to reform the company's computer system and remove all the computer viruses.
一名電腦工程師要來改良公司的電腦系統和清除電腦病毒。

⑩ **ergonomic** [ˌɚgəˋnɑmɪk] *adj.* 符合人體工學的
The boss bought some new pieces of office furniture, including desks and chairs, which have **ergonomic** design. 老闆給辦公室添購了些新家具，包括符合人體工學設計的辦公桌和椅子。

⑪ **expand** [ɪkˋspænd] *v.* 擴展 (業務)；增加，擴大
In this tough economic climate, it is not clever and proper to **expand** our business.
在經濟不景氣的此時，擴大企業規模不明智也不適當。

♥ 字彙小幫手：
expand the number/range of sth 增加…的數量 / 範圍

⑫ **growth** [groθ] *n.* 增加，增強；成長，發育
In the meeting, the CEO set the sales **growth** rate for the upcoming season.
會議中，執行長設定了下一季銷售成長率。

⑬ **improve** [ɪmˋpruv] *v.* 改善，改進
The manager is pondering how to **improve** our workplace environment.
經理仔細考量要如何改善我們的辦公環境。

improvement [ɪmˋpruvmənt] *n.* 改善，改進
According to official statistics, we can see a slight **improvement** in the economy.
根據官方統計數據，我們可知經濟上似乎稍有起色。

♥ 字彙小幫手：improve on/upon sth 做出比…更好的成績

⑭ **innovation** [ˌɪnəˋveʃən] *n.* 創新，革新；新方法
同 novelty
Steve Jobs once said, "**Innovation** distinguishes between a leader and a follower."
史蒂夫・賈伯斯曾說：「領袖和跟風者的區別在於創新。」

🔵 字彙小幫手：innovation in sth …的革新；…的新方法

⑮ **institute** [ˋɪnstəˌtjut] *v.* 實行；*n.* 學院，研究所
The new personnel manager plans to **institute** several cost-cutting measures.
新任人事經理計劃要實行一些降低成本的措施。
Ms. Takahashi suggested that the car manufacturer cooperate with the Massachusetts **Institute** of Technology to improve hybrid technology. 高橋小姐建議汽車製造商與麻省理工學院合作改良混合動能科技。

⑯ **invent** [ɪnˋvɛnt] *v.* 發明，創造；編造，虛構
Mr. Bowers is the key player in our team, leading us to **invent** new machines that can speed up manufacturing process.
鮑爾斯先生是團隊的核心人物，領導我們發明能加速製造過程的新機器。

⑰ **leading** [ˋlidɪŋ] *adj.* 頂尖的，主要的
Frank intends to bring his company to one of the **leading** software companies around the world.
法蘭克想要帶領他的公司成為世界頂尖軟體公司的一員。

⑱ **merge** [mɝdʒ] *v.* 合併

The board of directors strongly objected to **merging with** the A&C Company for many reasons.

董事會以多項理由強烈反對與 A&C 公司合併。

merger [`mɝdʒɚ] *n.* 合併

After the announcement of the **merger between** the two companies was made, the stock prices went sky-high.

在這兩家公司的合併案宣布之後，股價暴漲。

⑲ **modernize** [`mɑdɚn,aɪz] *v.* (使) 現代化 圓 update

The industrial analyst believes that the only way to increase output was to **modernize** the factory.

這位產業分析師認為提升產能唯一的方法就是使工廠現代化。

⑳ **modify** [`mɑdə,faɪ] *v.* (小幅度) 修改，更改 圓 adapt
(modify, modified, modified)

The boss said unless we **modify** our proposal at his suggestion, he would keep turning it down.

老闆說除非我們根據他的建議修改提案，不然他會持續駁回。

㉑ **patent** [`petn̩t] *n.* 專利權

The company has **filed** and **took out** some **patents on** their latest technology.

公司已經申請並獲得它們最新技術的專利權。

21

⚲ 字彙小幫手：
apply for/file a patent on/for sth 申請…的專利權
take out/obtain a patent on/for sth 獲得…的專利權

㉒ **progress** [ˋprɑgrɛs] *n.* 進展，進步；[prəˋgrɛs] *v.* 進展，進步 🔄 advance
There is significant **progress in** expanding overseas markets.
在擴展海外市場方面有卓越的進展。
Since our project was **progressing** smoothly, we decided to celebrate and relax at the bar tonight.
由於我們的提案進行順利，我們決定今晚去酒吧慶祝和輕鬆一下。

⚲ 字彙小幫手：
make progress in sth 在…中進步
in progress 正在進行中

㉓ **research** [ˋrisɝtʃ] *n.* 研究，調查 (pl. researches)；
[rɪˋsɝtʃ] *v.* 研究，探討
We are planning to **carry out** some **research into** teenagers' buying behavior.
我們計劃要進行青少年購買行為的研究。
The manager is **researching** the possibility of branching out on her own.
經理正在研究自行創業的可能性。

⚲ 字彙小幫手：
do/carry out/conduct research on/into sb/sth
對…進行研究

157

㉔ **specialization** [ˌspɛʃələ`zeʃən] *n.* 專業領域，專業化
Ⓢ specialism

Ms. O'Neal promised to solve the problem for us,
saying confidently that this is her **specialization**.
歐尼爾小姐承諾要幫我們解決問題，自信地說這是她的專
業領域。

specialize [`spɛʃəl͵aɪz] *v.* 專攻，專門研究
My company **specializes in** making handcrafted
furniture and cooking utensils.
我的公司專門製作手工家具和炊具。

㉕ **surpass** [sə`pæs] *v.* 超越，勝過
Roger broke the record in the basketball game and
surpassed himself once again.
羅傑在籃球比賽中打破紀錄並再次超越自己。

NOTE

Unit 22

旅遊 (1)

 分鐘快速掃過核心單字，你認識幾個？

① aboard
② accommodations
③ aisle
④ arrival
⑤ cancel
⑥ compartment
⑦ delay
⑧ destination
⑨ domestic
⑩ flight

⑪ halt
⑫ housekeeping
⑬ landmark
⑭ luggage
⑮ passenger
⑯ public
⑰ reach
⑱ route
⑲ shuttle
⑳ splendor

㉑ stationary
㉒ terminal
㉓ transportation
㉔ utility
㉕ vehicle

① **aboard** [ə`bord] *adv.* 上飛機 (或船、公車、火車等)；
prep. 在飛機 (或船、公車、火車等) 上
The flight attendant greeted us, saying, **"Welcome
aboard."**
空服員向我們打招呼，並說「歡迎登機。」
Before we arrived at the harbor, we had spent
three days **aboard** ship.
在我們抵達港口之前，已經坐了三天的船。

⚲ 字彙小幫手：All aboard! 請登機 / 上車 / 上船！

② **accommodations** [ə,kɑmə`deʃənz] *n.* 住宿
The teacher is looking for cheap **accommodations**
for her students during the science fair.
這老師正在為她的學生尋找科展期間便宜的住宿。

③ **aisle** [aɪl] *n.* 走道，通道
I prefer an **aisle seat** to a window seat.
我喜歡靠走道的座位勝於靠窗的座位。

⚲ 字彙小幫手：go/walk down the aisle 結婚

④ **arrival** [ə`raɪvl̩] *n.* 到達，到來
Shortly after his **arrival** in London, Victor bought an
apartment in the city center.
在維克多到達倫敦不久後，就在市中心買了一戶公寓。

arrive [ə`raɪv] *v.* 到達，抵達
When will your flight **arrive**? I will pick you up at
the airport. 你的班機什麼時候到達？我會在機場接你。

⑤ **cancel** [`kænsl] *v.* 取消
The airline had to **cancel** today's flight because of heavy fog.　因為濃霧，航空公司必須取消今天的班機。

cancellation [ˌkænslˋeʃən] *n.* 取消
The tickets were sold out yesterday, and therefore I will inform you if there is any **cancellation**.
票昨日售罄，因此如果有人取消，我將會通知你。

⑥ **compartment** [kəmˋpɑrtmənt] *n.* (交通工具) 分隔廂；隔間
Molly was very satisfied with the facilities provided in the **first-class compartment**.
莫莉對於頭等艙提供的設施都很滿意。

⦿ 字彙小幫手：glove compartment
(汽車前排座位前面放小物件的) 雜物箱

⑦ **delay** [dɪˋle] *v.* 延遲，延誤 *n.* 延遲，延誤
Heavy rain **delayed** the second half of the tennis game.　大雨迫使網球比賽的下半場延遲開始。
The ambulance arrived on the scene **without delay**.　救護車立刻到達現場。

delayed [dɪˋled] *adj.* 延誤的
According to the airline spokesman, the reason for the considerable number of **delayed flights** was shortage of pilots.
航空公司發言人表示大量航班延誤的原因是機師不足。

⑧ **destination** [ˌdɛstəˈneʃən] *n.* 目的地
James finally reached his **destination** thirsty and hungry because he had a breakdown on the way.
詹姆斯到達目的地時又渴又餓，因為他車子在半路拋錨了。

⑨ **domestic** [dəˈmɛstɪk] *adj.* 本國的；家庭的
The airport is not a busy one because it only handles several **domestic flights** a day.
這機場並不忙碌，因為它一天只負責幾個國內航班。

⊙ 字彙小幫手：domestic violence/appliances/chores
家庭暴力 / 家用器具 / 家務瑣事

⑩ **flight** [flaɪt] *n.* 航班飛機；飛行
Julie would like to get information about **flights** to London. Can you help her?
茱莉想要得到倫敦的航班資料。你可以幫她嗎？

⑪ **halt** [hɔlt] *v.* 停止，停下；*n.* 停止，停下 🔁 stop
The project **halted** temporarily due to the disagreement among the participants.
因為參與者意見分歧，這計畫暫時停止。
Jennifer's career **came to a halt** after her child was born. 珍妮佛的職業生涯在小孩出生後就停止了。

⑫ **housekeeping** [ˈhausˌkipɪŋ] *n.* (飯店) 總務部門；家務管理
As a head of **housekeeping** in the hotel, Mr. King always asks his staff to try their best to keep the rooms clean. 身為飯店總務部門主管，金先生總是要

求他的職員盡力保持客房清潔。

⑬ **landmark** [`lænd,mɑrk] *n.* 地標；里程碑
The Sydney Opera House is one of Australia's most famous **landmarks**.
雪梨歌劇院是澳洲最著名的地標之一。

⑭ **luggage** [`lʌgɪdʒ] *n.* 行李 🔵 baggage
X-ray screening can show clearly what is in **luggage**. X 光檢測可以清楚顯示行李的內容。

🟡 字彙小幫手：
hand luggage 手提行李；luggage claim 行李提領處

⑮ **passenger** [`pæsṇdʒɚ] *n.* 乘客
The train stopped and around one third of **passengers** got off.
火車停下來，大約三分之一的乘客下車。

⑯ **public** [`pʌblɪk] *adj.* 公開的；公立的；*n.* 公眾，民眾
People have to pay 30 pence for every visit to a **public toilet** at the railroad station.
人們每次使用火車站公廁，必須支付三十便士。
The mother is always very patient with her children **in public**. 這母親在公眾場合總是對她的小孩很有耐心。

public transport [`pʌblɪk] [`trænsport] *n.* 公共運輸
🔵 public transportation
I don't have a car, so I have to depend on **public transport**. 我沒有車，所以我必須倚賴公共運輸。

⑰ **reach** [ritʃ] *v.* 抵達，達成；*n.* 伸手可及的距離

The number of tourists is estimated to **reach** 2 million this summer.

旅客人數今年夏天被預估達到兩百萬。

You had better keep your backpack and cellphone **within reach**.

你最好把你的背包和手機放在伸手可及的地方。

📍字彙小幫手：

reach a(n) goal/decision/agreement/conclusion
達到目標 / 作出決定 / 達成協定 / 得到結論
out of (sb's) reach (…) 拿不到的地方

---

⑱ **route** [rut] *n.* 路線，航線；途徑；*v.* 運送

The hotel is located near a **bus route**, so travelers can go downtown by bus.

這間旅館位於公車路線附近，所以旅客可搭公車去市區。

Goods will be **routed** via Paris tomorrow.

貨物明日將經由巴黎運送。

---

⑲ **shuttle** [`ʃʌtl] *n.* 接駁車；*v.* 穿梭往返

A **shuttle bus** operates to and from the airport every two hours in the daytime.

接駁巴士在白天每兩小時往返機場一次。

A free bus **shuttles** regularly between the airport terminals. 免費的公車固定穿梭往返於機場的不同航站。

📍字彙小幫手：space shuttle 太空梭

---

⑳ **splendor** [`splɛndɚ] *n.* 壯麗 ⓢgrandeur

The tourists are awed by the **splendor of** the Grand Canyon.　大峽谷的壯麗讓遊客們敬畏。

㉑ **stationary** [`steʃənˌɛrɪ] *adj.* 靜止的；不變的
We got stuck in the traffic jam. Every car seemed **stationary**.　我們遇上交通堵塞。每輛車似乎靜止不動。

㉒ **terminal** [`tɝmənl] *n.* 航站；終端機；*adj.* 末期的
Terminal 2 is used only for domestic flights, not international flights.
第二航廈僅供國內航班使用，而非國際航班。
Doctors are trying hard to treat the patient with a **terminal illness**.
醫生們正努力治療這位患有末期病症的病人。

㉓ **transportation** [trænspɚ`teʃən] *n.* 運輸
Bicycles are environmentally friendly **means of transportation**.　腳踏車是對環境友善的交通工具。

㉔ **utility** [ju`tɪlətɪ] *n.* 公共設施 (水、電、煤氣、鐵路等)；實用性 (pl. utilities)
The rent includes **utilities** such as gas, water, and electricity.　租金包含公共設施費用，像瓦斯、水和電。

◉ 字彙小幫手：utility pole 電線桿

㉕ **vehicle** [`viɪkl̩] *n.* 交通工具
The common **vehicles** on the road are cars, buses, and trucks.
道路常見的交通工具包括汽車、公車和卡車。

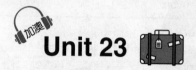

Unit 23

旅遊 (2)

 分鐘快速掃過核心單字,你認識幾個?

1. accessible
2. agency
3. arrange
4. book
5. coastal
6. cruise
7. depart
8. direct
9. fare
10. guide

11. heritage
12. itinerary
13. landscape
14. pack
15. pedestrian
16. railway
17. round-trip
18. shore
19. sign
20. station

21. stay
22. tour
23. trip
24. via
25. vessel

① **accessible** [æk`sɛsəbḷ] *adj.* 可到達的；可得到的

The tourist attraction is **accessible** by road and rail.

坐汽車和火車都可以到達這個觀光景點。

② **agency** [`edʒənsɪ] *n.* 代理機構 (pl. agencies)

The package tour organized by the **travel agency** sounds so appealing.

旅行社所規劃的套裝行程聽起來好吸引人。

◉ 字彙小幫手：

an advertising/employment/estate agency
廣告公司／職業介紹所／房地產仲介公司

③ **arrange** [ə`rendʒ] *v.* 安排；準備

To catch an early flight, the Whites have **arranged** to stay in the hotel near the airport.

為了趕上早班飛機，懷特一家已經安排入住機場附近的旅館。

arrangement [ə`rendʒmənt] *n.* 安排；準備

I advised Teresa to make **travel arrangements** well in advance due to the tourist season.

由於旅遊旺季，我建議特瑞莎事先做好旅行安排。

④ **book** [bʊk] *v.* 預定，預約 🔘 reserve

Janet tried to **book** a three-star hotel instead of a youth hostel.

珍娜試著預定一間三星級旅館代替青年旅舍。

⑤ **coastal** [ˋkostl̩] *adj.* 濱海的；海岸的

The **coastal resort** is crowded in summer and almost deserted in winter.

這濱海渡假勝地夏天很多人，冬天幾乎空無一人。

⑥ **cruise** [kruz] *n.* 乘船遊覽；*v.* 航遊；巡航

Mary and I have decided to go on a **cruise** around the world next summer.

瑪莉和我已經決定明年夏天乘船環遊世界。

It is so romantic to spend an evening **cruising** the Seine. 傍晚航遊塞納河很浪漫。

⑦ **depart** [dɪˋpɑrt] *v.* 出發，動身

Trains for Vancouver **depart** on the hour from platform 2.

開往溫哥華的火車每個整點從第二月臺發車。

⑧ **direct** [dəˋrɛkt] *adj.* 直達的；直接的；*v.* 指揮；管理

You'll save a lot of time if you take the **direct flight**.

如果你搭乘直飛航班的話，你會節省很多時間。

We are stuck in a traffic jam. I wish someone could **direct the traffic**.

我們遇上交通堵塞。真希望有人可以指揮交通。

direction [dəˋrɛkʃən] *n.* 方向；指路

Gina was lost, so she asked passersby for **directions** to the train station.

吉娜迷路了，所以她問路人前往火車站的方向。

🔵 字彙小幫手：
direct light 直射光線；direct descendant 直系後代
direct sb to sth 為…指去…的路
in sb's direction 朝著…的方向
sense of direction 方向感

⑨ **fare** [fɛr] *n.* 票價 (飛機、公車、火車、計程車等)
It is reported that **train fares** will have risen by 20% by the end of this year.
據報導火車票價將在今年底之前調漲百分之二十。

⑩ **guide** [gaɪd] *n.* 旅遊指南；嚮導；*v.* 帶…參觀 🔵 lead；指導
The blogger has written a very **comprehensive guide to** Germany.
這部落客已經寫了一篇內容詳盡的德國旅遊指南。
The volunteer **guided** us through the museum and pointed out some famous collections.
志工帶我們參觀博物館，並指出一些著名的收藏。

🔵 字彙小幫手：
tour guide 導遊；guide dog 導盲犬

⑪ **heritage** [`hɛrətɪdʒ] *n.* (具有歷史意義的) 遺產
These beautiful old buildings are a vital part of our **cultural heritage**.
這些美麗的老建築物是我們文化遺產的重要部分。

⑫ **itinerary** [aɪ`tɪnə,rɛrɪ] *n.* 旅行計畫，預定行程
(pl. itineraries)

I prefer a detailed **itinerary**, including transport and accommodations.

我比較喜歡一個包含交通和住宿的詳盡旅行計畫。

⑬ **landscape** [`lænskep] *n.* 風景，景色

The beauty of the **rural landscape** attracted a large number of tourists.

鄉村風景之美吸引了為數眾多的旅客。

⑭ **pack** [pæk] *n.* 一套，一組；*v.* (把…) 收拾 (行李)；塞滿

The free information **pack** consists of a map, some coupons and promotion codes.

那套免費的資料包括一張地圖、一些優惠券和優惠代碼。

We're leaving for Spain next week, so you have one week to **pack** your bags.

我們下週就要出發去西班牙了，所以你有一週收拾行李。

📍 字彙小幫手：a six-pack of beer 六罐裝啤酒
a pack of cigarettes/gum 一包香菸 / 口香糖

⑮ **pedestrian** [pə`dɛstrɪən] *n.* 行人，步行者

The walking route along the coast is mainly for **pedestrians** and cyclists.

這條沿海步行路線主要是供行人和自行車騎士使用。

⑯ **railway** [`rel,we] *n.* 鐵道，鐵路 同 railroad

Another **railway line** will be built for economic reasons.　另一條鐵道線將因經濟因素而興建。

📍 字彙小幫手：
a railway station/timetable 火車站 / 列車時刻表

⑰ **round-trip** [`raund,trɪp] *adj.* 往返的 圓 return
We sell one-way and **round-trip tickets**.
我們有販售單程票和來回票。

⑱ **shore** [ʃor] *n.* 岸，濱
Passengers could see the land when the boat was
about a mile from the **shore**.
當船離岸邊還有一英里左右時，乘客就可以看到陸地了。

⑲ **sign** [saɪn] *v.* 簽名；示意 圓 signal；*n.* 告示；跡象
圓 indication
Robert forgot to **sign his name** at the bottom of
the form.
羅伯特忘記在表格的下面簽名。
The **sign** says "No Swimming."
告示上面寫著「禁止游泳。」

✪ 字彙小幫手：sign on the dotted line 簽字同意
signed and sealed 已成定局的

⑳ **station** [`steʃən] *n.* 車站；電臺；*v.* 使 (尤指士兵) 駐紮
圓 post；安置
You had better choose a hotel that is near the
subway station.
你最好選擇靠近地鐵站的旅館。
It is common that armed guards are **stationed** at
the airport.　武裝警衛駐紮在機場是常見的。

✪ 字彙小幫手：
gas/police/fire station 加油站 / 警察局 / 消防局

㉑ **stay** [ste] v. 留下；保持 **同** remain；n. 停留時間，逗留時間

Why not **stay** and have a cup of coffee?

為什麼不留下來喝杯咖啡？

Louise planned a **short stay** in London to visit her friends.

露易絲規劃在倫敦短暫停留去拜訪朋友。

🔘 字彙小幫手：

stay of execution/deportation 緩期執行死刑 / 驅逐出境

㉒ **tour** [tur] n. 參觀；旅遊

The hop-on, hop-off bus **tour** is an easy way to visit New York City.

隨上隨下的巴士旅遊是參觀紐約市的簡單方式。

tourist [`turɪst] n. 遊客

Tens of millions of **tourists** flock to Venice each year.

每年都有好幾千萬的遊客湧向威尼斯。

🔘 字彙小幫手：study/lecture tour 遊學團 / 巡迴演講

㉓ **trip** [trɪp] n. (短途的) 旅行；v. 絆倒 (trip, tripped, tripped)

My neighbor is away on a **business trip**, so I am helping take care of his cat.

我鄰居出差了，所以我幫忙照顧他的貓。

Abel **tripped** over a root but he didn't fall down.

亞伯絆到了樹根，但他沒有跌倒。

23

㉔ **via** [`vaɪə] *prep.* 經由，通過

The Taipei-Amsterdam flight goes **via** Bangkok.

從臺北到阿姆斯特丹的航班會途經曼谷。

㉕ **vessel** [`vɛsl̩] *n.* 船；血管

The tourists can catch crabs on a **fishing vessel**.

遊客可以在漁船上捕螃蟹。

🔍 字彙小幫手：

a cargo/naval/sailing vessel 貨船 / 海軍艦艇 / 帆船

NOTE

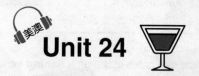

Unit 24

宴會 / 飲食 (1)

5 分鐘快速掃過核心單字，你認識幾個？

① accompany
② appetizer
③ beverage
④ booth
⑤ buffet
⑥ cater
⑦ consume
⑧ culinary
⑨ diet
⑩ dish

⑪ feast
⑫ gourmet
⑬ host
⑭ invitation
⑮ portion
⑯ raw
⑰ recipe
⑱ refill
⑲ reservation
⑳ seat

㉑ spicy
㉒ tableware
㉓ thirsty
㉔ tray
㉕ view

24

① **accompany** [əˋkʌmpənɪ] *v.* 伴隨；陪同
(accompany, accompanied, accompanied)
The steak **is accompanied by** special sauce and
grilled vegetables.
那道牛排佐以特調醬汁和烤蔬菜。

② **appetizer** [ˋæpəˌtaɪzɚ] *n.* 前菜；開胃小吃
A three-course meal usually includes **appetizer**,
main course, and dessert.
一頓三道菜西餐通常包括前菜、主菜和甜點。

③ **beverage** [ˋbɛvrɪdʒ] *n.* 飲料
Beer is the most popular **alcoholic beverage** at
the restaurant.
啤酒是這餐廳最受歡迎的含酒精飲料。

④ **booth** [buθ] *n.* (餐館裡牆邊的) 隔間，小房間
The detective sat in the back **booth**, observing the
bar. 探長坐在後面的隔間，觀察這個酒吧。

⊕ 字彙小幫手：
phone booth 電話亭；polling/voting booth 投票亭
party/photo booth (常見於美國婚禮) 拍照亭

⑤ **buffet** [bʌˋfe] *n.* 自助餐
I prefer a **buffet** at my wedding because the guests
can choose what they want to eat.
我想在我的婚禮上提供自助餐，因為客人可以選擇他們想
要吃的東西。

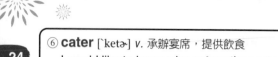

24

⑥ **cater** [ˋketɚ] v. 承辦宴席，提供飲食

I would like to know who **caters** the party. The food is amazing.　我想知道是誰承辦這派對餐宴。食物很棒。

♀ 字彙小幫手：cater for/to sb/sth 滿足…；迎合…

⑦ **consume** [kənˋsum] v. 吃喝；消耗

Guests **consumed** large amounts of food and drink that night.　那晚賓客吃喝了大量的食物和飲料。

♀ 字彙小幫手：time-consuming 耗時的

⑧ **culinary** [ˋkjuləˌnɛrɪ] adj. 烹飪的；廚房的

The Michelin two-star restaurant is famous for its chef's great **culinary skills**.

這間米其林二星餐廳以其主廚高超的烹飪技巧聞名。

⑨ **diet** [ˋdaɪət] n. 飲食；節食；v. 節食，控制飲食

A **balanced diet** and regular exercise are key to good health.

均衡的飲食和規律的運動是良好健康的重要關鍵。

You can't lose weight healthily by **dieting** alone.

你不可能只靠著節食而健康地減重。

♀ 字彙小幫手：go on a diet 節食；diet cola 健怡可樂

⑩ **dish** [dɪʃ] n. (一道) 菜；碟子 (pl. dishes)

The restaurant also offers **vegetarian dishes**.

這餐廳也提供素菜。

♀ 字彙小幫手：

do the dishes 洗碗；dish detergent 洗碗精

176

⑪ **feast** [fist] *n.* 盛宴；享受；*v.* 盡情享用 (食物)

All the colleagues were invited to the **feast** to celebrate Lisa's promotion.

全部的同事都被邀請參加盛宴，慶祝麗莎的升遷。

My family **feasted on** roast beef and red wine.

我們家人盡情享用了烤牛肉和紅酒。

🔘 字彙小幫手：

feast sb's eyes on sb/sth …看到…大飽眼福

⑫ **gourmet** [`gurme] *adj.* 美食的；優質的；*n.* 美食家

My long and tiring day ended with a **gourmet meal**. 我漫長疲累的一天以一頓美食作為結束。

Catherine is a **gourmet**, always enjoying good food and wine. 凱瑟琳是個美食家，總是享受佳餚美酒。

⑬ **host** [host] *n.* 主人；主持人；*v.* 主辦

Before Leo left, he thanked the **host** for a lovely evening.

在里歐離開前，他謝謝主人讓他度過了一個很棒的夜晚。

Which countries had applied to **host** the next Olympic Games?

哪些國家已經申請要主辦下一屆奧林匹克運動會？

🔘 字彙小幫手：hostess 女主人；host family 寄宿家庭

⑭ **invitation** [ˌɪnvə`teʃən] *n.* 邀請函；邀請

Only VIPs had received the **invitations** to the private auction.

只有貴賓有收到參加私人拍賣會的邀請函。

invite [ɪn`vaɪt] *v.* 邀請;招致

Molly **invited** William for a drink at the bar, but he didn't show up.

莫莉邀請威廉到酒吧喝一杯,但他沒有出現。

⑮ **portion** [`porʃən] *n.* (食物) 一份 🔄 serving, helping;一部分;*v.* 分配

Afraid that I was hungry, my grandmother gave me a **generous portion** of pasta.

怕我餓著了,我的祖母給我一大份義大利麵。

Jennifer **portioned** the cake **out** among the eight of us. 珍妮佛把蛋糕分給我們八個人。

⑯ **raw** [rɔ] *adj.* 生的;未經加工的

Bell pepper, onion, and lettuce are usually eaten **raw** in salads. 甜椒、洋蔥和萵苣通常放在沙拉裡生吃。

⑰ **recipe** [`rɛsəpɪ] *n.* 食譜;烹飪法

Just follow the **recipe**, and you will find cooking very easy. 只要遵照食譜,你會發現烹飪很容易。

⑱ **refill** [`ri,fɪl] *n.* 再次填滿…的量;[ri`fɪl] *v.* 再次填滿

You've almost finished your coffee. Do you want a **refill**? 你快喝完咖啡了。你還想要續一杯嗎?

The host got up and **refilled** the glasses of the guests. 主人起身把客人的杯子再次斟滿。

⑲ **reservation** [,rɛzɚ`veʃən] *n.* 預定;保留意見,存疑 🔄 misgiving

May I **make a table reservation for** four people for seven o'clock? 我可以預定七點四人用餐的桌位嗎？

reserve [rɪ`zɝv] v. 保留；預定 ⊜ book
The restaurant has a separate room **reserved for** smokers. 這餐廳有一間分開的房間，保留給吸菸者。

⊙字彙小幫手：
have/express reservations about sth 對…有所保留
reserve sth for sb/sth 為…預定…

⑳ **seat** [sit] n. 座位；座椅；v. 給…安排座位
Please **have a seat**. Make yourself at home.
請坐。把這裡當自己家。
The waitress greeted us with a warm smile and **seated** us in the center of the restaurant.
女服務生笑容滿面地招呼我們，並安排我們坐在餐廳中央的位置。

⊙字彙小幫手：seat belt 安全帶
by the seat of your pants 憑感覺，靠經驗

㉑ **spicy** [`spaɪsɪ] adj. 辛辣的，加香料的 ⊜ hot
Most people living in tropical countries prefer hot and **spicy** food.
大部分住在熱帶國家的人都喜歡辛辣的食物。

㉒ **tableware** [`tebl͵wɛr] n. 餐具 (總稱)
Teresa's mother gave her a set of bone china **tableware** as a wedding gift.
特瑞莎的母親給她一套骨瓷餐具當成結婚禮物。

㉓ **thirsty** [`θɝstɪ] *adj.* 口渴的

The pizza is spicy and salty, making me very **thirsty**.

這披薩又辣又鹹，讓我非常口渴。

㉔ **tray** [tre] *n.* 托盤

The waiter brought us food on a **tray**.

服務生用托盤端食物給我們。

🔍 字彙小幫手：ashtray 菸灰缸；in/out tray 收／發文盤

㉕ **view** [vju] *n.* 視野；見解；*v.* 視為 圓 see；審視

We would like a table with a **view** of the lake.

我們想要可以看見湖景的位子。

The cathedral **is viewed as** a famous tourist attraction.

這座大教堂被視為有名的景點。

🔍 字彙小幫手：

with a view to ... 為了…；in view of sth 考慮到…

NOTE

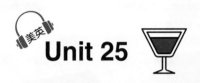

Unit 25

宴會 / 飲食 (2)

5 分鐘快速掃過核心單字，你認識幾個？

① appetite	⑪ flavor	㉑ spoil
② banquet	⑫ hospitality	㉒ taste
③ bill	⑬ ingredient	㉓ tip
④ brunch	⑭ perishable	㉔ vegetarian
⑤ cafeteria	⑮ prefer	㉕ welcome
⑥ chef	⑯ receive	
⑦ cuisine	⑰ recommendation	
⑧ dessert	⑱ refreshing	
⑨ dine	⑲ saucepan	
⑩ exotic	⑳ serve	

① **appetite** [ˋæpəˌtaɪt] *n.* 食慾；慾望，渴望
I avoid sweets before a meal, because they will **spoil** my **appetite**.
我飯前不吃甜食，因為它們會破壞食慾。

✿ 字彙小幫手：have a healthy/good appetite 胃口很好
whet sb's appetite 刺激…的慾望
appetite for sth 對…的渴望

② **banquet** [ˋbæŋkwɪt] *n.* (正式的) 宴會
We were invited to attend the **state banquet** held in the castle last month.
上個月我們受邀至城堡參加國宴。

③ **bill** [bɪl] *n.* 帳單 ⑩ check；*v.* 給…開立帳單；給…寄帳單
After the meal, we asked the waiter for the **bill**.
餐後我們請侍者把帳單拿來。
Please **bill** me **for** all of my wife's expenses.
請你把所有我太太的花費都記在我的帳上。

✿ 字彙小幫手：a(n) water/electricity/gas/phone bill
水／電／瓦斯／電話費帳單

④ **brunch** [brʌntʃ] *n.* 早午餐 (pl. brunches)
Allison usually sleeps in and then has **brunch** on Sundays.
艾莉森通常在週日睡到很晚才起床，然後吃早午餐。

⑤ **cafeteria** [ˌkæfəˋtɪrɪə] *n.* 自助餐廳，自助食堂
Although John has been complaining about the school **cafeteria** food, I think it's OK.

雖然約翰一直在抱怨學校自助餐廳的食物，但我覺得還可以。

⑥ **chef** [ʃɛf] *n.* 大廚，主廚
Lena, winning many awards, is one of the top **chefs** in my country.
贏過無數獎項的莉娜是我國頂尖廚師之一。

⑦ **cuisine** [kwɪ`zin] *n.* 料理，烹飪
The stylish restaurant serves the **traditional cuisine** of the South.
這間雅緻的餐廳提供傳統的南方料理。

⑧ **dessert** [dɪ`zɝt] *n.* 甜點
Would you like apple pie or ice cream for **dessert**?
你想要蘋果派或是冰淇淋當甜點？

⑨ **dine** [daɪn] *v.* (正式) 吃晚飯
I am not used to **dining with** strangers.
我不習慣跟陌生人共進晚餐。

⊙ 字彙小幫手：
diner 用餐者；(尤指美國便宜的) 路邊小餐館

⑩ **exotic** [ɪg`zɑtɪk] *adj.* 異國風情的
You should try the dessert—**exotic fruits** topped with whipped cream.
你應該試這道甜點——異國水果上放了打發的鮮奶油。

⑪ **flavor** [`flevɚ] *n.* 風味；味道 同 taste；*v.* 給 (食物或飲品) 調味

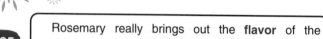

Rosemary really brings out the **flavor** of the chicken. 迷迭香使雞肉的味道更鮮美。

My mother usually uses fresh herbs and spices to **flavor** the sauce.

我母親經常用新鮮芳草和香料調醬汁。

💡 字彙小幫手：flavor of the month 風靡一時的人 / 事 / 物

⑫ **hospitality** [ˌhɑspɪˋtælətɪ] *n.* 熱情好客；招待
The host insisted that we should stay one more night, so we decided to accept his **hospitality**.

主人堅持我們應該再待一晚，所以我們決定接受他的熱情好客。

⑬ **ingredient** [ɪnˋgridɪənt] *n.* 成分；要素
The **main ingredients** of the sauce are tomatoes and red peppers. 這醬汁主要的成分是番茄和紅椒。

⑭ **perishable** [ˋpɛrɪʃəbl] *adj.* (食物) 易變質的，易腐爛的
You have to freeze **perishable** food such as milk and fish, especially in summer.

你一定要冷藏像是牛奶和魚這類容易變質的食物，特別是在夏天。

⑮ **prefer** [prɪˋfɝ] *v.* 較喜歡，寧可 (prefer, preferred, preferred)
I **prefer** a cozy bistro **to** a fancy restaurant.

我喜歡舒適的小酒館勝於高檔餐廳。

preference [ˋprɛfrəns] *n.* 喜愛，偏好；優先 (權)，偏袒

Shelly **has a preference for** spicy and sweet food.
雪莉喜歡又辣又甜的食物。

🎯字彙小幫手：in preference to sb/sth 而不是…
give (a) preference to sb/sth 給…優先權

⑯ **receive** [rɪ`siv] *v.* 迎接；得到 🔵 get
The doorman stands by the door to **receive** the
guests and open the door for them.
門僮站在大門旁迎賓並為他們打開大門。

reception [rɪ`sɛpʃən] *n.* 宴會，歡迎會；服務臺
The garden, an ideal location for a **wedding
reception**, can hold up to 100 guests.
這花園是理想的婚宴場地，最多可以容納一百位賓客。

🎯字彙小幫手：
be on the receiving end (of sth) 承受不愉快 (的…)
reception desk 服務接待處

⑰ **recommendation** [,rɛkəmɛn`deʃən] *n.* 推薦，介紹；
建議，提議
Leo ordered the salmon on the waitress'
recommendation.
里歐依據女服務生的推薦，點了鮭魚。

🎯字彙小幫手：
make a recommendation (to sb) (for/on/about sth)
(向…) (為…) 提出建議

⑱ **refreshing** [rɪ`frɛʃɪŋ] *adj.* 使人涼爽的，提神的；別具
一格的

There's nothing more **refreshing** in hot summer than a cold glass of lemonade.
炎熱的夏天裡，沒有什麼比喝杯冰檸檬汁更令人感到涼爽的了。

---

refreshment [rɪ`frɛʃmənt] *n.* 茶點
Light **refreshments** will be served during the break in the meeting. 會議中場休息時將會供應簡單的茶點。

---

⑲ **saucepan** [`sɔs,pæn] *n.* 深平底鍋，燉鍋
Melt the butter in a **saucepan** and add some chopped onions and garlic.
把奶油放在深平底鍋融化再加入切碎的洋蔥和大蒜。

---

⑳ **serve** [sɝv] *v.* 提供 (飲食)；服務
Brunch is **served** in the café between 10:00 a.m. and 2:00 p.m.
咖啡館從早上十點到下午兩點供應早午餐。

---

service [`sɝvɪs] *n.* 招待；服務
The restaurant is famous for its excellent food and great **service**.
這餐廳以其絕佳的食物和很棒的服務聞名。

♀ 字彙小幫手：serve sb right (for ...) … (因…) 罪有應得
serve as ... 當作…
service charge 服務費

㉑ **spoil** [spɔɪl] *v.* 破壞，毀掉 🔄 ruin (spoil, spoiled/spoilt, spoiled/spoilt)

Mary tried not to let the deafening traffic noise **spoil** her morning.

瑪莉努力不讓震耳欲聾的交通噪音破壞她早晨的興致。

◉ 字彙小幫手：spoil sb's party 掃…的興

be spoilt for choice 選擇太多而難以決定

Too many cooks spoil the broth. 三個和尚沒水喝。

㉒ **taste** [test] *n.* 味道；愛好 同 flavor；*v.* 嘗…的味道 同 try

I don't like the **taste** of pepper. Could you tell the chef not to use it to flavor my dish?

我不喜歡胡椒味。你可以告訴主廚我的菜餚不要用胡椒調味嗎？

My mother **tasted** the soup and added a pinch of salt. 我母親嘗了湯並加了一撮鹽。

◉ 字彙小幫手：

taste buds 味蕾；a taste for sth 喜歡，享受…

㉓ **tip** [tɪp] *n.* 小費；頂端；*v.* 給小費；(使)傾斜 同 tilt (tip, tipped, tipped)

In John's opinion, he didn't need to **give the waiter a tip**, for a service charge was included in the bill.

約翰認為不須給服務員小費，因為帳單已經含服務費。

The porter was so rude that William didn't **tip** him.

搬運行李員很無禮，所以威廉沒有給他小費。

◉ 字彙小幫手：tip of the iceberg 冰山一角

tip the balance/scales 打破平衡 (使情勢有利於…)

㉔ **vegetarian** [ˌvɛdʒə`tɛrɪən] *adj.* 素食的；*n.* 素食者

We usually have lunch together at a **vegetarian** restaurant.

我們經常在素食餐廳一起吃午餐。

Most of my friends are **vegetarians**.

我大部分的朋友都吃素。

㉕ **welcome** [`wɛlkəm] *adj.* 受歡迎的；*v.* 歡迎 🔵 greet；欣然接受

The child-friendly restaurant **makes** parents and children very **welcome**.

那家親子友善餐廳令父母和孩子感到賓至如歸。

The host family **welcomed** the foreign student **with open arms**.

寄宿家庭竭誠歡迎這位外國學生。

💡 字彙小幫手：

be welcome to sth/to V 可以隨便擁有…/去…

NOTE

Unit 26

休閒娛樂 (1)

5 分鐘快速掃過核心單字，你認識幾個？

1. acclaimed
2. amenity
3. artist
4. author
5. awards ceremony
6. celebrity
7. competition
8. concert
9. contest
10. debut
11. drawing
12. entertain
13. gallery
14. journal
15. manuscript
16. media
17. novel
18. photography
19. press
20. rehearsal
21. report
22. script
23. socialize
24. theatergoer
25. trainer

① **acclaimed** [əˋklemd] *adj.* 受好評的

The movie was **universally acclaimed for** its deeply moving story.

這部電影因為動人心弦的情節贏得了普遍的讚譽。

📍 字彙小幫手：

widely/publicly acclaimed 廣受好評的 / 眾口交譽的

② **amenity** [əˋmɛnətɪ] *n.* (生活) 便利設施 (pl. amenities)

The five-star hotel has some great **amenities** such as a gym and a swimming pool.

這間五星級飯店有一些很棒的休閒娛樂設施，像是健身房和游泳池。

③ **artist** [ˋɑrtɪst] *n.* 藝術家；大師

Some local **artists** spent one year working together to complete this installation.

一些當地的藝術家花了一年的時間合力完成了這件裝置藝術。

📍 字彙小幫手：make-up artist 化妝師

④ **author** [ˋɔθɚ] *n.* 作家，作者 圓 writer；發起者 圓 initiator；*v.* 著作，撰寫 圓 write

The famous **author** will sign the copies of her new book at the book launch this afternoon.

知名作家今天下午將會在新書發表會為她的著作簽名。

The well-known poet has received many honors and **authored** dozens of poetry books.

這知名的詩人已經獲獎多次而且著有好幾本詩集。

⭐字彙小幫手：best-selling author 暢銷作家
author of sth …的發起者

⑤ **awards ceremony** [ə`wɔrdz] [`sɛrə,monɪ] *n.*
頒獎典禮
The further details of the **awards ceremony** will be
released in the following news.
在接下來的新聞中，將帶來更多頒獎典禮的消息。

⑥ **celebrity** [sə`lɛbrətɪ] *n.* 明星，名人 ⓢ star
(pl. celebrities)；名聲，名譽 ⓢ fame
Having a tight budget, we can only afford to pay a
minor celebrity to endorse our new product.
由於預算有限，我們只請得起小咖明星來代言我們的新產品。

⑦ **competition** [,kɑmpə`tɪʃən] *n.* 競爭；比賽
ⓢ contest
There is **fierce competition between** the two
production companies **for** the contract.
這兩家製片公司激烈競爭這份合約。

⭐字彙小幫手：be in competition with sb 和…競爭
enter/win/lose a competition 參加 / 贏得 / 輸掉比賽

⑧ **concert** [`kɑnsɝt] *n.* 音樂會
The choir is invited to perform at the **classical
concert.** 這合唱團獲邀至古典音樂會上表演。

⭐字彙小幫手：concert hall 音樂廳

⑨ **contest** [ˈkɑntɛst] *n.* 競賽，比賽 🔒 competition；
[kənˈtɛst] *v.* 競爭，角逐；辯駁

The **contest** is to find the person who can eat the
most hot dogs within one hour.

這場競賽是要找出誰能在一小時內吃最多熱狗。

The famous ex-athlete planned to **contest a seat**
in Congress next year.

這位知名的前運動員計劃明年爭取國會議員席次。

---

contestant [kənˈtɛstənt] *n.* 參賽者 🔒 competitor

Every **contestant** on the quiz show has to answer
questions on various subjects.

這益智節目的每一個參賽者都必須回答不同主題的題目。

💡 字彙小幫手：beauty/talent contest 選美 / 才藝競賽
enter/win/lose a contest 參加 / 贏得 / 輸掉比賽

⑩ **debut** [deˈbju] *n.* 首次亮相，首次公演；*v.* 首次公演，
首次亮相；(新產品) 推出，首發 🔒 launch

The ballet dancer **made her debut** in *The
Nutcracker* at the age of 18.

這芭蕾舞者在十八歲時於《胡桃鉗》中首次亮相。

The musical **debuted** last year and received wide
recognition.

這齣音樂劇去年首演就得到了廣泛好評。

⑪ **drawing** [ˈdrɔɪŋ] *n.* 圖畫 🔒 picture；繪畫

I like the **drawing** of two birds flying in the sky.

我喜歡這幅天空有兩隻鳥飛翔的圖畫。

⑫ **entertain** [ˌɛntɚˋten] v. 娛樂

The music program aims to **entertain** and meanwhile educate the audience.

這個音樂節目旨在娛樂並同時教育觀眾。

---

entertainment [ˌɛntɚˋtenmənt] n. 娛樂活動，娛樂表演

The city provides many different forms of **entertainment** such as pubs, theaters, cinemas, and so on.

這城市提供很多不同形式的娛樂活動，像是酒吧、劇院、電影院等等。

---

⑬ **gallery** [ˋgælərɪ] n. 展覽館；畫廊

There will be an exhibition of the painter's new works at the **contemporary art gallery**.

這位畫家的新作品將會在當代藝術館展出。

---

⑭ **journal** [ˋdʒɝn̩l] n. 期刊；日誌，日記 📖 diary

The article about the pianist was published in the *International **Journal** of Music Education*.

有關這鋼琴家的文章被刊登在《國際音樂教育期刊》上。

---

journalist [ˋdʒɝn̩lɪst] n. 新聞記者 📖 reporter

The **journalist** asked the president how she viewed the high unemployment rate.

這新聞記者詢問總統她如何看待高失業率。

💡 字彙小幫手：keep a journal (of sth) 紀錄 (⋯的) 日誌

⑮ **manuscript** [`mænjə,skrɪpt] *n.* 手稿，原稿；手抄本
The economist's **manuscript** on display at the museum can be traced back to the 18th century.
那份在博物館展出的經濟學家手稿可追溯至十八世紀。

⑯ **media** [`midɪə] *n.* 媒體
The ten-year-old musical prodigy caught international **media attention**.
這名十歲的音樂神童得到了全世界媒體的關注。

💡 字彙小幫手：
the local/national media 地方 / 全國性媒體

⑰ **novel** [`nɑvl] *adj.* 新奇的；*n.* 小說
The museum has come up with a **novel** way of attracting visitors.
這博物館已經想到一個新奇的方法來吸引訪客。
Romantic **novels** usually sell better than historical ones. 愛情小說通常比歷史小說暢銷。

💡 字彙小幫手：
paperback/hardback novel 平裝 / 精裝小說

⑱ **photography** [fə`tɑgrəfɪ] *n.* 攝影
Mr. Bowers makes a living by doing **photography** for fashion magazines.
鮑爾斯先生靠幫流行雜誌攝影賺錢維生。

⑲ **press** [prɛs] *n.* 新聞界；出版社；*v.* (施加壓力) 擠，推；(使啟動) 按，壓
The director invited **the press** to the premiere of

her new movie.

這名導演邀請新聞界參加她新電影的首映會。

The little girl **pressed** her face **against** the train window, trying to see what was outside.

小女孩把臉貼在火車窗戶上，試著看外面有什麼。

💡 字彙小幫手：freedom of the press 新聞自由
press a button/switch/key 按下按鈕 / 開關 / 按鍵

⑳ **rehearsal** [rɪ`hɝsl] *n.* 排練，排演

The play, currently **in rehearsal**, will be performed next month.　目前在排練的這齣戲下個月會上演。

💡 字彙小幫手：rehearsal of/for sth …的排練

㉑ **report** [rɪ`port] *n.* 報導；報告；*v.* 報導；報告

The organizer decided to postpone the soccer game because the latest **weather report** said it would rain tomorrow.

因為最新的天氣預報說明天會下雨，主辦單位決定延後這場足球比賽。

The result of the tennis match is **reported** in all the newspapers.

所有報紙都報導了這場網球比賽的結果。

💡 字彙小幫手：report to sb on sth 向…報告…

㉒ **script** [skrɪpt] *n.* 劇本；講稿

The scriptwriter spent ten months writing the **script** for the movie.

這編劇花了十個月為這部電影寫劇本。

㉓ **socialize** [`soʃə,laɪz] v. 交際，參加社交活動
I don't like to go to parties because I dislike **socializing with** strangers.
我不喜歡參加派對，因為我不喜歡跟陌生人交際。

㉔ **theatergoer** [`θiətə,goə] n. 戲院常客，戲迷
The **theatergoer** watches a play once a week on average.
這名戲院常客平均一週看一場表演。

㉕ **trainer** [`trenə] n. 教練；訓練師
The actress hired a **personal trainer** to keep herself in shape.
這位女演員僱用私人健身教練來幫自己保持健康。

NOTE

Unit 27

休閒娛樂 (2)

 5 分鐘快速掃過核心單字，你認識幾個？

① activity
② article
③ artwork
④ autobiography
⑤ box office
⑥ chronicle
⑦ composer
⑧ concierge
⑨ costume
⑩ distraction

⑪ edition
⑫ film
⑬ indoor
⑭ listing
⑮ masterpiece
⑯ membership
⑰ painting
⑱ picture
⑲ publication
⑳ release

㉑ reproduce
㉒ sculpture
㉓ stage
㉔ theatrical
㉕ update

① **activity** [æk`tɪvətɪ] *n.* (娛樂) 活動；活躍，熱鬧

The hotel provides its guests with a wide range of **outdoor activities**.

這旅館為客人提供了各式各樣的戶外活動。

💡 字彙小幫手：leisure/classroom/sporting activities 休閒 / 課堂 / 體育活動

② **article** [`artɪk!] *n.* 文章，報導；(一件) 物品 同 item

The columnist has written **articles** for the newspaper for years.

這專欄作家已經為這家報紙寫文章好幾年了。

💡 字彙小幫手：article on/about sth 關於⋯的文章，報導

③ **artwork** [`art͵wɝk] *n.* 插圖 同 illustration；藝術作品

Besides writing the story, the author also did all the **artwork** in the picture book.

除了撰寫故事外，這位作者還親手畫了這本繪本中所有的插圖。

④ **autobiography** [͵ɔtəbaɪ`agrəfɪ] *n.* 自傳

Nina is a legendary actress whose **autobiography** is selling like hot cakes.

妮娜是位傳奇女演員，她的自傳十分暢銷。

⑤ **box office** [baks] [`ɔfɪs] *n.* 售票處 同 ticket office；票房

Hundreds of movie fans had lined up in front of the **box office** before it opened.

售票處開門前，數百名影迷已經在它前面排隊。

⊙ 字彙小幫手：
a (huge) box office hit/success (超級) 賣座作品

⑥ **chronicle** [`krɑnɪkl̩] *n.* 編年史，年代記；*v.* 記述，紀錄 (大事)

Actually, the book is a **chronicle** about the tipping point of each war.

事實上，這本書是紀錄每場戰爭引爆點的編年史。

The growth of Mr. Clarke's media empire is **chronicled** in the biography.

這本傳記記述克拉克先生媒體王國的成長。

⑦ **composer** [kəm`pozɚ] *n.* 作曲家

Among the famous **classical composers**, Beethoven is my favorite.

在有名的古典樂作曲家中，貝多芬是我的最愛。

⑧ **concierge** [ˌkɑnsɪ`ɛrʒ] *n.* 旅館服務臺職員；大樓管理員

Some travel agencies sell their package tours through the **concierges** in hotels.

有些旅行社透過旅館服務臺職員銷售它們的套裝行程。

⑨ **costume** [`kɑstjum] *n.* 服裝；戲服

The opera singers are dressed in **historical costume** in the play.

這些歌劇演員們在劇中穿著古裝。

⊙ 字彙小幫手：costume drama/party/jewelry
古裝劇 / 化妝舞會 / 廉價的人造珠寶飾物

⑩ **distraction** [dɪ`strækʃən] *n.* 分心的事物；心煩意亂
Can you turn the music off? I find it a **distraction from** my study.
你可以把音樂關掉嗎？我覺得它讓我讀書分心。

⊙ 字彙小幫手：drive sb to distraction 使…心煩意亂

⑪ **edition** [ə`dɪʃən] *n.* 版本；版次
Specific information about the area can be found in the **regional edition** of the newspaper.
這地區的特定資訊可以在該報的地方版找到。

⊙ 字彙小幫手：first edition 初版
paperback/hardback edition of sth …的平裝 / 精裝版

⑫ **film** [fɪlm] *n.* 電影 圓 movie；底片，膠捲；*v.* 拍攝 (電影)
Ian can't stand people who talk while watching a **film**. 伊恩無法忍受邊看電影邊說話的人。
Most of the scenes in the action movie were **filmed** in the studio.
這部動作片裡的大多數場景是在攝影棚拍攝的。

⊙ 字彙小幫手：have a film developed 沖洗底片

⑬ **indoor** [`ɪn,dor] *adj.* 室內的
The hotel boasts its **indoor** gymnasium and heated swimming pool.
這旅館自豪有室內健身房和溫水游泳池。

⑭ **listing** [`lɪstɪŋ] *n.* 演出資訊，娛樂資訊
Let's check the TV **listings** and decide which

movie to watch tonight!

我們來查一下電視演出資訊，並決定今晚要看哪部電影吧！

⑮ **masterpiece** [`mæstə,pis] *n.* 代表作，傑作

The painting is widely regarded as the painter's **masterpiece**.

這幅畫作被廣泛認為是這位畫家的代表作。

⑯ **membership** [`mɛmbə,ʃɪp] *n.* 會員資格，會員身分

The club members have to pay a fee to renew the **membership** every year.

俱樂部的會員每年必須付定額的金錢來續約會員資格。

◉ 字彙小幫手：apply for/resign membership of sth 申請／退出…的會員資格

⑰ **painting** [`pentɪŋ] *n.* 繪畫，油畫

The walls of the painter's house are covered with **oil paintings** for sale.

這畫家家裡的牆上掛滿了要出售的油畫。

⑱ **picture** [`pɪktʃə] *n.* 照片 圇photograph；圖畫 圇drawing；*v.* 描繪，想像 圇imagine；描述，描寫 圇portray

The father **took a picture** of his daughter in her prom dress.

這父親拍了一張他女兒身穿舞會禮服的照片。

The movie **pictures** very vividly what the life in the 19th century was like.

這電影非常清楚描繪出十九世紀的生活樣貌。

picturesque [ˌpɪktʃəˈrɛsk] *adj.* 美麗的，(景色) 如畫的 圓 quaint

It is a pretty old town with **picturesque** cottages.
它是座有著美麗村舍的老城鎮。

💡 字彙小幫手：get the picture 了解情況
picture sb/sth as sth 將…想像為…

⑲ **publication** [ˌpʌblɪˈkeʃən] *n.* (書籍) 出版，發行；發表，公布

The new magazine edited by the celebrated actress will be ready for **publication** in October.
這本由著名女演員編纂的新雜誌將在十月分出版。

publicity [pʌbˈlɪsətɪ] *n.* 關注，宣傳活動

The dance troupe **received** positive **publicity** about its sparkling performance.
這舞蹈團以其充滿活力的表演得到正向的關注。

publisher [ˈpʌblɪʃɚ] *n.* 出版社；發行機構

The author sent the **publisher** his 500-page manuscript by express mail.
這名作者以快捷郵件寄送他的五百頁手稿給出版社。

⑳ **release** [rɪˈlis] *v.* 發行，上映；公開，發布；*n.* (作品) 發行物；公開，發布

The rock band's first album was **released** twenty years ago. 此搖滾樂團的第一張專輯在二十年前發行。
The singer's latest **release**, a song about friendship, is a hit single.

27

這歌手的最新作品——一首詠唱友情之歌——是暢銷的單曲。

📍 字彙小幫手：be/go on general release 電影上映

㉑ **reproduce** [ˌriprəˋdjus] *v.* 翻印，複製；繁殖
The photo of the tower has been **reproduced** on posters, T-shirts and postcards.
這座塔的照片已經被翻印在海報、T 恤和明信片上。

㉒ **sculpture** [ˋskʌlptʃɚ] *n.* 雕塑品
There are many life-size marble **sculptures** of women in the museum.
有許多真人大小的大理石女性雕塑品陳列在這座博物館裡。

㉓ **stage** [stedʒ] *n.* 舞臺；階段；*v.* 上演；舉辦
🔁 organize
The choir **went on stage** to thunderous applause.
合唱團在雷鳴般的掌聲中登上舞臺。
The drama group **staged** a production of the musical *Cats* at the Sydney Opera House last night. 該劇團昨晚在雪梨歌劇院上演音樂劇《貓》。

📍 字彙小幫手：
take the stage 登臺表演；in stages 分階段進行

㉔ **theatrical** [θɪˋætrɪkl] *adj.* 戲劇的，劇場的
I couldn't recognize Teresa when she had **theatrical make-up** on.
當特瑞莎畫著戲劇妝時，我都認不得她了。

203

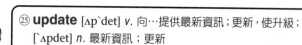

㉕ **update** [ʌp`det] *v.* 向⋯提供最新資訊;更新,使升級;
[`ʌpdet] *n.* 最新資訊;更新

Stay tuned! We will **update** you **on** this news story soon.

不要轉臺!我們將很快向你提供該新聞事件的最新消息。

After you subscribe to our website, you can receive regular **updates**.

訂閱我們的網站後,你就能定期收到最新資訊。

Unit 28

休閒娛樂 (3)

 5 分鐘快速掃過核心單字，你認識幾個？

① admission
② artifact
③ audience
④ autograph
⑤ broadcast
⑥ column
⑦ concerning
⑧ conductor
⑨ cover
⑩ documentary

⑪ editor
⑫ fit
⑬ instructor
⑭ live
⑮ means
⑯ newsletter
⑰ perform
⑱ premiere
⑲ recreational
⑳ renew

㉑ review
㉒ slot
㉓ statue
㉔ tournament
㉕ workout

① **admission** [ədˋmɪʃən] *n.* 准許進入；承認

The art gallery has no **admission charge** after 4:00 p.m.

這藝廊下午四點後不收取門票。

💡 字彙小幫手：

apply for/grant admission to ... 申請 / 獲得進入…

② **artifact** [ˋɑrtɪˌfækt] *n.* (有史學價值的) 人工製品，手工藝品

The history museum collects some **artifacts** which date back to the Stone Age.

這座歷史博物館收藏一些可回溯至石器時代的器物。

③ **audience** [ˋɑdɪəns] *n.* 觀眾；聽眾

The **audience** applauded and cheered when the ballet dancers took a bow.

當芭蕾舞者們謝幕時，觀眾鼓掌且大聲歡呼。

④ **autograph** [ˋɔtəˌgræf] *n.* (名人的) 親筆簽名

The girl was very excited because she got her idol's **autograph**.

這女孩因為得到偶像的親筆簽名而非常興奮。

⑤ **broadcast** [ˋbrɑdˌkæst] *n.* 電視節目；廣播節目；
v. 廣播，播送 (broadcast, broadcast(ed), broadcast(ed))

The live **broadcast** of the interview was interrupted by a sudden power failure.

現場直播的訪談因為突然停電而中斷。

The radio program used to be **broadcast** every Wednesday evening.

這廣播節目過去在每週三傍晚播出。

💠 字彙小幫手：

a radio/television broadcast 電臺 / 電視節目

⑥ **column** [`kɑləm] *n.* (報紙、雜誌上的) 專欄

The columnist writes a weekly **gossip column** for the newspaper.

這專欄作家每週都在這家報紙的漫談專欄中發表文章。

💠 字彙小幫手：music/science/fashion/financial column 音樂 / 科學 / 時尚 / 財經專欄

⑦ **concerning** [kən`sɜ-nɪŋ] *prep.* 關於 圓 regarding；*adj.* 令人擔心的

Have you read the article **concerning** the pop singer's new release?

你有讀過關於這位流行歌手新唱片的文章嗎？

It's very **concerning** that the school neglects art education.　這學校忽略藝術教育的情況令人非常擔憂。

⑧ **conductor** [kən`dʌktə-] *n.* 指揮；列車長

Raising his baton, the **conductor** was ready to direct the orchestra.

舉起指揮棒，這名指揮準備好指揮管弦樂團。

⑨ **cover** [`kʌvə-] *v.* 報導；涉及，包括；*n.* 封面；覆蓋物

The journalist was chosen to **cover** the golf tournament.　這名記者被選出去報導高爾夫球錦標賽。

The model was put on the **cover** of *Vogue* this month. 《時尚》雜誌本月的封面人物是這位模特兒。

---

coverage [ˋkʌvərɪdʒ] *n.* 報導
The royal wedding has received **full coverage** in many national newspapers.
很多家全國性報紙都詳細報導這場皇室婚禮。

💡 字彙小幫手：media/news/television/newspaper coverage 媒體 / 新聞 / 電視 / 報紙報導

⑩ **documentary** [ˌdɑkjəˋmɛntərɪ] *n.* (電視、電影) 紀錄片 (pl. documentaries)；*adj.* 紀實的；文書的
The **documentary** presented the audience with a fresh look at the issue.
這部紀錄片呈現給觀眾一個對這議題的新穎看法。
To our surprise, the movie has a **documentary style**. 讓我們訝異的是，這部電影有紀實的風格。

💡 字彙小幫手：
documentary evidence/material 書面證據 / 文獻資料

⑪ **editor** [ˋɛdɪtɚ] *n.* 編輯，主編
It was a shock to know that Christine was fired as a **senior editor** in the newspaper.
該報社的資深編輯克莉絲汀被解僱很讓人震驚。

⑫ **fit** [fɪt] *adj.* 適合的 ⑩ suitable；健康的，健壯的；*v.* 合身，適合；可容納 (fit, fitted, fitted)
The actor may not **be fit for** the role in the play.
這演員不太適合這齣戲劇中的角色。

That dress **fits** Fanny perfectly.
那件洋裝芬妮穿著很合身。

fitness [`fɪtnəs] *n.* 健康，健壯；勝任
Bennett tried hard to improve his **fitness** by taking a three-mile walk every day.
班奈特每天走三英里來努力試著改善健康狀況。

◉ 字彙小幫手：
fitness center 健身中心；fitness for sth 勝任…

⑬ **instructor** [ɪn`strʌktɚ] *n.* 教練；大學講師
The aerobics **instructor** designs several courses to meet the needs of his students. 這位有氧健身操教練設計了幾種課程來符合他學員的需求。

⑭ **live** [laɪv] *adj.* 現場直播的；活的；*adv.* 現場播出地；
[lɪv] *v.* 居住；生活
Many fans are looking forward to watching the **live broadcast** of the football match.
很多球迷期待收看足球賽的現場直播。
The World Cup is **broadcast live** on TV in many countries. 世界盃足球賽在很多國家都有電視直播。
Many painters **live** in the artist village.
很多畫家住在藝術村內。

⑮ **means** [minz] *n.* 途徑，方法 同 method；財富
(pl. means)
The Internet has become one of the most popular and efficient **means of** communication.

網際網路已經成為最受歡迎和最有效率的通訊途徑之一。

28

💡 字彙小幫手：live within sb's means 量入為出
by no/all means 絕不，一點都不 / 當然可以

⑯ **newsletter** [`njuz,lɛtɚ] *n.* (機構定期寄發給成員的)
電子報
The alumni association publishes an annual
newsletter. 校友會出刊年度電子報。

⑰ **perform** [pɚ`fɔrm] *v.* 表演；執行 ⓢ carry out
The gifted musician always creates and **performs**
her own work.
這位天才音樂家總是創作並演奏她自己的作品。

performance [pɚ`fɔrməns] *n.* 表演；表現，工作性能
The audience was impressed by the pianist's
excellent **performance**.
觀眾對那位鋼琴家的精采表演印象深刻。

⑱ **premiere** [`primɪr] *n.* 首映，首演
All the main actors of the movie attended its **world
premiere**.
所有這部電影的主要演員都參加了電影的世界首映會。

⑲ **recreational** [,rɛkrɪ`eʃənl] *adj.* 休閒娛樂的
The hotel has compiled a list of its top fifteen
recreational activities. 這旅館編了一份其前十五項
最受歡迎的休閒娛樂活動清單。

⑳ **renew** [rɪ`nju] *v.* 給…展期；更新

Your passport will be due next month. You have to get it **renewed**.
你的護照下個月到期。你必須更換成新護照。

renewal [rɪ`njul] *n.* (合約等) 展期；重新開始
The singer's contract **is up for renewal** at the end of this year. 這位歌手的合約到今年年底要續約。

㉑ **review** [rɪ`vju] *n.* 評論；審查；*v.* 評論；審查
Oliver writes **book reviews** for numerous publishers. 奧利佛為許多出版社寫書評。
My mother only prefers the movies which are **reviewed** favorably.
我的母親只喜歡那些獲得好評的電影。

reviewer [rɪ`vjuɚ] *n.* 評論家，評論人 同 critic
The movie **reviewer**'s opinion was dismissed as nothing. 這影評家的意見被認為不重要。

♀ 字彙小幫手：
conduct/carry out a review of sth 執行…的審查

㉒ **slot** [slɑt] *n.* (為某活動安排的) 時段；投幣口，狹槽；*v.* 放於狹槽中 (slot, slotted, slotted)
The new talk show will be scheduled for the 8:00 p.m. **time slot** on Friday.
這個新的脫口秀節目將被排在週五晚上八點時段播出。
Austin was too drunk to **slot** the correct key **into** the door lock.
奧斯汀喝得太醉，以致於無法把正確的鑰匙插進門鎖。

㉓ **statue** [ˋstætʃʊ] *n.* 雕像

The bronze **statue** of the queen was erected in the square.

女王的銅像豎立在廣場上。

㉔ **tournament** [ˋtɝnəmənt] *n.* 錦標賽

This **tennis tournament** is open not only to professionals but also to amateurs.

這場網球錦標賽不僅開放給專業人士，也開放給業餘人士。

㉕ **workout** [ˋwɝkˏaʊt] *n.* 鍛鍊

The high intensity **workout** doesn't suit my fitness level.

這種高強度的鍛鍊不適合我的健身級別。

NOTE

Unit 29

購物 (1)

 5 分鐘快速掃過核心單字，你認識幾個？

① affordable
② bargain
③ cart
④ catalog
⑤ clearance sale
⑥ complaint
⑦ counter
⑧ coupon
⑨ customer
⑩ disposable

⑪ except
⑫ grocery
⑬ installment
⑭ lightweight
⑮ outlet
⑯ persuade
⑰ price
⑱ purse
⑲ receipt
⑳ reimburse

㉑ select
㉒ subscribe
㉓ vendor
㉔ wallet
㉕ wholesaler

① **affordable** [əˋfordəbl] *adj.* 經濟實惠的，負擔得起的
This great website provides online shoppers with fashionable and **affordable** clothing.
這個很棒的網站提供網購者時髦且經濟實惠的衣物。

② **bargain** [ˋbɑrgən] *n.* 划算的商品；協議；*v.* 討價還價
This dress was 80% off. What a real **bargain**!
這件洋裝打二折。真是划算的商品！
It is common for customers to **bargain with** street vendors **for** lower prices.
顧客為了更低的價格而跟街頭攤販討價還價是很常見的。

🟡 字彙小幫手：make/strike a bargain 達成協議

③ **cart** [kɑrt] *n.* 購物車 🔵trolley；馬車；*v.* (費力地) 運送，搬運
If there are a lot of items on my shopping list, I always use a **shopping cart** to carry them to the checkout.
如果我的購物清單上有很多品項的話，我總是用購物車裝貨去櫃臺結帳。
Since the Brown family decided to move to another city, all their furniture was **carted** away.
由於伯朗一家決定要搬去別的城市，他們所有的家具都已經被運送走了。

🟡 字彙小幫手：put the cart before the horse 本末倒置

④ **catalog** [ˋkætlɔg] *n.* 目錄 (冊)；*v.* 將…編入目錄
The brand has made its spring **catalog** available

online for customers to browse through.

這品牌已把春季目錄放在網路上供顧客瀏覽。

The handbags for sale have been systematically **cataloged**.

要販售的手提包已經有系統地編入目錄。

⑤ **clearance sale** [`klırəns] [sel] *n.* 清倉特賣

The couple bought several pieces of furniture at a **clearance sale**.

這對夫妻在清倉特賣會買了好幾件家具。

⑥ **complaint** [kəm`plent] *n.* 投訴，抱怨

The dissatisfied customer **made a complaint to** the phone manufacturer **about** the poor performance of its new product.

這名不滿意的顧客向手機廠商投訴新商品的性能很差。

⑦ **counter** [`kauntɚ] *n.* 櫃臺；流理臺；*v.* 反駁；對抗

The manager of the restaurant was furious because there was no one behind the **counter** to serve the customers.

餐廳經理非常憤怒，因為竟然沒人在櫃臺服務顧客。

When complaints were made about the freight services, the shop manager **countered with** other customers' positive feedback.

當有人對商店的貨運服務提出抱怨時，經理舉出其他顧客的好評予以反駁。

📍字彙小幫手：over the counter (買藥) 不需處方箋

⑧ **coupon** [`kupɑn] *n.* 優惠券，禮券

Jenny can get a free umbrella because she has collected three **coupons** from the magazine.

珍妮可以換到一把免費的雨傘，因為她已經從雜誌上收集到三張優惠券。

⑨ **customer** [`kʌstəmɚ] *n.* 顧客，客戶

The clerk was exhausted because she had to deal with many demanding **customers**.

這位店員累壞了，因為她必須應付很多難纏的顧客。

⑩ **disposable** [dɪ`spozəbl] *adj.* 一次性的，用完即丟的

Disposable tableware causes much pollution to the environment. 一次性餐具造成很多環境汙染。

dispose [dɪ`spoz] *v.* 處理，清除

The government was strongly condemned since the officials failed to reach an agreement on how to **dispose of** nuclear waste.

政府遭受強烈譴責，因為官員無法在處理核廢料的議題上達成協議。

⑪ **except** [ɪk`sɛpt] *conj.* 除⋯之外；*prep.* (表示不包括) 除⋯之外

The salesperson couldn't think of what to say **except** that she was truly sorry about the wrong change.

那名銷售人員除了誠心為找錯錢道歉之外，想不到有什麼可說的了。

The store is open daily **except** Sunday.

這家商店除了週日之外每天都有開。

⊙ 字彙小幫手：except for 除…之外

⑫ **grocery** [ˋɡrosərɪ] *n.* 雜貨店；雜貨 (pl. groceries)

Doris bought milk and eggs at the **grocery store** at the corner of the street.

朵莉絲在轉角的雜貨店裡買牛奶和雞蛋。

⊙ 字彙小幫手：groceries 食品雜貨

⑬ **installment** [ɪnˋstɔlmənt] *n.* (分期付款) 一期

I paid for my refrigerator in six monthly **installments**.　我以按月分六期付款購買冰箱。

⊙ 字彙小幫手：installment plan 分期付款

⑭ **lightweight** [ˋlaɪtˏwet] *adj.* 輕量的；膚淺的；*n.* 輕量級選手

A **lightweight** jacket is perfect for the autumn mornings and evenings.

輕量的薄外套最適合秋天早晚穿。

Peter is not just an office clerk; he is also an amateur **lightweight** in boxing.

彼得不只是個上班族，同時也是業餘拳擊輕量級選手。

⑮ **outlet** [ˋautˏlɛt] *n.* 經銷點；出口

Many people like to look for bargains at the factory **outlets**.　很多人喜歡去工廠直營經銷點尋找划算的商品。

⊙ 字彙小幫手：outlet mall 暢貨商場；retail outlet 零售店

217

⑯ **persuade** [pə`swed] *v.* 說服，勸服 🔄 convince

The salesperson **persuaded** a regular customer **to** buy a pair of trousers.

這名銷售員說服一名常客買了一條長褲。

⑰ **price** [praɪs] *v.* 給…標價，給…定價；*n.* 價格；代價

The seemingly plain three-legged stool is **priced at** 500 US dollars.

這張看似樸實的三腳凳標價五百美元。

The valuable antique was sold at **a high price**.

那件值錢的古董以高價賣出了。

💡 字彙小幫手：

price tag 價格標籤；at any price 無論如何

⑱ **purse** [pɝs] *n.* (女士的) 錢包

Diana opened her **purse** and took out a five-dollar note.

黛安娜打開錢包，拿出一張五元紙鈔。

⑲ **receipt** [rɪ`sit] *n.* 收據，發票；接到

Make sure that you keep the **receipt** as proof of purchase.

你務必要保留收據當作購買證明。

⑳ **reimburse** [ˌriɪm`bɝs] *v.* 退還，償還

The credit card company **reimbursed** me **for** the additional processing fee.

信用卡公司把多收的手續費退還給我了。

reimbursement [ˌriɪm`bɝsmənt] *n.* 退還，償還

For those customers who are annoyed at high parking fees, the **reimbursement** policy is appealing.

對那些討厭高額停車費的顧客而言，此退費政策很吸引人。

㉑ **select** [sə`lɛkt] *v.* 挑選，選擇 圓 choose；*adj.* 特定少數的；精選的

The shopping mall is famous for its good service; all the clerks in it are **selected** carefully.

這商場以良好服務聞名，裡面所有店員都是仔細挑選過的。

The promotion should be available to all customers, not just **a select few**.

此促銷應讓所有顧客都參加，而不是只有少數特定的人。

selection [sə`lɛkʃən] *n.* 可供挑選的東西 圓 choice, range；挑選，選擇

The large mall features a **selection** of electronic products.

這家大型購物中心的特色是有各式的電子產品可供挑選。

㉒ **subscribe** [səb`skraɪb] *v.* 訂閱；(為某項服務) 定期付費

The designer **subscribes to** several fashion magazines so that he can keep up with the latest trend.

這名設計師訂閱了幾本時尚雜誌，以便了解最新的潮流。

subscription [səb`skrɪpʃən] *n.* 訂閱;訂閱費
The librarian decided to **renew** the **subscription to** the newspaper because it is very popular among readers.
圖書館員決定續訂這份報紙,因為它很受讀者歡迎。

🔵 字彙小幫手:take out a subscription to sth 付費訂閱…

㉓ **vendor** [`vɛndɚ] *n.* 攤販
I bought the flowers from a **street vendor**.
我跟一名街頭小販買了這些花。

㉔ **wallet** [`wɑlɪt] *n.* (男士的) 錢包,皮夾 🔵 billfold
The boy found a fat **wallet** stuffed with bills on the street and turned it in to the police.
男孩在街上撿到一個塞滿鈔票的厚錢包後就繳交給警方了。

㉕ **wholesaler** [`hol,selɚ] *n.* 批發商
If you want to buy a product in large quantities, a **wholesaler** can provide a relatively lower price than a retailer can.
如果你想要大量購買一項商品,批發商能提供相對於零售商更為低廉的價格。

Unit 30

購物 (2)

 5 分鐘快速掃過核心單字，你認識幾個？

① available
② breakable
③ cashier
④ checkout
⑤ collection
⑥ consumer
⑦ counterfeit
⑧ credit card
⑨ discount
⑩ emporium

⑪ exchange
⑫ exquisite
⑬ inexpensive
⑭ item
⑮ linen
⑯ overcharge
⑰ purchase
⑱ range
⑲ refund
⑳ retail

㉑ stock
㉒ tag
㉓ voucher
㉔ warranty
㉕ wrap

① **available** [ə`veləbl̩] *adj.* 可獲得的；有空的
Is this blouse **available** in a different color?
這件女裝襯衫有不同的顏色嗎？

② **breakable** [`brekəbl̩] *adj.* 會碎的，易碎的
The customer asked the clerk to wrap the **breakable** glass ornament with care.
顧客要求店員小心包裝這易碎的玻璃裝飾品。

③ **cashier** [kæ`ʃɪr] *n.* 收銀員，出納員
The **cashier** swiped my credit card through a card reader and told me that the transaction was declined.
收銀員用讀卡機刷了我的信用卡，並告訴我交易被拒絕。

④ **checkout** [`tʃɛk͵aʊt] *n.* 收銀臺，結帳處
Because one of the two **checkouts** is out of service, I have been waiting in line for a long while.
因為兩個收銀臺中的其中一個暫停收銀，所以我已經排隊排好久了。

⑤ **collection** [kə`lɛkʃən] *n.* 領取；收藏品
Your order has arrived and is ready for **collection**.
你訂購的貨品已經到達，可以領取了。

⑥ **consumer** [kən`sumɚ] *n.* 消費者，顧客 圓 customer
More and more **consumers** nowadays are willing to pay more for high-quality goods.
現今，越來越多的消費者願意花更多錢去買高品質的商品。

⑦ **counterfeit** [ˋkaʊntɚˏfɪt] *adj.* 仿造的，假冒的
圖 fake
The cashier felt the texture of the ten-dollar bill and immediately found that it was a **counterfeit** one.
收銀員摸了這十元鈔票的質地，立刻發覺它是張仿造的假鈔。

⑧ **credit card** [ˋkrɛdɪt] [kɑrd] *n.* 信用卡 圖 plastic
Would you like to pay in cash or by **credit card**?
你想要付現金或刷卡呢？

⑨ **discount** [ˋdɪskaʊnt] *n.* 打折，減價；[dɪˋskaʊnt] *v.* 減價；忽視
The bookstore usually **offers** customers **a** 10% **discount** if they buy five copies or more.
若顧客買五本或更多數量的書，這間書店通常會打九折。
Some products with minor flaws are **discounted** in the shop.
一些有小瑕疵的商品在這家商店減價出售。

⑩ **emporium** [ɪmˋporɪəm] *n.* 專賣店；大百貨商場
The ice cream **emporium** provides more than 31 different flavors of ice cream for customers to choose from.
這間冰淇淋專賣店提供超過三十一種冰淇淋的口味供顧客挑選。

⑪ **exchange** [ɪksˋtʃendʒ] *n.* 交換；交流；*v.* 換貨；交換

The college student works part-time at the hostel **in exchange for** accommodation.

這大學生在青年旅館打工換取住宿。

Ellie **exchanged** the skirt **for** a smaller size.

艾莉把裙子拿去換成小一點的尺寸。

♥ 字彙小幫手：exchange student 交換學生

⑫ **exquisite** [ˋɛkskwɪzɪt] *adj.* 精緻的

This piece of furniture is quite **exquisite**. We recommend that it should be delivered with extra care.

這件家具非常精緻。我們建議運送時要嚴加小心。

⑬ **inexpensive** [ˌɪnɪkˋspɛnsɪv] *adj.* 價錢不貴的，花費不多的

The shop boasts its wide selection of **inexpensive** camping gear.

這家店自豪有種類眾多且價錢不貴的露營用具。

⑭ **item** [ˋaɪtəm] *n.* 品項，項目

Here are 30% off selected **items** and 50% off selected **items** are there.

打七折的精選商品在這區，打五折的在那區。

⑮ **linen** [ˋlɪnɪn] *n.* 家用織品；亞麻布

Sally purchased the new **bed linen** at a clearance sale to replace her old one.

莎莉在清倉大拍賣中購買新的床包組來替換她舊的床包。

◆字彙小幫手：
table linen 餐桌布；linen shirt/jacket 亞麻襯衫/外套

⑯ **overcharge** [`ovɚ͵tʃɑrdʒ] v. 多收錢，超額收款
The taxi driver **overcharged** us **by** $10 **for** the ride to the airport.
前往機場的這段路程，計程車司機向我們多收了十美元。

⑰ **purchase** [`pɝtʃəs] v. 購買 🔄 buy；n. 購買
We are advised to **purchase** tickets for the amusement park in advance.
有人建議我們預先購買遊樂園的門票。
More and more customers **make purchases** online.
越來越多的顧客在線上購物。

◆字彙小幫手：day/date of purchase 購買當天
proof of purchase 購買證明

⑱ **range** [rendʒ] n. 範圍；一系列；v. 範圍，幅度
The summer collection is aimed at women in the 30 to 40 **age range**.
這個夏裝系列是針對三十歲到四十歲這個年齡範圍的女士設計。
We sell T-shirts in various sizes **ranging from** extra small **to** extra large.
我們販售各種尺碼的 T 恤，範圍從特小號到特大號都有。

⑲ **refund** [rɪ`fʌnd] v. 退還，退款；[`rɪfʌnd] n. 退款，償還金額

225

Since the trip was cancelled, the travel agency had to **refund** the travel expenses to the clients.
由於行程取消了，旅行社必須把旅費退還給客戶。

I returned the defective product to the shop and **asked for a refund**.
我把有瑕疵的商品拿回商店，要求店方退款。

⑳ **retail** [`ritel] *n.* 零售，零賣；*v.* 零售，零賣
There are four **retail shops** directly owned by the candy company in the city center.
這間糖果公司在市中心有四家直營的零售店。

The dress company makes and **retails** high-priced wedding dresses and evening gowns.
這間禮服公司生產和零售高價位的婚紗和晚禮服。

retailer [`ritelɚ] *n.* 零售店，零售商
The models of famous buildings are sold at toy **retailers**.　知名建築物的模型在玩具零售店販賣。

💡字彙小幫手：
retail price/business/sales 零售售價 / 業 / 銷售量
retail at/for ... 零售價格為…

㉑ **stock** [stɑk] *n.* 存貨；股票；*v.* 補貨，儲備
The local shops have a huge **stock of** souvenirs to deal with the expanding tourism.
本地商店備有大量紀念品存貨以因應蓬勃發展的旅遊業。

The clerks are always busy **stocking shelves** at the supermarket on Saturday evenings because

there are a lot of customers during that period.
超市店員在週六晚上都忙著在架上補貨，因為那個時段有很多顧客。

30

⊛ 字彙小幫手：in/out of stock 有 / 沒有庫存
stock market 股市；stock up on/with sth 儲存⋯

㉒ **tag** [tæg] *n.* 識別標籤，標牌 🔵 label；*v.* 給⋯貼上標籤，給⋯掛上標牌 🔵 label (tag, tagged, tagged)
All the staff members were asked to wear **name tags** at the trade fair.
在貿易展的所有工作人員被要求戴識別證。
The store **was tagged as** the best electronics retailer in the country.
這間商店被稱為全國最好的電子商品零售商。

⊛ 字彙小幫手：
tag question 附加問句；be tagged as ⋯被稱為⋯

㉓ **voucher** [`vautʃɚ] *n.* 現金券，票券
The **voucher** can be used in our restaurant chains before the end of this year.
到今年年底之前，現金券可以在我們的連鎖餐廳使用。

㉔ **warranty** [`wɔrəntɪ] *n.* 保固卡，保固單 🔵 guarantee (pl. warranties)
The **warranty** covers all the repairs of the blender within a year.
保固卡包含一年內這個果汁機的所有維修。

⊛ 字彙小幫手：under warranty 在保固期內

227

㉕ **wrap** [ræp] *v.* 包，裹 (wrap, wrapped, wrapped)；
n. 包裹材質；覆蓋物

The salesclerk **wrapped** the gift and tied a bow on it with red ribbon.

售貨員把禮物包起來 ，並用紅緞帶在上面綁了一個蝴蝶結。

The breakable vase was protected with **bubble wrap** and packed firmly in a strong cardboard box.

這個易碎的花瓶用氣泡包裝紙保護，並且牢牢裝在堅固的紙箱中。

◉ 字彙小幫手：gift/plastic wrap 禮品包裝紙 / 保鮮膜

NOTE

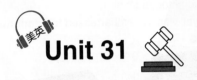

Unit 31

法務 / 政府相關 (1)

5 分鐘快速掃過核心單字，你認識幾個？

1. admit
2. amendment
3. arrest
4. ban
5. claim
6. compensate
7. convene
8. defensive
9. duty
10. entitle
11. guideline
12. ineligible
13. lawsuit
14. mastermind
15. nominate
16. official
17. preferential
18. recess
19. regulation
20. revenue
21. statistics
22. suspect
23. trial
24. verify
25. vote

① **admit** [əd`mɪt] v. 承認 圓 confess ; 允許…進入
(admit, admitted, admitted)
The lawyer was too embarrassed to **admit making** a mistake.
這名律師太難為情而沒有承認自己犯錯。

🔍 字彙小幫手：... be admitted to 允許…進入

② **amendment** [ə`mɛndmənt] n. 修正案；修改
圓 change
The majority of committee members approved an **amendment to** the resolution.
大多數的委員會會員同意這決議的修正案。

③ **arrest** [ə`rɛst] v. 逮捕，拘捕；n. 逮捕，拘捕
The judge was **arrested** and charged with taking bribes. 這位法官被逮捕且因為收賄而被起訴。
The shoplifter was **under arrest**, but he was later released without a charge.
這個扒手被逮捕，但後來他沒被起訴就獲釋了。

④ **ban** [bæn] v. 禁止 圓 prohibit (ban, banned, banned)；
n. 禁止 圓 prohibition
Smoking is **banned** at the restaurant.
這間餐廳禁止吸菸。
The country has **lifted the ban on** women driving.
這個國家已經解除女性駕車的禁令。

⑤ **claim** [klem] v. 聲稱；索取，索賠；n. 索賠，索款；說法，聲明

All parties have **claimed** that they will win the coming election.

所有黨派聲稱他們將會在即將到來的選舉中取得勝利。

After Leo got injured in a car accident, he **made a claim on** his insurance.

里歐發生車禍受傷後，按保險申請理賠。

🟤 字彙小幫手：claim political asylum 索取政治避難

⑥ **compensate** [`kɑmpən,set] *v.* 賠償；補償
The victims of the flood will be **compensated for** their loss. 水災的受害者將會得到損失賠償。

⑦ **convene** [kən`vin] *v.* 召開 (會議)；集合
A meeting of the cabinet was **convened** to discuss the issue. 內閣會議被召開來討論這個議題。

⑧ **defensive** [dɪ`fɛnsɪv] *adj.* 戒備的；防禦性的；*n.* 防衛狀態
When the party leader was asked about his opinion, he got very **defensive**.
當這位政黨領袖被問及意見時，他變得很戒備。
The thorny issue of energy put the government **on the defensive**.
這個棘手的能源議題讓政府處於防衛狀態。

🟤 字彙小幫手：
defensive measure/weapon 防禦措施 / 武器

⑨ **duty** [`djutɪ] *n.* 責任，義務 🔵 obligation；關稅
(pl. duties)

It is the **duty** of the government to take care of every citizen. 照顧每一位公民是政府的責任。

💡 字彙小幫手：have/owe a duty to sb 對…有責任
out of duty 出於責任；duty-free 免稅的

⑩ **entitle** [ɪn`taɪt!] v. 給予權利；給…命名
Those unemployed people **are entitled to** unemployment benefits and free medical treatment. 那些失業的人有權享受補助和免費醫療。

⑪ **guideline** [`gaɪd,laɪn] n. 準則，指導方針
The government has issued **guidelines on** the management of funds for public amenities.
政府已經頒布有關管理用於公共便利設施基金的準則。

⑫ **ineligible** [ɪn`ɛlɪdʒəb!] adj. 無資格的；不合格的
People under 18 **are ineligible to** get a driver's license. 未滿十八歲不能考駕照。

⑬ **lawsuit** [`lɔ,sut] n. 訴訟
Four female employees **filed a lawsuit against** their supervisor. 四位女性職員對她們的主管提出訴訟。

💡 字彙小幫手：
drop/win/lose a lawsuit 撤銷訴訟／勝訴／敗訴

⑭ **mastermind** [`mæstɚ,maɪnd] v. 策劃；幕後操縱；
n. 幕後操縱者
The smart teenager **masterminded** several crimes, deceiving many people.

232

這位聰明的青少年策劃了好幾起罪行，欺騙了很多人。
The bank clerk was believed to be the **mastermind behind** the credit card fraud.
這名銀行行員被認為是信用卡詐欺的幕後操縱者。

⑮ **nominate** [`nɑmə,net] v. 提名；指定
The young lady was **nominated** by her party **as** the candidate in the next mayoral election.
這位年輕女士被她的政黨提名為下屆選舉的市長候選人。

nomination [`nɑmə,neʃən] n. 提名；指定
The senator didn't have enough votes to **secure the nomination for** president.
這名參議員沒有獲得足夠的選票來確保提名參選總統。

💡字彙小幫手：nominate sb as sth 任命⋯為⋯

⑯ **official** [ə`fɪʃəl] n. 官員；要員；adj. 官方的；正式的
According to the senior **government official**, the housing policy will be carried out soon.
根據資深政府官員表示，這項房屋政策即將執行。
The **official statistics** about inflation are actually out of date.
事實上，有關於通貨膨脹的官方統計數據是過時的。

💡字彙小幫手：official duty/language/permission
官方職務 / 語言 / 許可；official visit 正式的拜訪

⑰ **preferential** [,prɛfə`rɛnʃəl] adj. 優先的，優待的
In the country, the unemployed are given **preferential access** to job interviews.

在這國家，失業人士被授予了優先面試的權利。

⑱ **recess** [rɪˋsɛs] *n.* (議會) 休會期；幽深處

Fortunately, the act was passed before **Parliament's summer recess**.

幸運地，這項法案在議會夏季休會期前通過。

⊙ 字彙小幫手：the recesses of sth 在…的深處

⑲ **regulation** [ˌrɛgjəˋleʃən] *n.* 條例，規則

Every company has to comply with the **safety regulations** made by the government.

每一家公司都必須遵守由政府制訂的安全條例。

⊙ 字彙小幫手：
health/traffic/fire/security/building regulations
衛生 / 交通 / 消防 / 保全 / 建築條例

⑳ **revenue** [ˋrɛvəˌnju] *n.* 稅收；(公司的) 收益

The government has taken many measures to **generate revenues**. 政府採取很多措施來產生稅收。

㉑ **statistics** [stəˋtɪstɪks] *n.* 統計數據，統計資料

Statistics show that the people in that country work longest hours.

統計數據顯示那個國家的人民工作時間最長。

㉒ **suspect** [səˋspɛkt] *v.* 懷疑，猜想；[ˋsʌspɛkt] *n.* 嫌疑犯；可疑分子；*adj.* 可疑的，不可信的

The police **suspected** the young man **of** masterminding the bombing.

警方懷疑這名年輕男子策劃這起爆炸案。

Two **suspects** were questioned because they had some connection with the burglary.

兩位嫌疑犯因為與竊盜案有關而被偵訊。

Two **suspect** parcels were sent to the government department. 兩個可疑的包裹被送至這個政府部門。

💡 字彙小幫手：main/prime/chief suspect 主要嫌疑犯

㉓ **trial** [`traɪəl] *n.* 審判；試用

It was a pity that the witness refused to testify at the **trial**. 很可惜，目擊者拒絕在審判上作證。

💡 字彙小幫手：be/go on trial for ... 因…而被審判
a trial period 試用期

㉔ **verify** [`vɛrə͵faɪ] *v.* 證明，證實 🔄 confirm (verify, verified, verified)

The lawyer had to **verify** the defendant's account with stronger evidence.

這名律師必須以更強而有力的證據來證明被告的陳述。

㉕ **vote** [vot] *v.* 投票，對…進行表決；*n.* 投票，表決

I don't know whether he **voted for** or **against** the bill.

我不知道他對這個法案投了贊成票還是反對票。

If no one has anything to add, we will **take a vote on** the proposal.

如果沒有人要補充的話，我們就要針對這提案投票了。

💡 字彙小幫手：put sth to a/the vote 對…進行表決

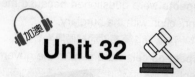

Unit 32

法務 / 政府相關 (2)

 5 分鐘快速掃過核心單字，你認識幾個？

① affiliation
② appeal
③ assume
④ boycott
⑤ coalition
⑥ conform
⑦ curb
⑧ delinquent
⑨ effective
⑩ evidence

⑪ implement
⑫ initiative
⑬ limit
⑭ municipal
⑮ null
⑯ permission
⑰ prohibit
⑱ regarding
⑲ remit
⑳ session

㉑ submission
㉒ suspend
㉓ trustee
㉔ violation
㉕ warrant

32

① **affiliation** [ə`fɪlɪˌeʃən] *n.* 聯繫 @ connection;從屬
關係
The religious group used to **have affiliations with**
many organizations in several Asian countries.
這個宗教團體過去和一些亞洲國家的許多組織有聯繫。

② **appeal** [ə`pil] *v.* 上訴;呼籲;*n.* 上訴;呼籲
The parents of the juvenile delinquent **appealed to**
the court to reduce their son's sentence to
community service.
少年犯的父母親向法院提出上訴,減輕他們兒子的判刑為
社區服務。
The defendant **filed an appeal against** the life
imprisonment. 被告針對終身監禁的判決提出上訴。

💡 字彙小幫手:issue/launch an appeal to V/for sth
(向公眾) 發出…呼籲

③ **assume** [ə`sum] *v.* 斷定,假設;冒充
Although the suspect decided to remain silent, the
police still **assumed** that he was guilty.
雖然嫌疑犯選擇保持沉默,警方仍斷定他有罪。

④ **boycott** [`bɔɪˌkɑt] *v.* 杯葛,抵制;*n.* 杯葛,抵制
People were urged to **boycott** the skincare
products that were tested on animals.
人們被鼓動起來杯葛那些在動物身上做測試的護膚產品。
The politician **called for a boycott** of the local
election. 這名政治家呼籲抵制地方選舉。

⑤ **coalition** [ˌkoəˋlɪʃən] *n.* 聯盟，同盟

The environmental groups formed a **coalition** and protested against the energy policy.

環保團體結成聯盟，抗議此能源政策。

⑥ **conform** [kənˋfɔrm] *v.* 遵從，遵守 📖 comply

The employees in the company are informed to **conform to** its dress code.

此公司的員工們被告知要遵從其衣著規定。

⑦ **curb** [kɝb] *n.* 控制，限制；*v.* 限制，控制

The parents should try to **put a curb on** the bad temper of their spoiled daughter.

這對父母應該要試著控制他們被寵壞的女兒的壞脾氣。

The government should take measures to **curb** illegal immigration. 政府應該採取措施限制非法移民。

⑧ **delinquent** [dɪˋlɪŋkwənt] *n.* 違法者；不良青少年；*adj.* 違法的，不良的 📖 criminal；拖欠 (金錢) 的

It is likely that a high school dropout will become a **juvenile delinquent**.

中學中輟生有可能會成為青少年罪犯。

Experts are conducting research into the causes of **delinquent behavior** among children and teenagers.

專家們正在研究兒童與青少年違法行為的產生原因。

⑨ **effective** [ɪˋfɛktɪv] *adj.* (法規) 生效的；有效的

The new traffic regulation will become **effective** on

June 1st. 這條新的交通法規將在六月一日開始生效。

---

effectiveness [ɪ`fɛktɪvnəs] *n.* 有效性

The **effectiveness** of the new accounting system is beyond question. 新會計系統的有效性無庸置疑。

---

⑩ **evidence** [`ɛvədəns] *n.* 證據；證明

The suspect was charged with **giving false evidence**. 該名嫌疑犯因提供假證據而被起訴。

---

⑪ **implement** [`ɪmplə,mɛnt] *v.* 貫徹，實施

The officials failed to **implement** the policy, which led to serious consequences.

官員無法貫徹這項政策，導致嚴重的後果。

---

⑫ **initiative** [ɪ`nɪʃɪ,etɪv] *n.* 倡議；主動性

Both countries at war didn't welcome the **peace initiative** launched by the United Nations.

兩個交戰的國家都不接受聯合國提出的和平倡議。

💡字彙小幫手：use sb's initiative 自行做判斷
act on sb's own initiative 自主採取行動

---

⑬ **limit** [`lɪmɪt] *v.* 限制，限定 🔄 restrict；*n.* (數量) 限定

The law **limits** the candidates' spending in the election campaign.

這條法律限制候選人在選舉活動上的花費。

My colleagues and I **set a limit on** how much we spend on food and entertainment.

我同事和我限定在食物和娛樂上的花費。

limitation [ˌlɪmə`teʃən] *n.* 限制，限定
The treaties were made to deal with the **limitation** of nuclear weapons.
這些條約被制定來處理核武限制。

---

limited [`lɪmɪtɪd] *adj.* 有限的；不多的
The company offered a **limited** number of free samples of their new shampoo.
這間公司提供它們新洗髮精有限數量的免費試用品。

🎯 字彙小幫手：above/below a limit 在限制以上 / 以下
speed/age/weight/height limit
速度 / 年齡 / 重量 / 高度限制

⑭ **municipal** [mju`nɪsəpl̩] *adj.* 市政的，市立的
Municipal authorities have to manage twenty administrative areas.
市政當局必須管理二十個行政區。

⑮ **null** [nʌl] *adj.* 無效的 同 invalid
The use of **null hypotheses** in court is very risky.
在法庭上使用無效的假設很冒險。

🎯 字彙小幫手：null and void 無法律效力的

⑯ **permission** [pɚ`mɪʃən] *n.* 許可，允許
Official permission was **granted** for the demonstration against economic reform in the square.
在廣場上對經濟改革的遊行示威獲得官方許可。

permit [pə`mɪt] v. 允許，准許 📗 allow (permit, permitted, permitted) ; [`pɜmɪt] n. 許可證，特許證

You have to key in the correct password, otherwise the security system won't **permit** you to enter the room.

你必須輸入正確密碼，不然保全系統不准你進入這房間。

A **parking permit** must be clearly displayed and carefully labeled on the windshield of the car.

停車許可證必須清楚顯示，並仔細貼在汽車擋風玻璃上。

⑰ **prohibit** [pro`hɪbɪt] v. 禁止，阻止 📗 ban

The government has passed a law, which **prohibits** cigarette commercials on TV.

政府已經通過一項法令：禁止在電視上播放香菸廣告。

⑱ **regarding** [rɪ`gardɪŋ] prep. 關於，至於
📗 concerning

The government has been questioned **regarding** its food safety regulations.

政府的食品安全規範受到質疑。

⑲ **remit** [rɪ`mɪt] v. 將…提交 (權力部門進行處理)；匯款，匯付 (remit, remitted, remitted)；n. 職權範圍

The committee voted to **remit** the controversial proposal **to** the board of directors for further consideration.

委員會投票將這個充滿爭議的提案提交給董事會做進一步的考量。

The **remit** of this independent inquiry is to find out the cause of the accident.

這次獨立調查範圍旨在找出事故發生的原因。

⑳ **session** [`sɛʃən] *n.* (從事某項活動的) 一段時間；會議

When the country leaders got together, the media was allowed to get in for a **photo session**.

當國家領袖聚集起來時，媒體獲准進入拍照。

㉑ **submission** [səb`mɪʃən] *n.* 提交；順從

Ella prefers the courses which do not require the **submission** of essays.

艾拉喜歡不要求提交論文的課程。

☻ 字彙小幫手：

force/threaten sb into submission 強迫 / 威脅…順從

㉒ **suspend** [sə`spɛnd] *v.* (因犯錯而) 停職；暫停

The prosecutor has been **suspended** until the case is over.

這名檢察官被停職直到這起案子結束為止。

㉓ **trustee** [trʌs`ti] *n.* 受託人

Mrs. Jones was appointed as a **trustee** by the court.　瓊斯太太被法庭指定為受託人。

㉔ **violation** [ˌvaɪə`leʃən] *n.* 違反，違背

The protesters claimed that the rule was a **violation** of human rights.

抗議人士聲稱這項條例違反人權。

㉕**warrant** [`wɔrənt] *v.* 使有必要;擔保;*n.* 令狀,逮捕令

The simple task doesn't **warrant** much attention and time.

這項簡單的任務不需要很多的關注和時間。

The judge has issued a **warrant for** the vice mayor's arrest.

法官已經簽署了一份逮捕副市長的令狀。

32

NOTE

243

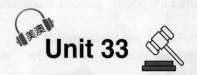

Unit 33

法務 / 政府相關 (3)

5 分鐘快速掃過核心單字，你認識幾個？

1. allow
2. approve
3. authorize
4. certify
5. command
6. consult
7. declare
8. discretionary
9. enact
10. grant
11. impose
12. inspection
13. mandatory
14. negotiate
15. obligate
16. politician
17. rebate
18. registry
19. restrict
20. state-owned
21. sue
22. tactic
23. valid
24. void
25. witness

① **allow** [ə`laʊ] v. 允許，准許 🔵 permit
Foreign journalists were not **allowed** to get into or pass the area.
外國記者被禁止進入或經過這個地區。

② **approve** [ə`pruv] v. 贊成，認可
Most of the citizens **approved of** the municipal government's plan to build a new library.
大部分的市民都贊成市政府蓋新圖書館的計畫。

approval [ə`pruv!] n. 贊成，認可
The new recycling scheme has received **official approval**.　這個新的回收計畫已經得到官方的認可。

⊙ 字彙小幫手：give/grant approval 同意，批准
subject to sb's approval 需得到⋯的認可

③ **authorize** [`ɔθə,raɪz] v. 授權，批准
The company can't share its clients' information unless they **authorize** it to do so.
除非客戶授權，公司不能分享他們的資料。

authority [ə`θɔrətɪ] n. 權力；當局，官方
(pl. authorities)
The president is the only person with **authority** to declare war.　總統是唯一有權力可以宣戰的人。

⊙ 字彙小幫手：the authorities 當局

④ **certify** [`sɝtə,faɪ] v. 證實，證明 (certify, certified, certified)

The authorities **certified** that the proposal had been rejected last week.

當局證實此提議上週已被拒絕。

⑤ **command** [kə`mænd] *v.* 命令，指揮；*n.* 命令，指揮
The general **commanded** that his troops should charge at the enemy.　將軍命令他的部隊向敵人進攻。
The police officer **took command**, ordering the onlookers to leave the scene.
這名警官下達命令，要求旁觀者離開現場。

💡 字彙小幫手：under sb's command 受…指揮
at sb's command 聽從…吩咐；得心應手

⑥ **consult** [kən`sʌlt] *v.* (與…) 商量；查閱
The mayor was **consulting with** his think tank about the issue.　市長正在與智囊團商量這個議題。

💡 字彙小幫手：consult a dictionary/map 查閱字典 / 地圖

⑦ **declare** [dɪ`klɛr] *v.* 宣布，聲明；申報
Mr. Lee was **declared** to be **bankrupt** last week.
李先生上週被宣布破產。

💡 字彙小幫手：goods to declare 需要申報的貨物
nothing to declare 無可申報

⑧ **discretionary** [dɪ`skrɛʃən‚ɛrɪ] *adj.* 自主的，(由官員) 自行決定的
Judges have the **discretionary power** to overturn a verdict reached by the jury in some cases.
在某些案例當中，法官有自主權推翻陪審團達成的判決。

⑨ **enact** [ɪn`ækt] *v.* 實施，實行
New laws will be **enacted** to protect the rights of minority groups.
新法將被實施來保護弱勢族群的權利。

⑩ **grant** [grænt] *v.* 同意，准予；*n.* 撥款，補助金
The city council **granted** the company **permission** to build a new amusement park.
市政委員會同意此公司建造一座新的遊樂園。
The local government has **awarded** small **grants** to the divorced women who applied for housing.
當地政府已經撥小額補助款給申請住宅的離婚婦女。

⑪ **impose** [ɪm`poz] *v.* 強制實行；把…強加於…
Heavy sentences have been **imposed on** drunk driving.　重刑已經被強制實行於酒駕。

⑫ **inspection** [ɪn`spɛkʃən] *n.* 檢查，視察
The official is in charge of a **safety inspection** of the building.　這名官員負責這棟建築物的安全檢查。

inspector [ɪn`spɛktɚ] *n.* 檢查員，視察員
The **tax inspector** usually visits our company twice a year.　稅務員通常一年拜訪我們公司兩次。

⑬ **mandatory** [`mændə,torɪ] *adj.* 強制的，必須履行的
🔄 compulsory
The government makes it **mandatory** to wear seat belts in vehicles.　政府強制要求車輛乘客佩戴安全帶。

247

⑭ **negotiate** [nɪ`goʃɪˌet] *v.* 談判，磋商
It took the management one week to **negotiate with** the flight attendants on strike.
管理高層花了一週與罷工的空服員談判。

⑮ **obligate** [`ɑbləˌget] *v.* 強制，強迫 同 oblige
The law **obligates** tenants **to** pay the rent to their landlords on time.　法律強制房客準時付租金給房東。

⑯ **politician** [ˌpɑlə`tɪʃən] *n.* 從政者，政客
The duty of a **politician** is to speak on behalf of the people who voted for him or her.
從政者的義務就是要為投票選他或她的人民發聲。

⑰ **rebate** [`ribet] *n.* 部分退款
If people pay more tax than necessary, they will be entitled to a **tax rebate**.
若人們付超過應繳稅額，他們將會得到部分退還稅款。

⑱ **registry** [`rɛdʒəstri] *n.* 登記處，註冊處 (pl. registries)
Around three couples a day on average are married at a **registry office**.
平均大約一天三對夫妻在戶籍登記處結婚。

⑲ **restrict** [rɪ`strɪkt] *v.* 限制，限定 同 limit
The government cannot **restrict** people's freedom of speech, religion and movement.
政府不能限制人民言論、信仰和行動的自由。

restriction [rɪ`strɪkʃən] *n.* 限制，限定

The new law will **impose** strict **restrictions on** the sale of guns.　新法將實行嚴格的限制於槍枝買賣上。

⑳ **state-owned** [ˌstet`ond] *adj.* 政府擁有的
The government has absolute control over the **state-owned** enterprises.
政府對於國有企業有絕對的控制權。

㉑ **sue** [su] *v.* 控告，對…提起訴訟 (尤指要求賠償)
The writer is considering **suing** the publisher after it failed to pay him the royalties.
出版社無法支付作者版稅後，他在考慮控告出版社。

㉒ **tactic** [`tæktɪk] *n.* 策略，手法
The defense lawyer was accused of **adopting delaying tactics.**　辯方律師被控使用拖延策略。

㉓ **valid** [`vælɪd] *adj.* 有效的；有根據的
My credit card is **valid** for another year.
我的信用卡還有一年才到期。

㉔ **void** [vɔɪd] *adj.* 不合法的，無效的；*n.* 空虛感；空間，空白
After the judge's careful examination, the contract was declared **void.**
經過法官仔細檢查後，這份合同被宣布無效。
Tending the garden helped Doris **fill the void** after her children left home.
在孩子們離家後，照顧花園幫助朵莉絲填補空虛感。

㉕ **witness** [ˋwɪtnɪs] *n.* 目擊者；證人 (pl. witnesses)；
v. 為⋯簽名作證；目擊，看到

The **witness to** the robbery said that the robber was a middle-aged and brown-haired woman.
搶案目擊者表示搶匪是個中年棕髮的女人。

The billionaire's signing of his will was **witnessed** by two lawyers.
億萬富翁簽署的遺囑由兩名律師簽名作證。

NOTE

Unit 34

保健 (1)

 分鐘快速掃過核心單字,你認識幾個?

① advice
② alleviate
③ bacterium
④ chronic
⑤ cold
⑥ dehydrate
⑦ descending
⑧ digestion
⑨ emergency
⑩ fraction

⑪ immune
⑫ injection
⑬ insurance
⑭ mental
⑮ obese
⑯ pharmacy
⑰ prescription
⑱ rash
⑲ sneeze
⑳ sprain

㉑ suffer
㉒ symptom
㉓ therapy
㉔ vaccinate
㉕ wellness

① **advice** [əd`vaɪs] *n.* 勸告，忠告
You should **follow** the doctor's **advice** and exercise regularly. 你應該聽從醫生的勸告固定運動。

② **alleviate** [ə`livɪ,et] *v.* 減輕，緩和 ⑯ relieve
The painkiller did help Lisa **alleviate** her back pain.
止痛藥的確幫助減輕麗莎的背痛。

③ **bacterium** [bæk`tɪrɪəm] *n.* 細菌 (pl. bacteria)
You have to cook the meat to the well-done stage to kill harmful **bacteria**.
你必須烹煮肉類至全熟以殺死有害的細菌。

④ **chronic** [`krɑnɪk] *adj.* 慢性的，長期的
The old lady has been suffering from **chronic** arthritis. 這位年老的女士一直飽受慢性關節炎所苦。

💡 字彙小幫手：chronic disease/pain 慢性病 / 長期的疼痛

⑤ **cold** [kold] *n.* 感冒；寒冷；*adj.* 寒冷的；冷淡的
My mother **caught a cold** on her business trip.
我母親在出差時感冒了。
I feel **cold** if I don't wear a coat, but I feel too warm if I put it on.
如果不穿外套我覺得冷，但穿了又覺得太暖。

⑥ **dehydrate** [di`haɪdret] *v.* 脫水，去除水分
Stay in the shade and drink lots of water, or you will **dehydrate** in such heat.
待在陰涼處並喝大量的水，不然在這種酷熱下你會脫水。

⑦ **descending** [dɪ`sɛndɪŋ] *adj.* 下降的
All the ingredients are listed **in descending order** by percentage and weight.
所有成分按照降冪順序列出所占的比例和重量。

⑧ **digestion** [daɪ`dʒɛstʃən] *n.* 消化;消化能力
Too spicy food is not good for your **digestion**.
太辛辣的食物對你的消化不好。

💡 字彙小幫手:digestion system 消化系統

⑨ **emergency** [ɪ`mɝdʒənsɪ] *n.* 緊急情況;突發事件
(pl. emergencies)
The paramedics were trained to **deal with emergencies**.
這些護理人員有經過處理緊急情況的受訓。

💡 字彙小幫手:emergency room/exit 急診室 / 緊急出口

⑩ **fraction** [`frækʃən] *n.* 極小的部分;分數
People with complex medical needs make up only a small **fraction** of the patients in hospital.
有複雜醫藥需求的人僅占了醫院病人極小的部分。

⑪ **immune** [ɪ`mjun] *adj.* 免疫的;不受影響的
Once you have had measles, you are probably **immune to** it for the rest of your life.
一旦你出過麻疹,或許終生都對此病具有免疫力。

💡 字彙小幫手:
immune system/response 免疫系統 / 反應

⑫ **injection** [ɪn`dʒɛkʃən] *n.* 注射
You will find that the sting from the **injection** wears off soon.　你會發現由注射引起的刺痛很快就會消退。

⑬ **insurance** [ɪn`ʃurəns] *n.* 保險
Thankfully, the critically ill patient has **taken out insurance**. The **insurance company** will cover most of his medical bills.　幸好這位重病病患有投保。保險公司會支付他大部分的醫藥費。

insure [ɪn`ʃur] *v.* 接受投保；投保，保險
Most companies won't **insure** people beyond the age of 75.
大部分公司是不會接受超過七十五歲的人的投保。

⚐ 字彙小幫手：
life/health/car/house/travel/fire/accident insurance
人壽 / 醫療 / 汽車 / 房子 / 旅遊 / 火災 / 意外險

⑭ **mental** [`mɛntl] *adj.* 精神的
Kelly has suffered from **mental illness** since she was a child.　凱莉是小孩時就患有精神疾病。

⑮ **obese** [o`bis] *adj.* 肥胖的，臃腫的
The singer is not **obese**—far from it!
這位歌手不肥胖——一點都不！

⑯ **pharmacy** [`farməsɪ] *n.* 藥店 , 藥房 🔵 drugstore, chemist's (pl. pharmacies)
The pill is available from **pharmacies** for a price of

twenty US dollars a bottle.

這種藥丸在藥店買得到，二十美元一瓶。

⑰ **prescription** [prɪ`skrɪpʃən] *n.* 處方，藥方；處方箋
上開的藥

Peter **got his prescription filled** at the pharmacy
on the way to work.

彼得於上班途中在藥房依照處方箋拿藥。

prescribe [prɪ`skraɪb] *v.* (醫生) 開 (藥)
These painkillers were **prescribed for** my
headache. 這些止痛藥是針對我的頭痛所開立的。

♥ 字彙小幫手：prescription drug 處方箋藥物
repeat prescription 連續處方箋
on prescription 憑處方箋

⑱ **rash** [ræʃ] *n.* 疹子，皮疹；*adj.* 輕率的；魯莽的
Jeff has got an **itchy rash** all over his legs after he
walked across a bush.

傑夫穿過灌木叢後，雙腿出滿了很癢的疹子。

Instead of making a **rash decision** about your
operation, you should discuss it with your wife.

與其對手術做出輕率的決定，你應該跟你妻子討論一下。

♥ 字彙小幫手：
a rash of sth (一下子出現) 大量令人不快的⋯

⑲ **sneeze** [sniz] *v.* 打噴嚏
Pollen often makes Eric **sneeze**. He's allergic to it.

花粉通常會讓艾瑞克打噴嚏。他對花粉過敏。

⑳ **sprain** [spren] *v.* 扭傷 同 twist

My brother **sprained his ankle** while playing tennis.　我弟弟打網球時扭傷了腳踝。

㉑ **suffer** [`sʌfɚ] *v.* 受折磨；遭受，經歷

Mr. Wilson has been **suffering from** a severe headache for years.

威爾森先生飽受劇烈頭痛折磨很多年了。

suffering [`sʌfrɪŋ] *n.* 疼痛，痛苦

The medicine alleviated my **suffering**.

藥物減緩我的疼痛。

💡字彙小幫手：suffer under the lash 遭受嚴厲批評

㉒ **symptom** [`sɪmptəm] *n.* 症狀

The patient had all the **classic flu symptoms**—a high temperature, body aches and chills.

這病人有典型的流感症狀──高燒、身體疼痛和畏寒。

㉓ **therapy** [`θɛrəpɪ] *n.* 療法，治療 同 treatment

(pl. therapies)

There has been no effective **therapy for** the rare disease so far.

到目前為止，針對這罕見疾病並沒有有效的療法。

㉔ **vaccinate** [`væksn̩‚et] *v.* 給⋯接種疫苗

The newborn baby will be **vaccinated against** hepatitis B.

這名新生兒將被接種預防 B 型肝炎的疫苗。

㉕ **wellness** [ˈwɛlnəs] *n.* 健康

Ms. Wade is trained to manage the **wellness program** for the schoolchildren.

維德小姐受訓來管理學童的健康計畫。

34

NOTE

Unit 35

保健 (2)

5 分鐘快速掃過核心單字，你認識幾個？

① allergic
② appointment
③ care
④ clinic
⑤ contagious
⑥ dental
⑦ diagnosis
⑧ dizziness
⑨ fever
⑩ hygiene

⑪ infectious
⑫ instrument
⑬ medical
⑭ nutrition
⑮ pharmaceutical
⑯ physical
⑰ prevention
⑱ remedy
⑲ sore throat
⑳ sting

㉑ surgical
㉒ tablet
㉓ transmit
㉔ vomit
㉕ wing

① **allergic** [ə`lɝdʒɪk] *adj.* 過敏的

I am **allergic to** seafood, which will result in an itchy rash all over my body.

我對海鮮過敏，會導致全身起發癢的疹子。

② **appointment** [ə`pɔɪntmənt] *n.* 預約，約會

To pick up her sick boy, Christine had to **cancel the appointment with** her dentist.

為了接生病的兒子，克莉絲汀必須取消看牙醫的預約。

⊙ 字彙小幫手：

make an appointment with ... 與…有預約

③ **care** [kɛr] *n.* 照顧；小心 同 caution；*v.* 在乎，關心；喜歡，想要

It is a minor operation, so you won't need much **care.** 這是個小手術，所以你不太需要很多照顧。

The patient **cares** very much **about** specialist medical care.

這位病人很在乎專業醫療照護。

⊙ 字彙小幫手：

take care of sb/sth 照顧，照料…；care for sth 想要…

④ **clinic** [`klɪnɪk] *n.* 診所；門診部

You look pale and fatigued. You should **go to a clinic** and have a checkup.

你看起來臉色蒼白又疲倦。你應該去診所檢查一下。

⑤ **contagious** [kən`tedʒəs] *adj.* 傳染性的；(情感) 具有感染力的

The disease is **highly contagious**. The patient with it should be isolated from others.

這疾病極具傳染性。患病的病人應該與其他人隔離。

⑥ **dental** [`dɛntḷ] *adj.* 牙齒的

Although **dental treatment** costs a lot of money, it will save future problems.

雖然牙科治療很貴，可是會省去未來的問題。

♀字彙小幫手：

dental floss/disease/decay 牙線 / 牙齒疾病 / 蛀牙

⑦ **diagnosis** [ˌdaɪəg`nosɪs] *n.* 診斷

My doctor has **made a diagnosis**, but I still want to get a second opinion.

我的醫生已作出了初步診斷，但我還是想聽第二個意見。

⑧ **dizziness** [`dɪzɪnɪs] *n.* 暈眩，頭暈

Low blood pressure or heart disease probably cause **dizziness**.

低血壓或心臟疾病可能會造成暈眩。

⑨ **fever** [`fivɚ] *n.* 發燒；激動，興奮

Josh woke up with a **fever** and loss of appetite this morning. 喬許今天早上醒來發燒而且食慾不振。

⑩ **hygiene** [`haɪdʒin] *n.* 衛生；衛生情況

My dentist always emphasizes the importance of good **oral hygiene**.

我的牙醫總是強調良好口腔衛生的重要性。

⑪ **infectious** [ɪnˋfɛkʃəs] *adj.* 傳染的 ; (情感) 具有感染力的

Flu is **infectious**, so please get away from me.
流感是會傳染的,所以請離我遠一點。

⑫ **instrument** [ˋɪnstrəmənt] *n.* 器械;樂器

One of the **surgical instruments** seemed to have been left in the patient's abdomen after the operation.
在手術後,似乎有一件外科手術器械被留在病人腹部內。

⑬ **medical** [ˋmɛdɪkl] *adj.* 醫學的,醫療的

Nelson's symptoms persisted, so he sought other **medical treatment**.
尼爾森的症狀一直持續,所以他尋求其他的醫療。

medicine [ˋmɛdəsn̩] *n.* 醫術,醫學;藥物

Dr. Jones has been **practicing medicine** for decades.
瓊斯醫師已經行醫數十年。

📍 字彙小幫手:
Chinese/Western/folk/traditional medicine
東方 / 西方 / 民俗 / 傳統醫學
take medicine 吃藥;medicine cabinet 醫藥櫃

⑭ **nutrition** [njuˋtrɪʃən] *n.* 營養;營養物質

Good **nutrition** is very important for growing children.
良好的營養對成長中的孩童很重要。

⑮ **pharmaceutical** [ˌfɑrməˈsjutɪk!] *adj.* 製藥的
The new drug an American **pharmaceutical company** has produced works like magic.
由一家美國製藥公司所製造的新藥效果奇佳。

🔮 字彙小幫手：

a pharmaceutical industry/product/journal
製藥業／藥品／藥學期刊

⑯ **physical** [ˈfɪzɪk!] *adj.* 身體的，肉體的
The company wellness program should cover the employees' mental and **physical** health.
公司的健康計畫應該包含員工的心理和身體的健康。

physician [fəˈzɪʃən] *n.* 醫生 🔄 doctor；內科醫生
The alternative therapy is recommended by our family **physician**.
這項替代性療法由我們的家庭醫師推薦。

🔮 字彙小幫手：physical education 體育

⑰ **prevention** [prɪˈvɛnʃən] *n.* 預防
The health authorities have been working hard on AIDS **prevention** and education.
衛生當局一直致力於愛滋病預防與教育。

🔮 字彙小幫手：Prevention is better than cure. 防患未然。

⑱ **remedy** [ˈrɛmədɪ] *n.* 療法，治療 🔄 cure；補救方法 🔄 solution (pl. remedies)；*v.* 糾正；補救 🔄 put right (remedy, remedied, remedied)
Having a cup of ginger tea is one of the natural

remedies for a cold.

喝杯薑茶是感冒的天然療法之一。

There was something wrong with the patient's medical records, but no one **remedied the mistake**.

這位病人的醫療紀錄有誤，但沒人糾正這個錯誤。

⑲ **sore throat** [sor] [θrot] *n.* 喉嚨痛

Fanny had a **sore throat** and runny nose. She may have caught a cold.

芬妮喉嚨痛而且流鼻水。她可能感冒了。

⑳ **sting** [stɪŋ] *n.* 螫；刺痛；*v.* 螫，刺 (sting, stung, stung)

For some people, a **bee sting** is just a nuisance, but it can develop a life-threatening illness for some people.

對某些人來說，蜂螫只是惱人的事，但對某些人會發展成威脅性命的疾病。

The little girl was **stung** by jellyfish and cried with pain.

這小女孩被水母螫了，痛得大哭。

🔮 字彙小幫手：take the sting out of sth 減少…的不快

㉑ **surgical** [ˋsɝdʒɪkl] *adj.* 手術的

The doctor explained the details of **surgical procedures** carefully.

醫師仔細地解釋手術流程的細節。

㉒ **tablet** [ˋtæblɪt] *n.* 藥片

Gina had trouble falling asleep, so she took a **sleeping tablet**.

吉娜睡不著，所以服用了一片安眠藥。

㉓ **transmit** [trænsˋmɪt] *v.* 傳播；播送，傳送 (transmit, transmitted, transmitted)

The dengue virus is **transmitted to** humans via the bite of an infected mosquito.

登革熱病毒是藉由病媒蚊叮咬而傳播給人類。

㉔ **vomit** [ˋvɑmɪt] *v.* 嘔吐 📗 throw up

The girl put her finger down her throat to make herself **vomit**.

這女孩把手指插入喉嚨，讓她自己嘔吐。

㉕ **wing** [wɪŋ] *n.* (後來增建的) 樓房，側廳；翅膀

The hospital named its new **wing** after a great doctor.

這間醫院以一位偉大的醫生為其新樓房命名。

NOTE

Unit 36

技術層面

 5 分鐘快速掃過核心單字，你認識幾個？

① biologist

② chemical

③ computerized

④ corrosion

⑤ device

⑥ digit

⑦ electronic

⑧ experiment

⑨ facilitate

⑩ flammable

⑪ laboratory

⑫ network

⑬ program

⑭ signal

⑮ software

⑯ solidify

⑰ specialist

⑱ state-of-the-art

⑲ streamline

⑳ system

㉑ technician

㉒ upgrade

㉓ version

㉔ wire

㉕ withstand

① **biologist** [baɪˋɑlədʒɪst] *n.* 生物學家

Being a professional **biologist**, Scott dedicates himself to biomedical research.

身為專業的生物學家，史考特獻身於生物醫學研究。

② **chemical** [ˋkɛmɪkl] *n.* 化學物品，化學品

Several toxic **chemicals** were detected in the new beauty products of the cosmetic company.

好幾樣有毒化學物品在化妝品公司的新化妝品裡被發現。

⊕ 字彙小幫手：hazardous/dangerous chemicals
有害的 / 危險的化學物品

③ **computerized** [kəmˋpjutəˏaɪzd] *adj.* 電腦化的，有關電腦的

With **computerized** medical records, doctors can have the patients' information easily.

有了電腦化的病歷紀錄，醫生能簡單地獲得病人的資料。

④ **corrosion** [kəˋroʒən] *n.* 腐蝕，侵蝕

The technician applied an undercoat to the vehicle to prevent **corrosion**.

技師替車子上底漆以防止生鏽。

⑤ **device** [dɪˋvaɪs] *n.* 裝置，設備 🔘 gadget

This **device** can help pet owners to trace their beloved pets if they accidentally get lost in the street.

這個裝置可以幫助寵物主人追蹤摯愛寵物的位置，如果牠們意外在街上走失。

⑥ **digit** [ˋdɪdʒɪt] *n.* 數字
I will need to enter an eight-**digit** one-time password for the online transaction.
我需要為了這筆線上交易輸入八位數字的一次性密碼。

digital [ˋdɪdʒɪt!] *adj.* 數位的，數字的
Things in the modern world are **digital** now. Acquiring computer literacy is essential.
現今世界的事物已經數位化。擁有電腦素養是很重要的。

♀ 字彙小幫手：digital camera 數位相機

⑦ **electronic** [ɪ‚lɛkˋtrɑnɪk] *adj.* 電子的
Reading **electronic** books generally is reckoned to be more convenient than reading paper books.
閱讀電子書普遍被認為較閱讀紙本書來得方便。

electronically [ɪ‚lɛkˋtrɑnɪklɪ] *adv.* 用電子方式地
Nowadays, the data are usually processed and stored **electronically**.
現在，資料通常以電子方式處理及儲存。

♀ 字彙小幫手：
electronic component/device 電子零件 / 裝置

⑧ **experiment** [ɪkˋspɪrəmənt] *n.* 實驗
There are still some **experiments** to be conducted before the new product can actually be on display during the product launch event.
新產品在產品發表會中實際展示前還有幾個實驗需要進行。

267

📍 字彙小幫手：
carry out/do/perform/conduct an experiment 做實驗

⑨ **facilitate** [fə`sɪlə,tet] *v.* 促進，促使
The boss believed the seminars could **facilitate** the employees' learning of skills.
老闆相信研討會能促進員工習得技術。

⑩ **flammable** [`flæməbl] *adj.* 易燃的 同 inflammable
Stocking highly **flammable** liquid or materials is strictly prohibited in the plant.
工廠嚴禁儲放高度易燃液體或物質。

⑪ **laboratory** [`læbrə,torɪ] *n.* 實驗室 同 lab
(pl. laboratories)
Technicians will have to wear sterile clothing before entering into the research **laboratories**.
技術員必須在進入研究實驗室前穿上無菌衣。

⑫ **network** [`nɛt,wɝk] *n.* 網路，網狀系統
The company is aiming to set up a larger and broader marketing **network** in three years.
公司目標要在三年內建立一個更大更廣的銷售網路。

📍 字彙小幫手：
rail/road/canal/spy network 鐵路 / 公路 / 運河 / 間諜網

⑬ **program** [`progræm] *n.* (電腦) 程式；計畫
Julian wrote a **program** that can monitor the productivity and efficiency of the assembly line.

茱莉安編寫了一個程式能監看生產線的產能及效能。

♀ 字彙小幫手：get with the program 按計畫行事

⑭ **signal** [`sɪɡnl̩] *n.* 訊號；信號，暗號 圓 sign
The Wi-Fi **signal** is faint, and therefore I can't send the email to my customer successfully.
無線網路訊號很弱，因此我無法成功將電郵寄給我的客戶。

♀ 字彙小幫手：signal (for sb) to V 示意 (…) 去…

⑮ **software** [`sɔft͵wɛr] *n.* (應用) 軟體
The **software engineer** reinstalls the **software** on company's computers regularly.
軟體工程師會定期重新安裝公司電腦的軟體。

⑯ **solidify** [sə`lɪdə͵faɪ] *v.* 鞏固，穩固 圓 strengthen；固化，凝固 (solidify, solidified, solidified)
The president tried very hard to **solidify** her position and connections in the company.
總裁非常努力鞏固她在公司的職位及人脈。

⑰ **specialist** [`spɛʃəlɪst] *n.* 專家 圓 expert
We need to consult a computer **specialist** about this technical problem.
我們需要諮詢電腦專家這個技術問題。

⑱ **state-of-the-art** [͵stetəvði`ɑrt] *adj.* (科技方面) 最先進的，最高級的
Since the factory introduced the **state-of-the-art** machinery, the production has increased by 40%.

自從工廠引進這最先進的機具 , 生產量增加了百分之四十。

⑲ **streamline** [`strimlaɪn] v. (簡化流程) 使效率提高
After we **streamlined** the production procedures, not only the efficiency but the profit has increased by 20%.
我們簡化生產過程後,不僅效率,就連獲利也都增加了百分之二十。

⑳ **system** [`sɪstəm] n. 系統
The central heating **system** suddenly crashed, so the staff all wore heavy jackets in the office.
中央暖氣系統突然故障,所以在辦公室的全體員工都穿著厚外套。

㉑ **technician** [tɛk`nɪʃən] n. 技師,技術員
Upon hearing the alarm, three skilled **technicians** hurriedly rushed to the engine room.
一聽到警報,三名技術純熟的技師急忙奔向機房。

㉒ **upgrade** [ʌp`gred] v. 升級,改進;升等
You need to **upgrade** these two computers in the office if you want the software to run on them.
你需要升級辦公室的這兩臺電腦,如果你想用它們跑這款軟體的話。

⊛ 字彙小幫手:
upgrade (sb) to business/first class
將 (⋯) 升等至商務 / 頭等艙

㉓ **version** [`vɝʒən] *n.* 說法;版本
Kyle and Chris had different **versions of** why the client wanted to suspend our long-term cooperation.
凱爾和克里斯對顧客想終止與我們長期合作關係的原因有不同的說法。

㉔ **wire** [waɪr] *v.* 電匯;接通電源
The company requests the clients to **wire** the deposit before their order was shipped.
這間公司要求客戶於他們的訂單出貨前電匯訂金。

㉕ **withstand** [wɪθ`stænd] *v.* 承受,抵擋 🔄 resist, stand up to (withstand, withstood, withstood)
Pet toys are often designed to **withstand** the pets' chewing and tearing.
寵物玩具通常設計成能承受得住寵物啃咬和撕扯。

Unit 37 Adjective

通用形容詞 (1)

5 分鐘快速掃過核心單字，你認識幾個？

① accomplished
② amateur
③ artificial
④ broad
⑤ comparable
⑥ courteous
⑦ distant
⑧ enlightening
⑨ excessive
⑩ fascinating

⑪ former
⑫ frequent
⑬ independent
⑭ inspiring
⑮ necessary
⑯ outstanding
⑰ overdue
⑱ prevalent
⑲ prior
⑳ reluctant

㉑ sensitive
㉒ subsequent
㉓ terrific
㉔ unfavorable
㉕ usual

① **accomplished** [ə`kɑmplɪʃt] *adj.* 有才華的；熟練的
⑩ skillful

Hayao Miyazaki is a highly **accomplished** screenwriter and director of animated movies.

宮崎駿是個很有才華的動畫電影編劇和導演。

② **amateur** [`æmə,tʃur] *adj.* 業餘的

Although Luke is an **amateur** photographer, he has won a number of awards for his works.

雖然路克是業餘的攝影師，但是他已經因他的作品獲得很多大獎。

③ **artificial** [,ɑrtə`fɪʃəl] *adj.* 人工的 ⑩ man-made

Hot dogs are not good for the body since they contain many **artificial additives**.

熱狗由於含有太多人工添加物而對人體不好。

♀ 字彙小幫手：artificial flowers/fur/intelligence
人造花 / 人造毛皮 / 人工智慧

④ **broad** [brɔd] *adj.* 寬廣的 ⑩ wide

The tourists wandered along the **broad** avenue after they finished dinner.

這些遊客晚餐後在這寬廣的大道上閒逛。

⑤ **comparable** [`kɑmpərəbl] *adj.* 相當的，可比的

The prices of the goods in the store are **comparable to** those in the online shops.

這間商店的商品和網路商店的價錢差不多。

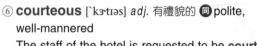

⑥ **courteous** [ˋkɝtɪəs] *adj.* 有禮貌的 同 polite, well-mannered

The staff of the hotel is requested to be **courteous** all the time.　這間旅館的員工被要求要一直彬彬有禮。

⑦ **distant** [ˋdɪstənt] *adj.* 遙遠的，遠方的 同 far

The driver pulled over because she heard the **distant** sound of a police siren approaching.

駕駛開到路邊，因為她聽到遠處的警笛聲正在接近中。

♥ 字彙小幫手：be distant from sth 距離⋯很遠
in the distant future/past 在遙遠的將來 / 過去

⑧ **enlightening** [ɪnˋlaɪtṇɪŋ] *adj.* 有啟發性的

This new quiz show aims to be educational and **enlightening**.

這個新的智力競賽節目旨在於具有教育性和啟發性。

⑨ **excessive** [ɪkˋsɛsɪv] *adj.* 過多的，過度的

Excessive intake of salt and sugar may lead to some health problems.

過多的鹽和糖的攝取量可能會導致一些健康問題。

⑩ **fascinating** [ˋfæsṇˌetɪŋ] *adj.* 有趣的，吸引人的 同 interesting

Many adults as well as children found the circus very **fascinating**.

許多成人和孩童都覺得這個馬戲團表演非常有趣。

⑪ **former** [ˋfɔrmɚ] *adj.* 以前的，早先的 同 previous

Emily will meet her **former husband** to discuss the emotional problems of their son.

艾蜜莉將和她的前夫碰面討論他們兒子的情緒問題。

⚲ 字彙小幫手：
former wife/employer/president 前任妻子 / 僱主 / 總統

⑫ **frequent** [ˋfrikwənt] *adj.* 常見的，頻繁發生的
As an international marketing manager, Ms. Smith is a **frequent visitor** to London, Tokyo, Bangkok, and New York City.

身為國際行銷經理，史密斯小姐是倫敦、東京、曼谷和紐約市的常客。

⑬ **independent** [ˌɪndɪˋpɛndənt] *adj.* 獨立的
Tina has been financially **independent of** her parents since she graduated from college.

蒂娜自從大學畢業後就經濟獨立不依靠父母。

⑭ **inspiring** [ɪnˋspaɪrɪŋ] *adj.* 鼓勵人心的
Reading this **inspiring** biography gave Wilson the confidence to realize his dream.

閱讀這本激勵人心的傳記賦予威爾森實現夢想的信心。

⑮ **necessary** [ˋnɛsəˌsɛrɪ] *adj.* 必須的，不可或缺的
🔄 essential
It is **necessary** for leaders to learn to listen to different opinions and views.

領導者必須學習聆聽不同的意見和觀點。

⚲ 字彙小幫手：if necessary 如果必要的話

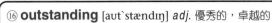

37

⑯ **outstanding** [aut`stændıŋ] *adj.* 優秀的，卓越的
圓 excellent
The detective's **outstanding** ability to solve many
mysterious crimes is at the core of the TV series.
這名偵探解決許多神祕案件的絕佳能力是這一系列電視
劇的主軸。

⑰ **overdue** [`ovə`dju] *adj.* 過期的；延誤的
You should pay the **overdue** electricity bill soon, or
your electricity will be cut off.
你應該快去繳這張逾期未繳的電費帳單，否則會被斷電。

⚑ 字彙小幫手：overdue payment/library book
逾期未付的款項 / 逾期未還的圖書

⑱ **prevalent** [`prɛvələnt] *adj.* 盛行的，普遍的
圓 common
This kind of deadly heart disease is more
prevalent among young children.
這種致命的心臟疾病在幼童之間更盛行。

⑲ **prior** [`praɪə] *adj.* 先前的 圓 previous
No **prior** work experience is required when people
apply for this job vacancy.
人們申請這份工作時並不需要有先前的工作經驗。

⚑ 字彙小幫手：prior to ... 在…之前

⑳ **reluctant** [rɪ`lʌktənt] *adj.* 不情願的，勉強的
圓 unwilling
The costume party was so fun that many people

were **reluctant to** leave.

這個化妝舞會如此好玩，以致於很多人都不情願離開。

㉑ **sensitive** [`sɛnsətɪv] *adj.* (話題、情勢等) 敏感的；易被冒犯的

This is a **sensitive** commercial issue and needs to be dealt with carefully.

這是個敏感的商業議題，必須要小心處理。

💡 字彙小幫手：be sensitive to/about sth 對…很敏感

㉒ **subsequent** [`sʌbsɪkwənt] *adj.* 隨後的，接著的
🔁 following

The chief financial officer was forced to resign his post **subsequent to** his financial scandals.

財務長在經歷財務醜聞後被迫要辭職。

㉓ **terrific** [tə`rɪfɪk] *adj.* 極好的；(數量或程度) 極大的
🔁 great

I think both the food and service in the newly opened café are **terrific**.

我覺得那家新開幕小餐館的食物和服務都很棒。

㉔ **unfavorable** [ʌn`fevrəbḷ] *adj.* 不利的，有害的；負面的 🔁 bad

Current economic conditions are very **unfavorable for** small businesses.

目前的經濟情勢對小型企業很不利。

💡 字彙小幫手：unfavorable report/review/light
負面的報導 / 評論 / 角度

277

㉕ **usual** [`juʒʊəl] *adj.* 通常的，慣常的 同 normal
Although Steven suffered from a serious illness, he
went to work **as usual**.
雖然史蒂芬罹患嚴重疾病，他仍然照常去上班。

💡 字彙小幫手：be usual for sb/sth to do sth …通常去…

NOTE

Unit 38 Adjective

通用形容詞 (2)

⏱ **5** 分鐘快速掃過核心單字，你認識幾個？

① accurate
② anxious
③ assorted
④ certain
⑤ comprehensive
⑥ current
⑦ delicate
⑧ diverse
⑨ entire
⑩ final

⑪ frustrated
⑫ historic
⑬ individual
⑭ integral
⑮ normal
⑯ notable
⑰ portable
⑱ private
⑲ reflective
⑳ resounding

㉑ significant
㉒ substantial
㉓ suitable
㉔ tremendous
㉕ valued

① **accurate** [ˋækjərɪt] *adj.* 正確的，準確的 同 correct
People should be cautious about what they read in the newspapers because the reports are not always **accurate**.
人們應該對報紙的內容謹慎小心，因為報導不全是正確。

② **anxious** [ˋæŋkʃəs] *adj.* 焦慮的 同 nervous, worried
The basketball players were all **anxious about** the upcoming finals.
這些籃球選手都對即將到來的決賽感到焦慮不安。

③ **assorted** [əˋsɔrtɪd] *adj.* 各式各樣的 同 various
The store sells farm and gardening tools in **assorted sizes**. 這間店賣各種尺寸的農田和園藝工具。

④ **certain** [ˋsɝtṇ] *adj.* 確定的，肯定的 同 sure
The supervisor paused to **make certain** that every worker understood his instructions.
這名管理者停頓下來以確定每一名工人都了解他的指示。

♀ 字彙小幫手：be certain of/about sth 確信…

⑤ **comprehensive** [ˌkɑmprɪˋhɛnsɪv] *adj.* 廣泛的，詳盡的 同 thorough
Before Alex went on his trip to Madrid, he bought a **comprehensive guide** to Spain.
在艾力克斯啟程前往馬德里旅遊前，他買了一本詳盡的西班牙旅遊指南。

⑥ **current** [ˋkɝənt] *adj.* 當前的，現行的 同 present

The **current trends** in fashion are to use recyclable clothing materials.

目前的時裝趨勢是使用可回收再利用的衣服材料。

⑦ **delicate** [ˋdɛləkət] *adj.* 嬌貴的，脆弱的 同 fragile

The gardener grew some **delicate** flowers and plants in the greenhouse.

園丁在溫室裡種植一些嬌貴的花卉和植物。

⑧ **diverse** [dəˋvɝs] *adj.* 不同的，形形色色的

Both London and Los Angeles are **culturally diverse** cities.

倫敦和洛杉磯都是在文化方面非常多元的城市。

⑨ **entire** [ɪnˋtaɪr] *adj.* 全部的，整個的 同 whole

The patient who injured his knee was asked to stay in bed for an **entire** week.

這位膝蓋受傷的病人被要求要待在床上一整週。

⑩ **final** [ˋfaɪnl] *adj.* 最後的 同 last

As for the flyer, we chose the **final** version after a long discussion.

關於廣告傳單部分，我們經過長時間的討論後選擇了最後的版本。

⑪ **frustrated** [ˋfrʌstretɪd] *adj.* 灰心的，氣餒的

Harry felt **frustrated at** not being able to complete the job on time.

哈利對於沒能準時完成工作而感到沮喪。

⑫ **historic** [hɪs`tɔrɪk] *adj.* 有歷史意義的，歷史上著名的
The Tower of London is one of the most **historic buildings** in the world.
倫敦塔是世界上最具有歷史意義的建築物之一。

historical [hɪs`tɔrɪkl̩] *adj.* 有關歷史的
Some important **historical documents** are kept in the public library.
一些重要的歷史文獻被存放在這座公立圖書館裡。

📍 字彙小幫手：
at a historic high/low 在歷史新高點 / 新低點

⑬ **individual** [ˌɪndə`vɪdʒʊəl] *adj.* 個人的，個體的
It seems that modern people pay more attention to **individual** freedom. 現代人似乎更重視個人自由。

⑭ **integral** [`ɪntəgrəl] *adj.* 不可或缺的；完整的
Night markets and pubs are **integral to** the nightlife of the country.
夜市和酒吧是這個國家夜生活中不可缺少的部分。

⑮ **normal** [`nɔrml̩] *adj.* 正常的，普通的 🔄 usual, ordinary
Under **normal circumstances**, a washing machine has a lifespan of more than ten years.
在正常情況下，洗衣機都有超過十年的壽命。

⑯ **notable** [`notəbl̩] *adj.* 著名的，顯著的
The Louvre Museum is undoubtedly one of the most **notable** art museums all over the world.

羅浮宮無疑是世界上最著名的藝術博物館之一。

📍字彙小幫手：be notable for sth 因⋯而著名

⑰ **portable** [ˋportəbḷ] *adj.* 輕便的，便於攜帶的；可轉移的
This model of **portable** electric heater sells very well in winter.
這種型號的可攜式電暖爐在冬天賣得非常好。

⑱ **private** [ˋpraɪvɪt] *adj.* 私人的，私有的
The billionaire often goes on vacation by taking his **private** jet.
這億萬富翁通常是搭他的私人噴射機去渡假。

📍字彙小幫手：private life/property 私生活 / 私人財產

⑲ **reflective** [rɪˋflɛktɪv] *adj.* 反映的
These wild currency fluctuations are **reflective of** the economic crisis in the area.
瘋狂的匯率波動反映出這個地區的經濟危機。

⑳ **resounding** [rɪˋzaʊndɪŋ] *adj.* 巨大的
Without sufficient funds and careful plan, the investment will be a **resounding** failure.
無足夠資金和精心策劃，這項投資將成為巨大的失敗。

📍字彙小幫手：
resounding success/defeat 巨大的成功 / 挫敗

㉑ **significant** [sɪgˋnɪfəkənt] *adj.* 重要的 🔄 important
The ways parents teach their children have a **significant** influence on their future.

38

283

父母教育孩子的方式對他們的未來有重大的影響。

22 substantial [səb`stænʃəl] *adj.* 可觀的
同 considerable
Mr. Hanks has made a **substantial** profit in the stock market.
漢克斯先生在股票市場中獲取可觀的利潤。

23 suitable [`sutəb!] *adj.* 合適的 同 appropriate
The movie, which contains violent scenes, is not **suitable for** people under the age of 18.
這部含有暴力場景的電影並不適合十八歲以下的人觀賞。

24 tremendous [trɪ`mɛndəs] *adj.* 極大的，巨大的
同 big
Having a master's degree in electronic engineering gave Marcus a **tremendous** advantage over other job applicants.
有電子工程碩士學位讓馬庫斯比其他求職者有更大優勢。

25 valued [`væljʊd] *adj.* 重要的 同 important
Since you are our **valued** customer, I will offer you a special discount.
由於你是我們重要的客人，我會給你特別的折扣。

valuable [`væljəb!] *adj.* 值錢的，有價值的
The parcel that contains **valuable** goods should be posted by insured mail.
這個含有貴重物品的包裹應該要以保價郵件寄送。

Unit 39 Adjective

通用形容詞 (3)

 分鐘快速掃過核心單字，你認識幾個？

① adequate
② apparent
③ average
④ close
⑤ congenial
⑥ delighted
⑦ dramatic
⑧ established
⑨ external
⑩ fluent

⑪ generous
⑫ imperative
⑬ informative
⑭ leisurely
⑮ numerous
⑯ periodic
⑰ practical
⑱ prestigious
⑲ prompt
⑳ related

㉑ specific
㉒ temporary
㉓ typical
㉔ upcoming
㉕ vulnerable

① **adequate** [ˋædəkwɪt] *adj.* 足夠的 圓 enough, sufficient

The food and drinks are **adequate for** all the guests at the tea party.

這些食物跟飲料足夠給茶會的賓客享用。

② **apparent** [əˋpærənt] *adj.* 顯而易見的 圓 obvious

From the way the job applicant spoke, it was **apparent** that he was very confident in himself.

從這求職者說話方式看來，很明顯的他對自己很有自信。

③ **average** [ˋævrɪdʒ] *adj.* 平均的；一般的，普通的

The **average pay** for the workers in the factory is 350 US dollars per week.

這間工廠工人的每週平均薪資是三百五十美元。

♀ 字彙小幫手：average earnings/income/rainfall
平均工資 / 收入 / 降雨量
average intelligence/height/build
才智中等 / 一般身高 / 中等體格

④ **close** [klos] *adj.* 親近的，親密的

Ann and Dora have become **close friends** since they were in elementary school.

安和朵拉自從小學開始就成為摯友。

♀ 字彙小幫手：be close to sb 和⋯很親近

⑤ **congenial** [kənˋdʒinjəl] *adj.* 令人愉快的

The French restaurant provides a **congenial atmosphere** for its customers.

這間法式餐廳為客人提供了令人愉快的用餐氣氛。

🔍 字彙小幫手：
congenial environment/surroundings 令人愉快的環境

⑥ **delighted** [dɪ`laɪtɪd] *adj.* 高興的，快樂的 回 happy, pleased
Oscar's parents are **delighted at** his ambition to become an astronaut.
奧斯卡的父母對於他想成為太空人的雄心壯志感到欣喜。

🔍 字彙小幫手：be delighted with sth 對…滿意

⑦ **dramatic** [drə`mætɪk] *adj.* 驟然的；戲劇般的
After the food safety scandals, a **dramatic decline** in public confidence was expected.
經過食安醜聞之後，民眾信心的暴跌是可預期的。

⑧ **established** [ə`stæblɪʃt] *adj.* 已制定的，已確立的
The Coca-Cola Company founded in 1892 is an **established** company with a good reputation.
創立於 1892 年的可口可樂公司是間地位穩固且信譽良好的公司。

⑨ **external** [ɪk`stɝnl] *adj.* 外部的，外面的
Resources of **external** financing are bonds, loans, etc.
外部融資資源含債券、貸款等。

🔍 字彙小幫手：
external appearance/use 外貌 /(藥物等) 外用

⑩ **fluent** [ˋfluənt] *adj.* (語言) 流利的

The diplomat is **fluent in** several languages, three of which are French, English, and Spanish.

這名外交官好幾種語言都說得很流利,其中三種是法文、英文和西班牙文。

⑪ **generous** [ˋdʒɛnərəs] *adj.* 慷慨的,大方的

The old man gave the bellboy a **generous** tip to express appreciation for his help.

這名老人給搬運行李人員一筆豐厚的小費以對他的幫忙表達感謝。

💡字彙小幫手:be generous to sb 對…大方的

⑫ **imperative** [ɪmˋpɛrətɪv] *adj.* 緊急的,極重要的

It is **imperative** for James to apply for a loan to solve his financial problems.

詹姆斯很迫切地要申請貸款以解決他的財務問題。

⑬ **informative** [ɪnˋfɔrmətɪv] *adj.* 資訊豐富的,提供資訊的

Our teacher recommended that we buy this **informative** financial magazine.

我們的老師推薦我們買這本資訊豐富的財經雜誌。

⑭ **leisurely** [ˋliʒəlɪ] *adj.* 悠閒的

Lauren enjoyed a **leisurely** breakfast on the weekend. 蘿倫在週末時享用一頓悠閒的早餐。

⑮ **numerous** [ˋnjumərəs] *adj.* 許多的,大量的 同 many

The advantages of doing yoga are **too numerous to mention**. One of them is that it can make you be at peace with yourself.

做瑜伽的好處多不勝數。其中一個就是它能讓你內心平靜。

⑯ **periodic** [ˌpɪrɪ`ɑdɪk] *adj.* 定期的，週期的
With **periodic** checks and maintenance, the facilities in the sports center are kept in good condition.

有定期的檢查和維修，這個運動中心的設備都維持著良好的狀態。

⑰ **practical** [`præktɪkl] *adj.* 有實務經驗的；實用的
The applicants for the managerial position need to have **practical work experience**.

申請經理職位的人需要有實務工作經驗。

☺ 字彙小幫手：for all practical purposes 實際上
practical use 實際用途

⑱ **prestigious** [prɛs`tɪdʒəs] *adj.* 有聲望的
The University of Cambridge has been one of the most **prestigious** universities in the United Kingdom.

劍橋大學一直是英國最有聲望的大學之一。

⑲ **prompt** [prɑmpt] *adj.* 迅速的，敏捷的
The insurance company is **prompt in** dealing with their customers' problems.

這間保險公司對於處理其顧客的問題都非常迅速。

39

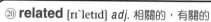

⑳ **related** [rɪˋletɪd] *adj.* 相關的，有關的

With billions of smartphone users worldwide, some experts have started to research the possible health risks **related to** the electronic device.

由於世界各地有數十億的智慧型手機使用者，一些專家開始研究與這個電子裝置相關可能引發的健康問題。

㉑ **specific** [spɪˋsɪfɪk] *adj.* 特定的 🔄 particular；明確的 🔄 precise

The course has the **specific** purpose of enhancing students' reading ability.

這個課程有加強學生閱讀能力的特定目的。

💡 字彙小幫手：be specific about ... 明確說明…

㉒ **temporary** [ˋtɛmpəˏrɛrɪ] *adj.* 暫時的

The doctor said the scar on my left leg was **temporary** and would disappear in a couple of weeks.

醫生說我左腿上的疤是暫時性的，在幾週後會消失。

💡 字彙小幫手：temporary work/staff/accommodation 臨時的工作 / 員工 / 住所

㉓ **typical** [ˋtɪpɪkl] *adj.* 典型的，有代表性的 🔄 representative

Milkshakes, hamburgers, and French fries are **typical of** fast food.　奶昔、漢堡和薯條是典型的速食。

㉔ **upcoming** [ˋʌpˏkʌmɪŋ] *adj.* 即將發生的 🔄 forthcoming

The soccer players are practicing hard for the **upcoming** FIFA World Cup.
足球選手正為即將到來的國際足球總會世界盃足球賽努力練習。

㉕ **vulnerable** [ˋvʌlnərəbl] *adj.* 易受攻擊的，脆弱的
The government's housing policies have always been **vulnerable to** criticism.
政府的房屋政策總是遭人詬病。

Unit 40 Adjective

通用形容詞 (4)

5 分鐘快速掃過核心單字，你認識幾個？

① afraid
② appropriate
③ arguable
④ aware
⑤ convenient
⑥ disappointed
⑦ elegant
⑧ exceptional
⑨ familiar
⑩ foremost

⑪ grand
⑫ incredible
⑬ initial
⑭ moderate
⑮ outdated
⑯ pertinent
⑰ pretty
⑱ rare
⑲ relevant
⑳ secure

㉑ standard
㉒ tentative
㉓ understandable
㉔ urgent
㉕ widespread

① **afraid** [əˋfred] *adj.* 擔心的，害怕的 同 scared
Lillian is **afraid** that she won't be able to attend her
best friend's wedding because of a business trip.
莉莉安很擔心因為要出差而無法參加閨密的婚禮。

💡 字彙小幫手：be/feel afraid of ... 害怕…的

② **appropriate** [əˋproprɪˌet] *adj.* 合適的，適當的
同 suitable
T-shirts and jeans are not **appropriate for** formal
occasions. T 恤和牛仔褲不適合正式場合。

💡 字彙小幫手：appropriate response/measure/method
適當的回應 / 措施 / 方法

③ **arguable** [ˋɑrgjʊəbḷ] *adj.* 有待商榷的，有疑問的
同 debatable
It is still **arguable** which marketing strategy is
better. 哪一個行銷策略比較好仍然有待商榷。

④ **aware** [əˋwɛr] *adj.* 意識到的，明白的 同 conscious
More and more people are becoming **aware of** the
importance of environmental protection.
越來越多人意識到環保的重要性。

⑤ **convenient** [kənˋvinjənt] *adj.* 方便的，便利的
Ian lives next to a train station, which is
convenient for him to commute.
伊恩住在火車站旁邊，這讓他通勤很方便。

⑥ **disappointed** [ˌdɪsəˋpɔɪntɪd] *adj.* 失望的，沮喪的

William was **disappointed at** failing to persuade his boss to adopt his suggestion.
威廉對於未能說服老闆採用他的建議而感到失望。

❃ 字彙小幫手：be disappointed in/with sb 對⋯感到失望
be disappointed by/about sth 對⋯感到失望

⑦ **elegant** [ˋɛləgənt] *adj.* 優雅的 ⓢ graceful
Miranda tried her best to make herself look **elegant** in front of her boyfriend.
米蘭達盡全力在她男友面前看起來優雅。

⑧ **exceptional** [ɪkˋsɛpʃən!] *adj.* 傑出的，卓越的 ⓢ outstanding
The sales of the online clothing store have achieved **exceptional** growth over the last decade.
這間網路服飾商店的銷售量在過去十年來達到傑出的成長。

⑨ **familiar** [fəˋmɪljɚ] *adj.* 熟悉的
Since Joan just moved here, she was not **familiar with** the neighborhood.
由於瓊剛搬來這裡，她對這社區還不太熟悉。

❃ 字彙小幫手：look/sound familiar 看 / 聽起來很熟悉
be familiar to sb 對⋯很熟悉

⑩ **foremost** [ˋforˌmost] *adj.* 頂尖的，第一流的 ⓢ top, leading
Mr. Green is one of the **foremost** experts on genetic engineering in Canada.

格林先生是加拿大在基因工程方面頂尖的專家之一。

⑪ **grand** [grænd] *adj.* 盛大的，宏偉的
The **grand** opening of the outlet has attracted many customers to go shopping there.
這間暢貨中心的盛大開幕吸引了很多顧客到那裡購物。

⑫ **incredible** [ɪnˋkrɛdəbl̩] *adj.* 難以置信的
⑩ unbelievable
It was **incredible** that the sixteen-story building was torn down in two days.
這棟十六層樓建築物在兩天內就被拆掉真令人難以置信。

⑬ **initial** [ɪˋnɪʃəl] *adj.* 最初的，開始的 ⑩ first
We were short of money at the **initial stage** of the research program. 我們在研究計畫初期時缺少資金。

✪ 字彙小幫手：initial stage/phase/period 最初階段

⑭ **moderate** [ˋmɑdərɪt] *adj.* 中等的，適度的
The apartment is of **moderate** size — just suitable for a family of four.
這間公寓大小適中——適合一家四口居住。

⑮ **outdated** [ˏautˋdetɪd] *adj.* 過時的 ⑩ old-fashioned
The production technology has been considered to be **outdated** at present.
目前這種生產技術被視為過時的。

✪ 字彙小幫手：outdated idea/weapon/equipment
過時的觀點 / 武器 / 設備

40

⑯ **pertinent** [ˈpɝtnənt] *adj.* 相關的，有關的
同 relevant
The result of the experiment is **pertinent to** the scientist's theory.
這個實驗的結果與這位科學家的理論相關。

⑰ **pretty** [ˈprɪtɪ] *adj.* 美麗的，漂亮的 同 beautiful
Many boys admire Fiona because she is not only **pretty** but also intelligent.
許多男孩仰慕費歐娜，因為她不僅美麗而且有智慧。

⑱ **rare** [rɛr] *adj.* 罕見的，稀少的 同 unusual；(牛排) 一分熟的
The **rare species** of butterfly can only be found in the Amazon rainforest.
這種罕見品種的蝴蝶只有在亞馬遜雨林中現蹤跡。

♥ 字彙小幫手：
rare for sb/sth to do sth …去…是很罕見的
rare→medium rare→medium→medium well→well done 一分熟 → 三分熟 → 五分熟 → 七分熟 → 全熟

⑲ **relevant** [ˈrɛləvənt] *adj.* 相關的，有關的
同 pertinent
The key to a successful commercial is to make it **relevant to** the audience.
成功商業廣告的關鍵就是讓它與觀眾相連結。

⑳ **secure** [sɪˈkjʊr] *adj.* 安心的
The store only sells high-quality products, so its

customers all **feel secure about** what they have purchased there.

這間商店只販售高品質的商品，所以顧客對於他們在那裡購買的商品都很安心。

㉑ **standard** [ˋstændəd] *adj.* 標準的，規範的

Airbags and parking sensors have become the **standard** features of many new cars.

安全氣囊和倒車雷達已經變成許多新車的標準配備了。

◉ 字彙小幫手：standard practice/procedure 規範的程序

㉒ **tentative** [ˋtɛntətɪv] *adj.* 暫時的，試驗性的

🔵 provisional

Carol has a **tentative** plan to take a working holiday in New Zealand next year.

凱蘿明年的暫定計畫是要去紐西蘭打工渡假。

◉ 字彙小幫手：
tentative deal/agreement 暫定協議，初步協議

㉓ **understandable** [ˏʌndəˋstændəbl] *adj.* 容易理解的，合情合理的

With their low pay, it was **understandable** that the laborers wanted to stage a strike.

由於低工資的緣故，這些勞工要群起罷工是可以理解的。

㉔ **urgent** [ˋɝdʒənt] *adj.* 緊急的，急迫的 🔵 pressing

The badly injured patient is **in urgent need of** medical treatment.

這位受重傷的病人需要緊急的醫療。

㉕ **widespread** [ˋwaɪd͵sprɛd] *adj.* 廣泛的，普遍的
The new reforms to child welfare have gained **widespread support**.
這項新的孩童福利改革得到廣泛的支持。

NOTE

Unit 41 Noun

通用名詞 (1)

5 分鐘快速掃過核心單字，你認識幾個？

① abuse
② anecdote
③ attire
④ charity
⑤ compliance
⑥ consideration
⑦ decade
⑧ disability
⑨ duration
⑩ excellence

⑪ farewell
⑫ fortune
⑬ fund
⑭ industry
⑮ leader
⑯ mark
⑰ opportunity
⑱ pattern
⑲ portrait
⑳ quarter

㉑ remark
㉒ rumor
㉓ setback
㉔ source
㉕ surface

① **abuse** [əˋbjus] n. 傷害，虐待；濫用 同 misuse
The purpose of the non-profit organization is to help children who suffer **abuse** at home.
這個非營利組織的目的是幫助那些遭受家庭虐待的兒童。

♥ 字彙小幫手：child/mental/physical/sexual abuse
兒童 / 精神 / 身體 / 性虐待
alcohol/drug abuse 酗酒 / 濫用毒品

② **anecdote** [ˋænɪkˌdot] n. 趣聞，軼事
The old man told us some amusing **anecdotes about** his childhood in the village.
這名老人告訴我們一些他童年在村莊的趣聞。

③ **attire** [əˋtaɪr] n. 服裝，衣著 同 clothes
The law firm demands that the staff should go to work in **business attire**.
這間法律事務所要求所有的員工都穿商務服裝上班。

♥ 字彙小幫手：formal/casual attire 正式 / 休閒服裝

④ **charity** [ˋtʃærətɪ] n. 慈善機構；慈善事業
(pl. charities)
The lady made a generous donation to the local **charity** after she hit the jackpot.
這名女士中了頭彩後就捐了一大筆錢給當地的慈善機構。

♥ 字彙小幫手：
charity event/concert/auction/work/shop
慈善活動 / 演唱會 / 拍賣 / 工作 / 商店

⑤ **compliance** [kəmˋplaɪəns] n. 服從，遵守

All the experiments in the laboratory must be conducted **in compliance with** safety regulations.
這個實驗室進行的所有實驗都必須遵守安全規範。

⑥ **consideration** [kənˌsɪdə`reʃən] *n.* 考慮
After **careful consideration**, Hank decided to pursue a career as a marine engineer.
經過仔細考慮後，漢克想要當一名輪機工程師。

💡 字彙小幫手：under consideration 考慮中
take sth into consideration 考慮到…

⑦ **decade** [`dɛked] *n.* 十年
There are some major changes in the city caused by economic development over the last **decade**.
這個城市在過去十年間由於經濟發展之故而造成一些重大的改變。

⑧ **disability** [ˌdɪsə`bɪlətɪ] *n.* 缺陷，障礙
(pl. disabilities)
The ramp is designed for people with **physical disabilities** to go into the train station.
這個坡道是為了讓身障人士進入車站而設計的。

💡 字彙小幫手：disability benefit 身心障礙者補助

⑨ **duration** [djʊ`reʃən] *n.* 持續時間
Catherine decided to take parental leave of one year's **duration** after she gave birth to a baby.
凱瑟琳生了孩子後決定要請一年的育嬰假。

💡 字彙小幫手：for the duration (of sth) 在 (…) 期間

⑩ **excellence** [ˋɛksləns] *n.* 卓越，優秀

The private high school is well-known for both its **academic** and **sporting excellence**.

這私立中學因其在學業成績和體育都有優異表現而聞名。

⑪ **farewell** [ˌfɛrˋwɛl] *n.* 道別

The students **exchanged farewells** and went home after school. 學生們放學後互道再見就回家了。

💡 字彙小幫手：farewell party/drink/card/gift
告別派對 / 酒會 / 卡片 / 禮物

⑫ **fortune** [ˋfɔrtʃən] *n.* 大筆的財富；運氣 同 luck

Mr. Bennett **made a fortune** by investing in the stock market. 班奈特先生藉由投資股票市場而致富。

💡 字彙小幫手：cost a (small) fortune 花一大筆錢
be worth a fortune 價值不菲
a change of fortune 時來運轉
have the good fortune to V 有幸去…

⑬ **fund** [fʌnd] *n.* 基金，專款；資金

The local government set up a **relief fund** for the earthquake victims.

當地政府為地震災民設立救助基金。

fundraising [ˋfʌndˌrezɪŋ] *n.* 募捐，慈善捐款

The children's hospital was built through **fundraising** to help many children suffering from rare diseases.

這間兒童醫院是透過募款興建，以幫助罕病兒童。

⊙字彙小幫手：trust/charitable/investment/pension fund
信託 / 慈善 / 投資 / 養老基金
government/public funds 政府 / 公共資金

⑭ **industry** [`ɪndəstrɪ] *n.* 產業，行業 (pl. industries)
The director was presented with the lifetime achievement award in recognition of his contribution to the **film industry**.
這名導演獲頒終身成就獎以表彰他對電影產業的貢獻。

⊙字彙小幫手：manufacturing/advertising/insurance/service/tourist/aviation industry
製造 / 廣告 / 保險 / 服務 / 旅遊 / 航空業

⑮ **leader** [`lidə] *n.* 領袖，領導人
The world-famous **religious leader** often makes speeches to inspire his followers.
這位世界知名的宗教領袖經常演講來啟發他的追隨者。

leadership [`lidə,ʃɪp] *n.* 領導能力
Having **leadership qualities**, Andrew was elected as the chairman.
安德魯由於擁有領袖特質而被選為主席。

⊙字彙小幫手：political/military/born/natural leader
政治 / 軍事 / 天生的領導人

⑯ **mark** [mɑrk] *n.* 汙漬，斑點；符號，記號
Fanny used the detergent to get rid of the dirty **marks** on her white shirt.
芬妮使用清潔劑來去除白襯衫上的汙漬。

🔎 字彙小幫手：punctuation mark 標點符號

⑰ **opportunity** [ˌɑpɚˋtjunətɪ] *n.* 機會 🔵 chance
(pl. opportunities)
The fan can't believe she **has the opportunity to** meet her idol in person.
這名粉絲不敢相信她有親自和偶像碰面的機會。

🔎 字彙小幫手：seize/grasp an opportunity 抓住機會
miss/lose an opportunity 錯失機會

⑱ **pattern** [ˋpætɚn] *n.* 形式，模式；圖樣
The study focuses on the **patterns of behavior** among children of single-parent families.
這份研究重點在於單親家庭孩子的行為模式。

⑲ **portrait** [ˋportret] *n.* 肖像，畫像；描述，描寫
A **family portrait** is hung on the wall of the president's office.
一幅全家福照片被吊掛在總裁辦公室的牆上。

⑳ **quarter** [ˋkwɔrtɚ] *n.* 季度
Some experts estimate that share prices will soar in the third **quarter**.
一些專家估計股價在第三季會飆升。

㉑ **remark** [rɪˋmɑrk] *n.* 評論 🔵 comment
The diplomat's **remarks on** the diplomatic negotiations led to a fierce debate.
外交官對於此外交談判的評論引起了激烈的爭論。

304

㉒ **rumor** [`rumɚ] *n.* 傳聞，謠言

Rumors are going around that the big company is up for sale.

關於這間大公司正計劃要出售的謠言滿天飛。

🔾 字彙小幫手：Rumor has it that ... 有傳聞說…

hear/spread/confirm/deny a rumor

聽聞 / 散布 / 證實 / 否認謠言

㉓ **setback** [`sɛt͵bæk] *n.* 挫折，障礙

The athlete's hopes of becoming a member of the national team **received a setback**.

這名運動員想成為國家代表隊一員的希望遭受到了挫折。

㉔ **source** [sors] *n.* 來源，出處；資訊來源

To stay healthy, people should eat foods that are rich in vitamin C, and the best **sources** of it are broccoli, oranges, and strawberries.

為了保持健康，人們應該吃富含維他命 C 的食物，而其最佳來源是花椰菜、柳橙和草莓。

㉕ **surface** [`sɝfɪs] *n.* 表面，外層；(情況的) 表面

About 71 percent of the Earth's **surface** is covered with water.

地球表面約有百分之七十一的面積是被水所覆蓋。

🔾 字彙小幫手：below/beneath/under the surface 檯面下

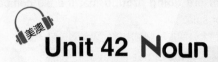

Unit 42 Noun

通用名詞 (2)

5 分鐘快速掃過核心單字，你認識幾個？

① acquisition
② attribute
③ circumstance
④ conclusion
⑤ constraint
⑥ description
⑦ discrimination
⑧ dispute
⑨ disruption
⑩ effort
⑪ expectation
⑫ feature
⑬ fee
⑭ holder
⑮ inquiry
⑯ lecture
⑰ measure
⑱ orientation
⑲ preparation
⑳ rationale
㉑ resistance
㉒ scale
㉓ situation
㉔ stance
㉕ variety

① **acquisition** [ˌækwəˈzɪʃən] *n.* 收購

Mr. Parker made a fortune from the **acquisition of** property at low prices.

帕克先生靠低價收購房地產致富。

② **attribute** [ˈætrəˌbjut] *n.* 特質，特性

Samuel has many **attributes for** a great leader, some of which are vision, passion, and courage.

山謬擁有成為偉大領袖的許多特質，其中幾項是遠見、熱情和勇氣。

③ **circumstance** [ˈsɝkəmˌstæns] *n.* 情況，條件

🔄 condition

Under no circumstances are passengers allowed to smoke in the cabin.

乘客無論在任何情況下都不被允許在機艙裡抽菸。

💡 字彙小幫手：in/under ... circumstances 在…情況下

④ **conclusion** [kənˈkluʒən] *n.* 結論

After the meeting, we **reached the conclusion** that we would change the equipment supplier.

會議過後，我們達成了要更換設備供應商的結論。

💡 字彙小幫手：in conclusion 最後，總之
jump/leap to conclusions 草率下結論

⑤ **constraint** [kənˈstrent] *n.* 限制，約束 🔄 restriction

Constraints on the budget forced the company to make some changes to the building project.

預算的限制迫使公司對這個建築專案計畫做了一些改變。

⊙ 字彙小幫手：
place/impose constraints on sb/sth 對⋯加以限制

⑥ **description** [dɪ`skrɪpʃən] *n.* 描述，描繪
Nina **gave** us a very full **description of** her job
interview.　妮娜向我們詳細描述她求職面試的情形。

⊙ 字彙小幫手：job description 職務描述
of every description 各式各樣的
be beyond description 難以描述，無法形容

⑦ **discrimination** [dɪˌskrɪmə`neʃən] *n.* 歧視，差別對待
Both men and women took part in the campaign
against **sex discrimination**.
男性和女性都參與這次反對性別歧視的活動。

⊙ 字彙小幫手：
discrimination against/in favor of sb 歧視 / 偏袒⋯
age/racial/religious discrimination
年齡 / 種族 / 宗教歧視

⑧ **dispute** [dɪ`spjut] *n.* 糾紛，爭執
The strike by the bus drivers arose from the long
dispute over pay.
公車司機發起的罷工是因長期的工資糾紛引起。

⊙ 字彙小幫手：beyond dispute 無庸置疑
dispute between sb and sb ⋯和⋯間的糾紛

⑨ **disruption** [dɪs`rʌpʃən] *n.* 中斷
The large demonstration caused major **disruption**

to traffic in the downtown district.

這場大型的示威遊行對市中心的交通造成大中斷。

⑩ **effort** [ˋɛfɚt] *n.* 努力

Fred **made an effort to** win Anna's heart and succeeded in the end.

佛烈德努力要贏得安娜的芳心且最後成功了。

⊙字彙小幫手：in an effort to V 試圖去…

through/despite sb's efforts

因為…的努力 / 雖然…盡力了

⑪ **expectation** [ˏɛkspɛkˋteʃən] *n.* 期待，盼望

Contrary to our expectations, our house sales slumped dramatically in December.

與我們預期的相反，我們在十二月的房屋銷售量大幅下跌。

⊙字彙小幫手：beyond sb's expectations 超乎…的預期

have high expectations for ... 對…有很高的期望

come up to/live up to/meet sb's expectations

符合…的期望

⑫ **feature** [ˋfitʃɚ] *n.* 特色，特點

The latest model of the refrigerator has a notable energy-saving **feature**.

這款最新型號的冰箱有一個值得注意的省電特色。

⊙字彙小幫手：

common/main/characteristic/significant feature

普遍 / 主要 / 獨有 / 重要的特點

⑬ **fee** [fi] *n.* 費用

The museum charges an **entrance fee** of 10 US dollars per person.

這間博物館收取每人十美元的入場費。

♥ 字彙小幫手：

annual/admission/membership/cancellation fee
年 / 入場 / 會員 / 取消費

tuition/medical/legal fees 學 / 醫藥 / 訴訟費

⑭ **holder** [`holdɚ] *n.* 持有人，擁有者

Season ticket holders can use the side entrance to get into the amusement park.

季票持有者可以從側邊入口進入遊樂園。

♥ 字彙小幫手：account/license/passport holder
帳戶 / 執照 / 護照持有人

⑮ **inquiry** [ɪn`kwaɪrɪ] *n.* 詢問，打聽 (pl. inquiries)

A lot of guests are **making inquiries about** the new spa services of the hotel.

許多房客都在詢問這個飯店新的水療服務。

⑯ **lecture** [`lɛktʃɚ] *n.* 講座

The professor **gives lectures on** applied economics at the university.

這位教授在大學開設應用經濟學的講座。

⑰ **measure** [`mɛʒɚ] *n.* 措施，方法 圓 step

The United States has tightened up **security measures** at airports to ensure safety of every passenger. 美國加強機場安檢措施以確保每位旅客安全。

⊙ 字彙小幫手：

precautionary/preventive measure 預防措施

⑱ **orientation** [ˌorɪenˋteʃən] *n.* 導向，目標

Companies that have a **market orientation** always respond to customers' needs promptly.

具有市場導向的公司總是快速地回應顧客的需求。

⊛ 字彙小幫手：product/sales orientation 產品／銷售導向

⑲ **preparation** [ˌprɛpəˋreʃən] *n.* 準備工作；準備

Vicky and her co-workers are busy **making preparations for** the trade fair next Monday.

薇琪和她的同事正忙著為了下週一的貿易展做準備工作。

⊛ 字彙小幫手：in preparation for sth 為⋯做準備

⑳ **rationale** [ˌræʃəˋnæl] *n.* 根本原因 同 reason；根本原理

The **rationale for** running this stress-management workshop is to help people learn how to relax.

舉辦這個壓力管理研討會的根本原因就是要幫助人們學習如何放鬆。

⊙ 字彙小幫手：

rationale behind/for/of sth ⋯的根本原因／原理

㉑ **resistance** [rɪˋzɪstəns] *n.* 抵抗，反抗；(對疾病的) 抵抗力

The policy on U.S. beef imports **encountered** great **resistance from** some local cattle farmers.

42

美國牛肉進口政策遭受部分當地養牛農夫強烈的反抗。

進口美國牛肉的政策遭到一些當地畜牧業者強烈反對。

🄰 字彙小幫手：resistance to sb/sth 對…的抵抗
resistance to sth 對…的抵抗力

㉒ **scale** [skel] *n.* 規模，範圍
The scientists tried to figure out the reason why the whales died **on a large scale** in a short time.
科學家試著找出鯨魚在短時間內大規模暴斃的原因。

🄰 字彙小幫手：
on a global/international/world scale 全球的規模

㉓ **situation** [ˌsɪtʃuˈeʃən] *n.* 情況，情勢
There is nothing better than telling a funny joke when we are **in an embarrassing situation**.
當我們身處尷尬局面時，沒有什麼比說個好笑的笑話來得更好了。

㉔ **stance** [stæns] *n.* (公開表明的) 立場，觀點 🔄 stand, position
The human rights organization has **taken a tough stance on** the abolition of the death penalty.
這個人權組織對廢除死刑抱持強硬的立場。

㉕ **variety** [vəˈraɪətɪ] *n.* 各式各樣；變化，多樣化
(pl. varieties)
With **a variety of** services, convenience stores in Taiwan have gained much popularity.
由於提供各式各樣的服務，臺灣的便利商店很受歡迎。

Unit 43 Noun

通用名詞 (3)

5 分鐘快速掃過核心單字，你認識幾個？

① aid
② anniversary
③ atmosphere
④ bulk
⑤ directory
⑥ emphasis
⑦ ethic
⑧ extension
⑨ factor
⑩ feedback

⑪ function
⑫ inaccuracy
⑬ link
⑭ majority
⑮ occasion
⑯ option
⑰ overview
⑱ precaution
⑲ principle
⑳ priority

㉑ registration
㉒ response
㉓ security
㉔ status
㉕ volume

① **aid** [ed] *n.* 幫助；輔助 (器材)

When Austin saw an elderly lady crossing the road, he **came to her aid**.

當奧斯汀看到一位老婦人過馬路時，他過去幫她的忙。

💡 字彙小幫手：with the aid of sth 藉由…的輔助

② **anniversary** [ˌænəˋvɝsərɪ] *n.* 週年紀念日 (pl. anniversaries)

The couple celebrated their first **wedding anniversary** by taking a trip to Hawaii.

這對夫妻去夏威夷渡假以慶祝他們結婚一週年紀念日。

💡 字彙小幫手：silver/golden/diamond anniversary
結婚二十五 / 五十 / 六十週年紀念日

③ **atmosphere** [ˋætməsˌfɪr] *n.* 氣氛，氛圍；大氣 (層)

Many couples choose to have meals in this French restaurant because it offers a **romantic atmosphere**.

許多情侶選擇到這家法式餐廳用餐因為它有浪漫的氣氛。

💡 字彙小幫手：
cozy/relaxed/pleasant/tense atmosphere
舒適的 / 放鬆的 / 歡樂的 / 緊張的氣氛
pollution of the atmosphere 大氣汙染

④ **bulk** [bʌlk] *n.* 大規模，大量；大部分

Purchasing computers and laptops **in bulk** can help companies keep costs down.

大量採購電腦和筆記型電腦可以幫助公司降低成本。

> ♀ 字彙小幫手：the bulk of sth 大部分⋯

43

⑤ **directory** [də`rɛktərɪ] *n.* 電話簿；名錄
(pl. directories)
Jayden is looking up the address and phone number of the OK Bank in the **telephone directory**.
傑登在電話簿裡查詢 OK 銀行的地址和電話號碼。

> ♀ 字彙小幫手：business/trade directory 企業 / 商行名錄

⑥ **emphasis** [`ɛmfəsɪs] *n.* 重視，強調 @ stress
(pl. emphases)
The speaker **put much emphasis on** the importance of export trade in his speech.
講者在他的演講中將主要重點放在出口貿易的重要性上。

⑦ **ethic** [`ɛθɪk] *n.* 倫理，道德
Some people think it is a breach of **medical ethics** to perform euthanasia on patients.
有些人認為對病人實行安樂死有違醫學倫理。

> ♀ 字彙小幫手：
> work ethic 職業道德；a code of ethics 道德準則

⑧ **extension** [ɪk`stɛnʃən] *n.* 電話分機；延展，延期
If you have any further questions, please contact me **on extension** 1234.
倘若您還有任何疑問，請撥打分機 1234 聯絡我。

⑨ **factor** [`fæktɚ] *n.* 因素

Coining a catchy slogan is a **major factor in** the success of a commercial.

創造朗朗上口的廣告語是商業廣告成功的主要因素。

📍 字彙小幫手：decisive/key/crucial factor
決定性的 / 重要的 / 關鍵的因素

⑩ **feedback** [ˋfid͵bæk] *n.* 回饋意見

The questionnaire aims to **collect feedback from** the customers **on** the new product.

這問卷調查目的是要收集顧客對此新產品的回饋意見。

📍 字彙小幫手：give/provide/receive feedback
給予 / 提供 / 收到回饋意見

⑪ **function** [ˋfʌŋkʃən] *n.* 功能，用途

The **function** of having the sponsor's logo on the professional basketball players' jerseys is to advertise on TV.

在職業籃球球員的球衣上放上贊助商標誌的功能，就是為了在電視上打廣告。

📍 字彙小幫手：
fulfill/perform the function of ... 達到⋯功能

⑫ **inaccuracy** [ɪnˋækjərəsɪ] *n.* 不準確性
(pl. inaccuracies)

The news report was criticized severely for being full of **inaccuracies**.

這則新聞報導因充斥錯誤的內容而備受批評。

⑬ **link** [lɪŋk] *n.* 關係，關聯 🔵 connection

The article points out that there is a direct **link between** genes and obesity.

這篇文章指出基因和肥胖有直接的關聯。

⑭ **majority** [məˋdʒɔrətɪ] *n.* 大多數，大部分
(pl. majorities)

The **majority of** the engineers in this company have a master's degree.

這間公司大部分的工程師都有碩士學位。

🍳 字彙小幫手：be in the majority 占大多數
great/vast/overwhelming majority of sth
絕大多數的⋯

⑮ **occasion** [əˋkeʒən] *n.* 特殊場合，重大活動，盛會

It is common practice to bring clients small gifts **on special occasions**.

在特殊場合帶小禮物給客戶是常規。

⑯ **option** [ˋɑpʃən] *n.* 選擇，選項

Because business was very bad, the owner **had no option but to** close down the grocery store.

由於生意很慘澹，店主別無選擇只好將雜貨店收起來。

🍳 字彙小幫手：have the option of ... 有⋯的選擇
have/keep/leave sb's options open ⋯暫不做決定

⑰ **overview** [ˋovɚˏvju] *n.* 概述 🔵 survey

The booklet **gives** a general **overview of** the infectious disease and the medication for it.

這本小冊子對於這種傳染病和其藥物有大略的介紹。

⑱ **precaution** [prɪ`kɔʃən] *n.* 預防措施

Anthony installed anti-virus software **as a precaution against** computer viruses.

安東尼安裝防毒軟體作為預防電腦病毒的措施。

💡 字彙小幫手：

take the precaution of ... 採取…的預防措施

⑲ **principle** [`prɪnsəp!] *n.* 原則；行為準則

As a flight attendant, Anna always bears the basic **principles of** good customer service in mind.

身為空服員，安娜總是牢記良好客服的基本原則。

💡 字彙小幫手：in principle 原則上，基本上

first principles 首要原則，根本原則

⑳ **priority** [praɪ`ɔrətɪ] *n.* 優先考慮的事 (pl. priorities)

When operating heavy machinery, one should take safety as one's **top priority**.

操作重型機器時，任何人都應該將安全視為優先考量。

💡 字彙小幫手：give priority to sth 優先考慮…

have/give/take priority over ... 比…優先

㉑ **registration** [ˌrɛdʒɪ`streʃən] *n.* 註冊，登記

During the **registration** process, Lily was asked to provide her ID card.

註冊過程中，莉莉被要求提供身分證。

💡 字彙小幫手：voter/vehicle/student registration

選民登記 / 車輛登記 / 學生註冊

㉒ **response** [rɪ`spɑns] *n.* 回答，回應
The student nodded **in response to** his teacher's question.
學生點頭以回應老師的問題。

◉ 字彙小幫手：
positive/favorable/negative/immediate response
正面的 / 贊同的 / 負面的 / 立即的回應

㉓ **security** [sɪ`kjurətɪ] *n.* 安全，防護 (pl. securities)
The **security checks** at the airport speed up with the sniffer dogs' help.
有了緝毒犬的協助，機場的安檢工作可以加速進行。

◉ 字彙小幫手：security camera/alert/measures
監視攝影機 / 安全警報 / 安全措施

㉔ **status** [`stetəs] *n.* 地位，身分
Generally speaking, doctors and lawyers seem to enjoy higher **social status**.
一般來說，醫生和律師似乎擁有較高的社會地位。

◉ 字彙小幫手：
marital status 婚姻狀況；status symbol 身分的象徵

㉕ **volume** [`vɑljum] *n.* 總數，總量；音量
The total **volume** of import-export trade reached nearly 500 billion US dollars last year.
去年的進出口貿易總額大約五千億美元。

◉ 字彙小幫手：turn the volume up/down 把音量調大 / 小

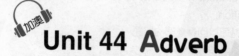

Unit 44 Adverb

通用副詞 (1)

5 分鐘快速掃過核心單字，你認識幾個？

① absolutely
② approximately
③ barely
④ carefully
⑤ closely
⑥ consequently
⑦ currently
⑧ evenly
⑨ extremely
⑩ fully

⑪ hopefully
⑫ increasingly
⑬ infrequently
⑭ mistakenly
⑮ originally
⑯ previously
⑰ probably
⑱ properly
⑲ radically
⑳ repeatedly

㉑ roughly
㉒ significantly
㉓ strategically
㉔ temperately
㉕ unanimously

① **absolutely** [ˌæbsəˈlutlɪ] *adv.* 完全地，絕對地
🔂 completely

When Peyton first worked for the fashion magazine publisher, she knew **absolutely** nothing about fashion.

當佩頓起初為流行雜誌出版社工作時，她完全不懂時尚。

📍字彙小幫手：Absolutely (not)! 當然 (不行) !

② **approximately** [əˈprɑksəmɪtlɪ] *adv.* 大約，大概
🔂 roughly

The five-star hotel chain made profits that amounted to **approximately** 8 million US dollars last year.

這間連鎖的五星級飯店去年獲利高達約八百萬美元。

③ **barely** [ˈbɛrlɪ] *adv.* 幾乎不 🔂 hardly

The fog was so thick that the driver could **barely** see the road ahead.

這霧如此濃密，導致駕駛幾乎看不到前方的道路。

④ **carefully** [ˈkɛrfəlɪ] *adv.* 仔細地，小心地 🔂 closely

The airport security guards check all the handbags **carefully** to see if there are any dangerous objects in them.

機場的安檢人員仔細地檢查袋子，以查看裡面是否有任何危險物品。

📍字彙小幫手：
look/listen/think carefully 仔細地看 / 聽 / 思考

⑤ **closely** [ˋkloslɪ] *adv.* 密切地，直接相關地；小心謹慎地 🔵 carefully

Mrs. Adams is working **closely** with the detective to find out who stole her jewels.

亞當斯太太正與偵探密切合作，以找出偷竊她珠寶的人。

💡 字彙小幫手：be closely controlled/guarded/monitored 嚴密掌控 / 看守 / 監控

⑥ **consequently** [ˋkɑnsə͵kwɛntlɪ] *adv.* 因此，所以 🔵 therefore

This month, Ethan spent most of his allowance in the first three weeks and **consequently** had very little left in the last week.

伊森在這個月的前三週花了大部分的零用錢，因此在最後一週只剩下一點點錢而已。

⑦ **currently** [ˋkɝəntlɪ] *adv.* 目前，現在 🔵 now, presently

The catchy song is **currently** being translated into several languages by its fans all around the world.

這首朗朗上口的歌曲正被世界各國的粉絲翻譯成多種語言。

💡 字彙小幫手：currently available 目前可供選擇的

⑧ **evenly** [ˋivənlɪ] *adv.* 平均地，均等地

The teacher divided the pencils and erasers **evenly** among her students.

老師將鉛筆和橡皮擦均分給她的學生。

⑨ **extremely** [ɪk`strimlɪ] *adv.* 非常，極其

Mr. Lopez's hearing is badly impaired since he has been exposed to an **extremely** noisy working environment for years.

因長年在非常吵的工作環境，羅佩茲先生聽力嚴重受損。

⑩ **fully** [`fulɪ] *adv.* 充分地，完全地 🔄 completely

For human beings, the universe is too vast to be **fully** explored.

對人類來說，宇宙太浩瀚而無法充分探索。

💡 字彙小幫手：be fully aware of sth 充分地意識到⋯

⑪ **hopefully** [`hopfəlɪ] *adv.* 但願，希望

Hopefully, we can establish a good business relationship after signing the contract.

但願我們在簽約後能建立良好的生意關係。

⑫ **increasingly** [ɪn`krisɪŋlɪ] *adv.* 越來越多地，不斷增加地

As Susan's workload is getting **increasingly** heavy, she is thinking of quitting her job.

由於蘇珊的工作量越來越重，她正考慮要辭職。

💡 字彙小幫手：increasingly difficult/important/popular 越來越困難 / 重要 / 普及

⑬ **infrequently** [ɪn`frikwəntlɪ] *adv.* 稀少地 🔄 rarely

My co-workers and I do go for a drink after work, but **infrequently**.

我和同事下班後會去喝一杯，但是不常發生。

⑭ **mistakenly** [mɪˋstekənlɪ] *adv.* 錯誤地
Nelson **mistakenly** believed that he could make some profits in the foreign exchange market. In the end, he lost a large sum of money in it.
尼爾森錯誤地認為他可以從外匯市場上獲得一些利潤。最後他賠了一大筆錢。

⑮ **originally** [əˋrɪdʒənlɪ] *adv.* 原先，起初
We were just informed that the representatives will arrive tomorrow, not today as **originally** planned.
我們剛收到通知說這些代表明天才會到達，不是照原先計劃今天抵達。

⑯ **previously** [ˋprivɪəslɪ] *adv.* 以前地，先前地
Although the guest emailed a letter of complaint to the hotel manager three weeks **previously**, she hasn't received any reply so far.
雖然這名客人在三週前用電子郵件寄送一封投訴信給飯店經理，但目前尚未收到任何回覆。

⑰ **probably** [ˋprɑbəblɪ] *adv.* 很可能，大概 🔵 possibly
Live octopuses are **probably** the strangest food that I have ever eaten.
活章魚可能是我吃過最怪異的食物。

⑱ **properly** [ˋprɑpəlɪ] *adv.* 正確地 🔵 right
The air-conditioner was not working **properly**, so Betty called a technician for help.
因冷氣無法正常運轉，所以貝蒂打電話請維修人員幫忙。

⑲ **radically** [`rædɪklɪ] *adv.* 徹底地，完全地
The company **radically** altered its marketing strategies in order to win back the customers it had lost over the last three years.
這間公司徹底地改變它的行銷策略，以重新找回它在過去三年間流失的客戶。

⑳ **repeatedly** [rɪ`pitɪdlɪ] *adv.* 一再，多次地
Vera got annoyed when her boyfriend **repeatedly** used his smartphone during their date.
薇拉的男友在他們約會時一再使用他的智慧型手機讓她覺得惱怒。

㉑ **roughly** [`rʌflɪ] *adv.* 大致地，大約 **同** about, approximately
Roughly speaking, there are four routes to the ski resort. 大致上來說，到滑雪勝地有四條路線。

㉒ **significantly** [sɪg`nɪfəkəntlɪ] *adv.* 顯著地，明顯地
The invention of the Internet has **significantly** changed the world. 網路的發明顯著地改變了世界。

⊙ 字彙小幫手：significantly better/worse 明顯更好 / 更差

㉓ **strategically** [strə`tidʒɪklɪ] *adv.* 策略上，策略性地
The trading company has planned to set up some new branches in those **strategically** important areas.
這間貿易公司計劃在那些策略上重要的區域增設一些新的分部。

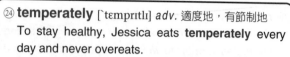

㉔ **temperately** [`tɛmprɪtlɪ] *adv.* 適度地，有節制地

To stay healthy, Jessica eats **temperately** every day and never overeats.

為了保持健康，潔西卡每天飲食很節制，從不暴飲暴食。

㉕ **unanimously** [ju`nænəməslɪ] *adv.* 全體一致地，無異議地

The female workers in the company **unanimously** protested the gender pay gap.

這間公司的女性員工一致抗議男女同工不同酬。

NOTE

Unit 45 Adverb

通用副詞 (2)

5 分鐘快速掃過核心單字，你認識幾個？

① adversely
② annually
③ briefly
④ certainly
⑤ consistently
⑥ critically
⑦ discreetly
⑧ exclusively
⑨ exponentially
⑩ fairly
⑪ immensely
⑫ lately
⑬ markedly
⑭ mutually
⑮ particularly
⑯ periodically
⑰ primarily
⑱ provisionally
⑲ reasonably
⑳ regularly
㉑ respectively
㉒ sharply
㉓ steadily
㉔ unexpectedly
㉕ unfortunately

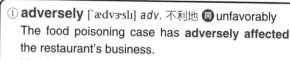

45

① **adversely** [ˈædvɝslɪ] *adv.* 不利地 圓 unfavorably
The food poisoning case has **adversely affected** the restaurant's business.
這起食物中毒案件對這家餐廳的生意造成不利影響。

② **annually** [ˈænjuəlɪ] *adv.* 每年地，一年一度地
The car manufacturer produces about ten thousand cars **annually**.
這個汽車製造商每年生產約一萬輛汽車。

③ **briefly** [ˈbriflɪ] *adv.* 簡短地 圓 in brief；短暫地
The study **briefly** introduces the causes of global warming and its impact on the Earth.
這份研究簡短地介紹全球暖化的成因和它對地球的影響。

④ **certainly** [ˈsɝtn̩lɪ] *adv.* 當然，確實 圓 definitely
Neighborhood watch program will **certainly** encourage people to help each other.
社區守望相助計畫當然可以鼓勵人們互助。

💡 字彙小幫手：It is certainly true that ... 可以肯定⋯

⑤ **consistently** [kənˈsɪstəntlɪ] *adv.* 一致地
The steak and salad served in the steakhouse are **consistently** very tasty.
這間牛排館所供應的牛排和沙拉一直非常美味。

⑥ **critically** [ˈkrɪtɪklɪ] *adv.* 嚴重地 圓 seriously；批判地，批評地
Some passengers on the tour bus were **critically**

injured in the crash.
一些遊覽車上的乘客在這場車禍中受重傷。

🔾 字彙小幫手：critically ill 病得很重

⑦ **discreetly** [dɪ`skritlɪ] *adv.* 謹慎地 圓 carefully
The reporter promised that he would deal with the
sensitive issue **discreetly**.
這名記者承諾他會謹慎地處理這個敏感的議題。

⑧ **exclusively** [ɪk`sklusɪvlɪ] *adv.* 僅僅，專門 圓 only
The special discount is offered **exclusively** to our
VIPs.
這項特別的折扣僅提供給我們的 VIP 顧客而已。

⑨ **exponentially** [ˌɛkspə`nɛnʃəlɪ] *adv.* 呈指數地
Due to our successful marketing strategy, sales
this year have been growing **exponentially**.
由於我們成功的行銷策略，今年的銷售量呈指數成長。

🔾 字彙小幫手：increase exponentially 呈指數地增加

⑩ **fairly** [`fɛrlɪ] *adv.* 公平地，公正地；相當地 圓 quite
Barbara complained to her friend that she was not
treated **fairly** by her boss.
芭芭拉向朋友抱怨她沒有受到老闆公平地對待。

🔾 字彙小幫手：fairly traded 公平交易的
fairly and squarely 光明正大地

⑪ **immensely** [ɪ`mɛnslɪ] *adv.* 非常，極其
圓 extremely, enormously

45

The audience enjoyed the wonderful magic show **immensely**. 觀眾非常欣賞這場精采的魔術表演。

⑫ **lately** [`letlɪ] *adv.* 最近 同 recently
The house prices have skyrocketed **lately** so that many people can't afford a house of their own.
最近房價暴漲，導致許多人無力負擔買房。

⑬ **markedly** [`mɑrkɪdlɪ] *adv.* 明顯地 同 noticeably, distinctly
The twins have **markedly** different personalities—one is shy and the other is outgoing.
這對雙胞胎有明顯不同個性——一個害羞而另一個外向。

⑭ **mutually** [`mjutʃʊəlɪ] *adv.* 互相地
Harrison and his client tried to find a **mutually** convenient date for their appointment.
哈里森和他的客戶試著找出雙方都方便的日子來會面。

♦字彙小幫手：
mutually acceptable/beneficial/supportive
互相接受的 / 受惠的 / 支持的

⑮ **particularly** [pə`tɪkjʊlə·lɪ] *adv.* 尤其，特別
同 especially
I enjoy several dishes in this Chinese restaurant, **particularly** roast duck and Mapo tofu.
這間中式餐館的好幾道菜色我都很喜愛，尤其是烤鴨和麻婆豆腐。

⑯ **periodically** [ˌpɪrɪˈɑdɪklɪ] *adv.* 定期地，週期性地
🔵 regularly
Safety inspections of the elevators and escalators should be carried out **periodically** to ensure users' safety.
電梯和電扶梯的安檢應定期執行以確保使用者的安全。

⑰ **primarily** [ˈpraɪˌmɛrəlɪ] *adv.* 主要地 🔵 mainly, chiefly
The special wedding custom is **primarily** related to ancient Greek civilization.
這個特殊的婚禮習俗主要是和古希臘文明有關。

⑱ **provisionally** [prəˈvɪʒənlɪ] *adv.* 暫時地，臨時地
After the negotiation, the employees **provisionally** agreed to have unpaid leave.
經過協商之後，這些員工暫時同意休無薪假。

⑲ **reasonably** [ˈriznəblɪ] *adv.* 合理地
We decided to buy the secondhand car because it was **reasonably** priced.
我們決定買這臺二手車，因為它的定價很合理。

⑳ **regularly** [ˈrɛgjələˌlɪ] *adv.* 定期地 🔵 periodically；經常地 🔵 often
For safety's sake, people should have their vehicles maintained **regularly**.
為了安全考量，人們應該要定期保養他們的車輛。

㉑ **respectively** [rɪˋspɛktɪvlɪ] *adv.* 分別地，各自地
Chris spent 500 US dollars and 150 US dollars on his new briefcase and necktie **respectively**.
克里斯分別花了五百美元和一百五十美元買新公事包和領帶。

㉒ **sharply** [ˋʃɑrplɪ] *adv.* 急遽地
The vegetable prices went up **sharply** after the typhoon. 蔬菜的價格在颱風過後暴漲。

💡字彙小幫手：rise/fall/improve/deteriorate sharply
急遽上升 / 下跌 / 進步 / 惡化

㉓ **steadily** [ˋstɛdɪlɪ] *adv.* 穩定地，平穩地；冷靜地，鎮定地
The birth rate in the developed country is declining **steadily** year by year.
這個已開發國家的生育率逐年穩定地下降中。

㉔ **unexpectedly** [ˌʌnɪkˋspɛktɪdlɪ] *adv.* 出乎意料地，意外地
Our general manager resigned **unexpectedly**, which shocked many of us.
我們的總經理無預警地辭職，讓我們許多人很震驚。

㉕ **unfortunately** [ʌnˋfɔrtʃənɪtlɪ] *adv.* 不幸地
🔄 unluckily
Unfortunately, Helen lost her credit card and some cash during her trip in Italy.
海倫不幸地在義大利旅遊時遺失了信用卡和一些現金。

Unit 46 Verb

通用動詞 (1)

---

5 分鐘快速掃過核心單字，你認識幾個？

① abandon　　⑪ enhance　　㉑ react

② apologize　⑫ escort　　　㉒ register

③ attain　　　⑬ express　　㉓ respect

④ browse　　⑭ foster　　　㉔ scrutinize

⑤ commend　⑮ ignore　　　㉕ state

⑥ confirm　　⑯ inform

⑦ contain　　⑰ interrupt

⑧ deny　　　⑱ lower

⑨ discard　　⑲ motivate

⑩ dump　　　⑳ pose

① **abandon** [əˋbændən] v. 中止 圓 stop;拋棄,遺棄
They had no choice but to **abandon** the construction work for lack of funds.
他們因缺乏資金而不得不終止建設工作。

💡 字彙小幫手:abandon ship 棄船
abandon (all) hope 放棄 (全部) 希望

② **apologize** [əˋpɑləˌdʒaɪz] v. 道歉,認錯
The restaurant manager **apologized to** the guest **for** a hair in her soup.
餐廳經理因為湯裡有一根頭髮而向顧客道歉。

③ **attain** [əˋten] v. 得到,實現 圓 achieve;達到 (年齡、水準、狀況等)
It has taken Stanley great efforts and determination to **attain** the position he is in now.
史丹利花費很大的努力和決心才得到他目前的職位。

💡 字彙小幫手:attain a(n) goal/objective 實現目標

④ **browse** [brauz] v. 瀏覽 圓 look through
Gina **browsed through** the catalogs so as to find an ideal gift for her friend's housewarming.
吉娜瀏覽目錄,為了找到朋友喬遷派對的理想禮物。

⑤ **commend** [kəˋmɛnd] v. 讚揚,表彰 圓 praise
The documentary was highly **commended for** its vivid portrayal of the refugees' lives.
這部紀錄片因寫實刻劃難民的生活而受到高度讚揚。

46

⑥ **confirm** [kən`fɜˑm] v. 確認，確定

I'd like to **confirm** my reservation for a honeymoon suite with an ocean view this Saturday.

我想要確認我在這個週六的海景蜜月套房預約。

💡 字彙小幫手：It is confirmed that ... 已經確定⋯

⑦ **contain** [kən`ten] v. 包含，容納

The guidebook **contains** much useful travel and transportation information in Canberra.

這本旅遊指南包含很多坎培拉有用的旅遊和交通資訊。

⑧ **deny** [dɪ`naɪ] v. 否認 (deny, denied, denied)

The movie star **denied** the rumor that she had undergone cosmetic surgery recently.

這位電影明星否認她最近進行整形手術的傳聞。

💡 字彙小幫手：deny a(n) charge/allegation 否認指控
It can't be denied that/There is no denying that ...
無可否認⋯

⑨ **discard** [dɪs`kɑrd] v. 拋棄，扔掉 同 throw away

People who **discard** cigarette butts in the streets will be fined.

在街上亂丟菸蒂的人會被罰款。

⑩ **dump** [dʌmp] v. 傾倒，亂扔 同 get rid of

The factory **dumped** toxic chemicals into the river and caused serious water pollution.

這間工廠傾倒有毒化學物到河川，造成嚴重的水汙染。

⑪ **enhance** [ɪn`hæns] v. 提高，增強 同 improve
The celebrity tried to **enhance** his reputation by participating in some charity events.
這位名人藉由參加一些慈善活動來提高他的聲望。

⊛ 字彙小幫手：
enhance the value/quality of sth 提高…的價值 / 品質

⑫ **escort** [ɪ`skɔrt] v. 護送，護衛
The billionaire is **escorted** by some bodyguards wherever he goes.
這名億萬富翁無論走到哪裡都有一些保鏢護送。

⊛ 字彙小幫手：
escort sb through/to sth 護送…經過 / 去…

⑬ **express** [ɪk`sprɛs] v. 表達，表示 同 show
The manager frowned at the slides I made to **express** her doubts.
經理對著我製作的簡報皺眉來表達她的懷疑。

⊛ 字彙小幫手：express oneself 表達…的想法或感受

⑭ **foster** [`fɔstɚ] v. 鼓勵，促進 同 encourage, promote
This campaign can **foster** people's awareness of the dangers of electronic waste.
這個活動可以促進人們對於電子垃圾危險性的認知。

⑮ **ignore** [ɪg`nor] v. 忽視 同 disregard
Though the danger of drunk driving is repeatedly stressed, some people still choose to **ignore** it.
雖然酒駕的危險一再被強調，有些人仍然選擇忽視它。

⑯ **inform** [ɪn`fɔrm] *v.* 通知，告知 ⓢ notify

We are sorry to **inform** you that the product you inquired about has been discontinued and is unavailable now.

我們很抱歉通知您，您所詢問的商品已經停產且現在無法購得了。

💡 字彙小幫手：inform sb of/about sth 通知…關於…

⑰ **interrupt** [ˌɪntə`rʌpt] *v.* 打斷

It is extremely impolite to **interrupt** other people while they are speaking.

當別人在說話時，打斷他們是很無禮的。

⑱ **lower** [`loɚ] *v.* 降低，減少 ⓢ reduce

We **lowered** our voices so that we didn't disturb other customers in the coffee shop.

我們降低音量以免打擾咖啡館裡的其他客人。

⑲ **motivate** [`motə͵vet] *v.* 激勵，激發

The bonus scheme **motivated** the salespeople **to** work harder and find new customers.

這個獎金方案激勵業務員更努力工作和開發新客戶。

⑳ **pose** [poz] *v.* 造成，引起 ⓢ cause

The nuclear waste **poses a threat to** the residents as well as the environment on the island.

核廢料對這島上的居民和自然環境都造成了威脅。

💡 字彙小幫手：pose a danger/risk/problem to/for sb/sth 對…造成危險／風險／問題

46

㉑ **react** [rɪˋækt] v. 反應，作出回應 圓 respond

The employees **reacted** angrily **to** the news of pay cuts and made a protest against it.

員工憤怒地回應減薪的消息並提出抗議。

㉒ **register** [ˋrɛdʒɪstɚ] v. 登記，註冊

I hired a lawyer to **register** my company and its trademark. 我聘請律師登記註冊我的公司和商標。

🌟字彙小幫手：

register a birth/death/marriage 出生 / 死亡 / 婚姻登記

㉓ **respect** [rɪˋspɛkt] v. 尊重，敬重 圓 admire

Everyone's privacy should be **respected** in a democratic country.

在民主國家中，每一個人的隱私都應該受到尊重。

🌟字彙小幫手：respect sb's wishes 尊重⋯的意願

respect sb/sth for sth 為⋯敬重⋯

㉔ **scrutinize** [ˋskrutn͵aɪz] v. 仔細審查，細看

The historian **scrutinized** the documents closely, trying to find out something he wanted.

歷史學家仔細審查這些文獻，試圖找出他想要的東西。

㉕ **state** [stet] v. (正式地) 陳述，說明

Lena was asked to **state** the reasons for applying for this job. 莉娜被要求陳述她申請這份工作的原因。

🌟字彙小幫手：It is stated that ... 據稱⋯

sth is stated to be/have sth ⋯宣布⋯

Unit 47 Verb

通用動詞 (2)

 5 分鐘快速掃過核心單字，你認識幾個？

① activate
② appreciate
③ attract
④ circulate
⑤ complete
⑥ confront
⑦ convert
⑧ deserve
⑨ divert
⑩ embrace

⑪ enrich
⑫ exceed
⑬ fluctuate
⑭ guarantee
⑮ increase
⑯ injure
⑰ last
⑱ match
⑲ observe
⑳ praise

㉑ reflect
㉒ relieve
㉓ retain
㉔ seek
㉕ suppose

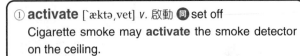

① **activate** [`æktə,vet] *v.* 啟動 同 set off

Cigarette smoke may **activate** the smoke detector on the ceiling.

香菸的煙霧可能會啟動天花板上的煙霧探測器。

💮 字彙小幫手：

activate the alarm/system 啟動警鈴 / 系統

② **appreciate** [ə`priʃɪ,et] *v.* 感激；意識到 同 realize

I really **appreciated** the support my wife gave me when I was out of work.

我真的很感激我太太在我失業時給我的支持。

💮 字彙小幫手：appreciate the importance/significance/ value of sth 意識到…的重要性 / 重要意義 / 價值

③ **attract** [ə`trækt] *v.* 吸引

The night market, which sells a variety of snacks, **attracts** tourists from around the world.

夜市販售各式各樣的小吃，吸引來自世界各地的觀光客。

💮 字彙小幫手：attract sb to sb/sth 使…受…吸引
attract attention/interest 吸引注意 / 興趣

④ **circulate** [`sɝkjə,let] *v.* 散布

Rumors **circulated** that the supermodel would marry an old billionaire next month.

關於這位超級名模下個月要嫁給一位年老億萬富翁的流言傳得沸沸揚揚。

⑤ **complete** [kəm`plit] *v.* 完成，完工 同 finish；填寫 (表格) 同 fill in/out

The supervisor demanded that the work should be **completed** by Friday.
管理者要求這工作要在週五之前完成。

⊚ 字彙小幫手：

complete a(n) form/application/questionnaire
填寫表格 / 申請表 / 問卷

⑥ **confront** [kən`frʌnt] v. 面臨，遭遇 ⑤ face
The design team **was confronted with** pressure from the boss to develop an innovative product.
這設計團隊面臨來自老闆的壓力，要開發一項創新的產品。

⑦ **convert** [kən`vɝt] v. 改變，轉變 ⑤ change
How do I know when the best time to **convert** stocks **to** cash is?
我要如何知道將股票換成現金的最好時機是何時？

⊚ 字彙小幫手：convert from sth to/into sth 從⋯轉變成⋯

⑧ **deserve** [dɪ`zɝv] v. 值得，應得
I think Hannah **deserves** a holiday for winning this big contract.
簽下這份大合約，我覺得漢娜值得好好渡假一下。

⊚ 字彙小幫手：get what sb deserve ⋯罪有應得
deserve attention/consideration 值得注意 / 考慮

⑨ **divert** [də`vɝt] v. 改變⋯的用途
The company planned to **divert** more money **from** foreign investment **into** research and development.
這間公司計劃將更多錢從海外投資轉到研發中。

⑩ **embrace** [ɪm`bres] *v.* 欣然接受，樂意採納；擁抱
同 hug

Many people are willing to **embrace** high-tech products nowadays.

現今許多人都很欣然接受高科技的產品。

⑪ **enrich** [ɪn`rɪtʃ] *v.* 使豐富，充實

Pursuing some hobbies such as cooking and gardening has **enriched** the retired man's life.

從事一些像是烹飪和園藝的嗜好豐富了這位退休男子的生活。

🎯 字彙小幫手：enrich sth with sth 以…豐富…

⑫ **exceed** [ɪk`sid] *v.* 超過，超出

Bob lost his driver's license and was fined for **exceeding** the speed limit.

鮑伯因超速而被吊銷駕照而且被罰款。

⑬ **fluctuate** [`flʌktʃʊ‚et] *v.* (持續) 波動，起伏不定
同 vary

The pretax profits of the appliance store **fluctuate between** 4,000 **and** 6,000 US dollars per month.

這間電器行每個月的稅前利潤在四千到六千美元之間波動。

⑭ **guarantee** [‚gærən`ti] *v.* 保證，擔保 **同** promise

The online shop **guarantees** that all orders will arrive within 24 hours.

這間網路商店保證所有的訂貨都會在二十四小時內送達。

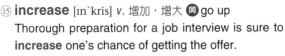

⑮ **increase** [ɪn`kris] *v.* 增加，增大 同 go up
Thorough preparation for a job interview is sure to **increase** one's chance of getting the offer.
為工作面試做萬全準備能增加一個人得到工作的機會。

⦿ 字彙小幫手：increase in price/value/importance
增加價錢 / 價值 / 重要性

⑯ **injure** [`ɪndʒɚ] *v.* 傷害，損害 同 hurt
Benjamin often stayed up late and thus **injured** his health. 班傑明經常熬夜，因而損害了他的健康。

⦿ 字彙小幫手：
injure sb's pride/feelings 傷害…的自尊 / 感受

⑰ **last** [læst] *v.* 持續，延續 同 continue
The training workshop is scheduled to **last for** five days. 這次的培訓研討會預計持續五天。

⑱ **match** [mætʃ] *v.* 和…相配 同 go with
Rachel chose this carpet to **match** the curtains in her living room. 瑞秋選擇這組地毯來搭配客廳的窗簾。

⑲ **observe** [əb`zɝv] *v.* 觀察，觀測 同 watch
The government has **observed** an increase in unemployment. 政府觀察到失業率增長。

⑳ **praise** [prez] *v.* 讚揚，表揚 同 compliment
The main theme of the poet's poem is to **praise** the beauty of nature.
這名詩人詩作的主旨是在讚揚大自然之美。

㉑ **reflect** [rɪˋflɛkt] v. 反映

The clothes people choose to wear **reflect** their character to some degree.

人們選擇的衣物在某種程度上反映出他們的個性。

💡 字彙小幫手：be reflected in sth 被反映在…

㉒ **relieve** [rɪˋliv] v. 舒緩，減輕 同 ease

Some people eat sweets to **relieve** their **stress**, while others do exercise.

有些人吃甜食來抒解壓力，有些人則是靠運動。

㉓ **retain** [rɪˋten] v. 保持，保有 同 keep

The pilot endeavored to **retain control of** the aircraft in a blizzard.

機師在暴風雪中奮力控制飛機。

㉔ **seek** [sik] v. 尋求 (seek, sought, sought)

People who have psychological problems should **seek professional help**.

有心理問題的人應該要尋求專業協助。

💡 字彙小幫手：seek refuge/revenge/compensation
尋求庇護 / 報復 / 賠償

㉕ **suppose** [səˋpoz] v. 料想，猜想 同 presume

Since Victor was not able to pay off the bank loan, I **suppose** he will sell the house.

由於維克多無法償還銀行貸款，我猜他會賣房子。

💡 字彙小幫手：be supposed to V 應當去…，應該去…

Unit 48 Verb

通用動詞 (3)

 5 分鐘快速掃過核心單字，你認識幾個？

1. admire
2. approach
3. avoid
4. clarify
5. concentrate
6. congratulate
7. convince
8. desire
9. divide
10. emerge

11. enroll
12. expect
13. forecast
14. handle
15. incur
16. inquire
17. lead
18. maximize
19. obtain
20. pertain

21. refuse
22. remain
23. retrieve
24. solve
25. tend

① **admire** [əd`maɪr] v. 欽佩，仰慕

People **admire** Dr. Powell **for** his great achievements in the field of science.

人們欽佩包威爾博士在科學領域上的偉大成就。

② **approach** [ə`protʃ] v. 接近，靠近

The tourists exclaimed in delight while they were **approaching** Stonehenge.

觀光客在接近巨石陣時，高興地叫出來。

③ **avoid** [ə`vɔɪd] v. 避免，防止

Sensitive topics such as politics and marital status should be **avoided** in social events.

在社交場合中應避免談到政治和婚姻狀況這類敏感話題。

④ **clarify** [`klærə,faɪ] v. 闡明，澄清 (clarify, clarified, clarified)

The supervisor used the sales chart to **clarify his point** in the meeting.

主管在會議上運用銷售圖表來闡明他的論點。

💡 字彙小幫手：clarify sb's position 表明⋯的立場

⑤ **concentrate** [`kɑnsṇ,tret] v. 專注，專心 🔄 focus

Turn off your smartphone so that you can **concentrate on** your work.

關掉你的智慧型手機，這樣你就可以專注在你的工作上。

⑥ **congratulate** [kən`grætʃə,let] v. 恭喜，祝賀

Numerous people **congratulated** Dr. Davis **on**

winning the Nobel Prize in Physics.
許多人恭喜戴維斯博士獲得諾貝爾物理學獎。

⑦ **convince** [kən`vɪns] *v.* 說服，使相信 ⓢ persuade
The interviewee tried to **convince** the interviewer that he was the right person they were looking for.
這位應試者試著說服面試官他就是他們正在尋找的人選。

⑨ 字彙小幫手：convince sb to V 說服…去…
convince sb of ... 使…相信…

⑧ **desire** [dɪ`zaɪr] *v.* 渴望，想要 ⓢ want
Doris agreed to do the low-paid job simply because she **desired** to work as a fashion editor.
朵莉絲答應做這低薪工作僅僅是因為她想當一位時尚編輯。

⑨ **divide** [dɪ`vaɪd] *v.* 分開，分組 ⓢ separate
The students were **divided into** five groups to discuss the topic in class.
學生們在課堂上被分成五組以討論這個題目。

⑩ **emerge** [ɪ`mɝdʒ] *v.* 顯露，為人知曉 ⓢ transpire
It **emerged** that some secret talks between the two banks took place before the merger.
事實顯示這兩家銀行在合併前已進行過幾次祕密的會談。

⑨ 字彙小幫手：emerge from/into sth 從…出現 / 在…出現

⑪ **enroll** [ɪn`rol] *v.* 註冊，加入
Dreaming of becoming a top chef, Anita has **enrolled in** some cooking courses.

夢想成為一位頂尖的廚師，安妮塔註冊修讀一些烹飪課程。

⑫ **expect** [ɪk`spɛkt] *v.* 預計，預料

The repairs to the railroad bridge are **expected** to take a couple of weeks.

這座鐵路橋的維修預計要花上幾週的時間。

💡 字彙小幫手：It is expected that ... 預計⋯

sth is (only) to be expected ⋯在意料之中

⑬ **forecast** [`for͵kæst] *v.* 預測，預報 🔁 predict

(forecast, forecast, forecast)

The real estate investor **forecast** a massive drop in house prices next year.

這名房地產投資客預測明年的房價會大跌。

⑭ **handle** [`hændl̩] *v.* 處理，應付 🔁 deal with

The president of the bank is **handling** the financial crisis at present. 　銀行總裁目前正在處理財務危機。

⑮ **incur** [ɪn`kɝ] *v.* 遭受，招致 (incur, incurred, incurred)

Due to the wrong decision, the airline **incurred huge losses** this year.

由於錯誤的決策，這間航空公司今年遭受到巨大的虧損。

💡 字彙小幫手：incur debts/fines 招致債務 / 罰款

incur costs/expenses 招致費用

⑯ **inquire** [ɪn`kwaɪr] *v.* 詢問，打聽 🔁 ask

We went to the tourist information center to **inquire**

about the bus schedules in the town.
我們去旅客服務中心詢問這個城鎮的公車時刻表。

🌟 字彙小幫手：
inquire after sb 問候… ; inquire into sth 調查…

⑰ **lead** [lid] v. 帶領，率領；帶路 📵 take (lead, led, led)
Nora planned to **lead** a campaign against secondhand and thirdhand smoke.
諾拉計劃帶領一個反對二手菸和三手菸的活動。

🌟 字彙小幫手：lead the way 帶路

⑱ **maximize** [`mæksə,maɪz] v. 使最大化
To **maximize** profits, we decided to hire some marketing experts to promote our products.
為使利潤最大化，我們決定僱用一些行銷專家來促銷我們的產品。

⑲ **obtain** [əb`ten] v. 得到，獲得 📵 get
Whether Mr. Scott will **obtain** the management position has not been confirmed yet.
史考特先生是否會得到此管理職位尚未被確認。

⑳ **pertain** [pə`ten] v. 與…有關，涉及… 📵 relate
The new legislation **pertaining to** toy safety was enacted last month.
這項與玩具安全有關的新法規是在上個月制定的。

㉑ **refuse** [rɪ`fjuz] v. 拒絕 📵 reject ; 婉拒 📵 decline, turn down

Since Nicholas didn't have a steady job, the bank **refused** his loan application.

由於尼可拉斯沒有穩定工作，銀行拒絕了他的貸款申請。

㉒ **remain** [rɪˋmen] v. 保持不變，仍然是

The young man **remained silent** no matter what questions the police officer asked him.

無論警察問他什麼問題，這名年輕人一直保持沉默。

💡 字彙小幫手：

remain seated/unchanged 一直坐著 / 保持不變

㉓ **retrieve** [rɪˋtriv] v. 取回，拿回 同 recover

It took the passenger five days to **retrieve** her lost luggage on the flight.

這名旅客花了五天時間才找回她在飛行期間遺失的行李。

💡 字彙小幫手：retrieve sth from sb/sth 從…找回…

㉔ **solve** [salv] v. 解決 同 resolve；解答

Having a positive attitude toward life can help **solve many difficulties**.

對人生有正向的態度有助於解決許多困難。

💡 字彙小幫手：solve a case/mystery/riddle/puzzle
解開案件 / 謎團 / 謎語 / 難題

㉕ **tend** [tɛnd] v. 傾向，易於

A lot of office workers **tend to** sit for more than eight hours a day.

很多上班族易於一天坐著超過八小時。

美英 Unit 49 Verb

通用動詞 (4)

 5 分鐘快速掃過核心單字，你認識幾個？

① anticipate
② assure
③ bode
④ commemorate
⑤ conduct
⑥ consist
⑦ decline
⑧ determine
⑨ dominate
⑩ donate

⑪ endeavor
⑫ entrust
⑬ expose
⑭ highlight
⑮ influence
⑯ intend
⑰ involve
⑱ linger
⑲ mention
⑳ minimize

㉑ provide
㉒ regard
㉓ remind
㉔ scatter
㉕ utilize

① **anticipate** [æn`tɪsə,pet] v. 預料，預期 圆 expect

The sales manager **anticipated** that sales this year would grow by 40%.

業務經理預計今年的銷售量會成長百分之四十。

⊛ 字彙小幫手：anticipate changes/developments/ problems/difficulties 預期改變 / 發展 / 問題 / 困難

② **assure** [ə`ʃʊr] v. 向…保證，使…確信

The boss **assured** his employees that they would all get a huge year-end bonus.

老闆向員工保證說他們都會得到一筆豐厚的年終獎金。

⊛ 字彙小幫手：assure sb of sth 向…保證…

③ **bode** [bod] v. 預示，預兆 圆 augur

The latest sales figures **boded ill for** the future of this corporation.

最新的銷售數字預示著這間公司的前景堪憂。

⊛ 字彙小幫手：bode well for sb/sth …的前景看好

④ **commemorate** [kə`mɛmə,ret] v. 紀念，緬懷

The monument was erected to **commemorate** the founder of the hospital.

這個紀念碑被建立來紀念這間醫院的創始人。

⑤ **conduct** [kən`dʌkt] v. 實施，進行 圆 carry out

The organization is **conducting a survey** to find out people's savings habit.

這個機構正進行一項問卷調查，以了解人們的儲蓄習慣。

⊙ 字彙小幫手：

conduct a(n) experiment/test/investigation
進行實驗／測試／調查

⑥ **consist** [kən`sɪst] v. 由…組成

The jury **consists** mainly **of** people from all walks of life. 陪審團主要是由各行各業的人們所組成。

⑦ **decline** [dɪ`klaɪn] v. (逐漸) 減少；婉拒 ■ refuse, turn down

Because of the oil crisis, the company's share price **declined** dramatically within a couple of days.
因為石油危機的關係，該公司的股價在幾天內大跌。

⊙ 字彙小幫手：

decline an offer/invitation 婉拒工作機會／邀請

⑧ **determine** [dɪ`tɜ·mɪn] v. 確定，決定 ■ decide；下定決心

The salesclerk took my measurements to **determine** the size of dress I should wear.
店員測量我的三圍以決定我該穿的洋裝尺寸。

⊙ 字彙小幫手：determine to V/(that) ... 下定決心要…

⑨ **dominate** [`dɑmə,net] v. 控制，支配

The chairperson **dominated** the meeting and didn't let other people speak.
主席控制整個會議而不讓其他人發言。

⊙ 字彙小幫手：dominate the news 成為媒體的焦點

⑩ **donate** [`donet] v. 捐贈，捐獻 圓 contribute

The kind lady **donates** half of her monthly salary **to** the local charities each month.

這位善心的女士每月捐獻一半的薪水給當地的慈善機構。

⑪ **endeavor** [ɪn`dɛvɚ] v. 努力，奮力 圓 strive

The research and development department is **endeavoring to** design an energy-saving vehicle.

研發部門正努力要設計出一款節能的車子。

⑫ **entrust** [ɪn`trʌst] v. 託付，委託

The stockbroker doesn't look like a reliable person, so I suggest you should not **entrust** your savings **to** him.

這位股票經紀人看起來不可靠，我建議你不要將存款託付給他處理。

💡 字彙小幫手：be entrusted with sb/sth 被託付…

⑬ **expose** [ɪk`spoz] v. 揭發，揭露 圓 reveal；暴露

Many newspapers have **exposed** this overseas investment **as** a scam.

許多報紙揭露這項海外投資是一種詐騙手法。

💡 字彙小幫手：expose sb/sth to sth 使…暴露於…

⑭ **highlight** [`haɪˌlaɪt] v. 強調

A good résumé should **highlight** one's past work experience, professional skills, and achievements.

一份好的履歷應該要強調一個人過去的工作經驗、專業技能和成就。

⑮ **influence** [`ɪnfluəns] *v.* 影響 圓 affect

Statistics show that celebrities' opinions could largely **influence** customers' decisions.

統計數據顯示名人的意見能大大影響顧客的決定。

⑯ **intend** [ɪn`tɛnd] *v.* 計劃，打算 圓 plan

The world's biggest fast-food chain **intended to** set up new branches in more than 1,000 cities worldwide.

世界最大速食連鎖店計劃在全球超過一千個城市設立分店。

⑰ **involve** [ɪn`vɑlv] *v.* 包含 圓 entail；牽涉，使參與

The well-paid job **involves entertaining** clients and **going** on a business trip once a month.

這份高薪的工作包含應酬和一個月出差一次。

⑱ **linger** [`lɪŋgɚ] *v.* 徘徊，逗留

Many fans **lingered** outside the hotel where their idol stayed, hoping to catch sight of him.

許多粉絲在他們偶像住的飯店外徘徊，希望能見他一面。

⑲ **mention** [`mɛnʃən] *v.* 提到

At the end of the meeting, James **mentioned** some of his ideas, and we discussed them for a while.

在會議的尾聲，詹姆斯提到他的一些觀點，我們討論了一會兒。

💡 字彙小幫手：not to mention ... 更不用提…

Don't mention it. 不客氣。

now you mention it 你提醒我了

⑳ **minimize** [ˈmɪnəˌmaɪz] v. 使減到最少，使降到最低程度
The railway company tried their best to **minimize** disruptions to passengers after the accident.
在事故發生後，鐵路公司盡全力將旅客的不便降到最低。

㉑ **provide** [prəˈvaɪd] v. 提供，供給 同 supply
The hostess **provided** a variety of food and beverages **for** her guests at the tea party.
女主人在茶會中提供賓客各式各樣的食物和飲料。

♀字彙小幫手：provide sb with sth 為⋯提供⋯

㉒ **regard** [rɪˈgɑrd] v. 將⋯認為，看待 同 consider
Harrison, who applies modernism to architecture creatively, is **regarded as** a talented architect.
哈里森很有創意地將現代主義運用在建築學上，被認為是很有天分的建築師。

㉓ **remind** [rɪˈmaɪnd] v. 提醒，使想起
The secretary **reminded** her boss that he has an appointment with a client at 3:00 p.m. today.
祕書提醒老闆他今天下午三點和客戶有約。

♀字彙小幫手：remind sb of/about sth 提醒⋯關於⋯
remind sb to V 提醒⋯去⋯
that reminds me ... 那倒提醒了我⋯

㉔ **scatter** [ˈskætɚ] v. 撒於⋯上；散開，分散 同 disperse
The pastry chef **scattered** some crushed almonds and chocolate **over** the sponge cake.
甜點師傅將一些杏仁碎片和巧克力撒在海綿蛋糕上。

㉕ **utilize** [`jutḷ͵aɪz] v. 應用，利用 同 make use of
The scientists are developing a technique transforming waste into energy that can be **utilized** by humans.
科學家們正在研發一種能將廢棄物轉化成可被人類應用的能源的技術。

NOTE

Unit 50 Phrase

通用片語

 5 分鐘快速掃過通用片語，你認識幾個？

① account for
② at short notice
③ be subject to
④ come up with
⑤ count on
⑥ cut down
⑦ for free
⑧ go through
⑨ hand over
⑩ in advance

⑪ lay off
⑫ look forward to
⑬ out of business
⑭ pick up
⑮ place an order
⑯ prior to
⑰ run out of
⑱ sell out
⑲ set up
⑳ take advantage of

㉑ take charge of
㉒ take effect
㉓ tune in
㉔ turn off
㉕ within walking distance

① **account for** [əˋkaʊnt] [fɔr] (在數量上) 占…
Household goods **accounted for** nearly 45% of our sales last year.
家用產品在我們去年的銷售量占了將近百分之四十五。

② **at short notice** [æt] [ʃɔrt] [ˋnotɪs] 一接到通知就…
⑮ on short notice
The nurses rushed to the emergency room to offer help **at short notice**.
這些護士一接到通知就衝到急診室提供協助。

③ **be subject to** [bi] [ˋsʌbdʒɪkt] [tu] 承受,遭受;視…
而定
Luxury goods **are subject to** a high luxury tax in this country.
在這個國家購買奢侈品要課很高的奢侈稅。

④ **come up with** [kʌm] [ʌp] [wɪð] 想出,提出 ⑮ think of;拿出 (一筆錢)
The copywriter has always **come up with** snappy slogans to catch consumers' attention.
這位廣告文字撰稿人總是能想出簡潔活潑的口號來吸引消費者的注意。

⑤ **count on** [kaʊnt] [ɑn] 依靠,指望 ⑮ depend on
Mr. Scott is a man of great wisdom, and we can **count on** him for useful advice.
史考特先生很有智慧,我們可以依靠他提供有用的建議。

⑥ **cut down** [kʌt] [daʊn] 減少，削減
The doctor advised the patient with diabetes to **cut down on** salt and sugar.
醫生建議這位糖尿病患者要減鹽和糖。

⑦ **for free** [fɔr] [fri] 免費的 ⓢ free of charge
The guests can use the swimming pool **for free** while they are staying at the hotel.
房客在住宿期間可以免費使用游泳池。

⑧ **go through** [go] [θru] 經歷；被批准，被通過
All of the new employees in this company will **go through** a job evaluation after their first three months.
這間公司所有新進員工在前三個月過後會經歷工作評估。

♥ 字彙小幫手：go through the roof/mill
價格激增 /(使) 陷於困境，經受磨難
go through sth with a fine-tooth/fine-toothed comb
非常仔細地檢查

⑨ **hand over** [hænd] [`ovɚ] 把…交給
Since the boss was seriously ill, he decided to **hand** the business **over to** his daughter.
由於老闆病情嚴重，他決定將事業交給他的女兒。

♥ 字彙小幫手：
hand over the reins 交出 (組織或國家) 的控制權

⑩ **in advance** [ɪn] [əd`væns] 事先，提前
If people make an appointment **in advance**, they

can enjoy a free guided tour of the history museum.
若人們事先預約,他們可享有歷史博物館的免費導覽行程。

⊕ 字彙小幫手:in advance of sb/sth 在…之前

⑪ **lay off** [le] [ɔf] 解僱
Since the economy was in recession, the factory had no choice but to **lay off** sixty workers.
由於經濟不景氣之故,這間工廠不得不解僱六十名工人。

⑫ **look forward to** [lʊk] [`fɔrwəd] [tu] 期盼,盼望
People are **looking forward to** the firework display on New Year's Eve. 人們很期待除夕夜的煙火秀。

⑬ **out of business** [aʊt] [ɑv] [`bɪznɪs] 倒閉,歇業
同 close down
The insurance company **went out of business** because of poor investments.
這間保險公司因為不當的投資而倒閉。

⑭ **pick up** [pɪk] [ʌp] 拿起;接走…,領取… 同 collect
As soon as Sam went to **pick up** the phone, it stopped ringing.
山姆一去接電話,它就不響了。

⑮ **place an order** [ples] [ən] [`ɔrdə] 訂購,下訂單
Having a large number of books and magazines, Buck decided to **place an order for** a large bookshelf.
由於擁有大量的書籍雜誌,巴克決定要訂購一個大書櫃。

⑯ **prior to** [ˋpraɪ♦] [tu] 在⋯之前 囘 in advance of
All the preparations for the opening ceremony
should be made **prior to** this Friday.
所有開幕儀式的準備工作要在這個週五前完成。

⑰ **run out of** [rʌn] [aʊt] [ɑv] 用完，耗盡
Zoe always carries her bank card with her lest she
should **run out of** cash.
柔伊總是隨身攜帶提款卡以防現金用完。

🔎 字彙小幫手：
run out of patience/steam 失去耐心 / 喪失熱情

⑱ **sell out** [sɛl] [aʊt] 賣光，銷售一空 囘 be sold out
The tickets for tonight's show **sold out** within a few
hours.
今晚表演的門票在幾個小時內就售完了。

🔎 字彙小幫手：sb sell out of sth ... 把⋯賣完

⑲ **set up** [sɛt] [ʌp] 開設，設立 囘 establish；資助
The young man **set up** a bookstore in his
hometown at the age of twenty-five.
這名年輕人二十五歲時在家鄉開了一間書店。

🔎 字彙小幫手：set up shop/set up in business 創業

⑳ **take advantage of** [tek] [ədˋvæntɪdʒ] [ɑv] 利用；
占⋯的便宜 囘 exploit
Julian will **take advantage of** the upcoming
summer vacation to improve her language and
computer skills.

> 茱莉安將利用即將到來的暑假增進她的語言和電腦技能。

50

㉑ **take charge of** [tek] [tʃɑrdʒ] [ɑv] 負責
Allen **took charge of** the design department after he was promoted to manager last month.
艾倫上個月晉升為經理後就負責管理整個設計部門。

㉒ **take effect** [tek] [ɪˋfɛkt] 生效，起作用
All we need to do is sign our names here, and the contract will **take effect**.
我們所需要做的就是在這裡簽下名字，然後契約就會生效了。

㉓ **tune in** [tjun] [ɪn] 收聽，收看；了解，明白
We'll announce the winner of the competition in next week's show. So, be sure to **tune in** to it.
我們會在下週的節目宣布競賽的優勝者，一定要記得收看喔。

🔮 字彙小幫手：tune in to sb/sth 了解，明白…

㉔ **turn off** [tɜn] [ɔf] 關掉 (電器等) 圓 switch off；轉入另一條路
Remember to **turn off** the gas before you go to bed every night.
每天晚上睡覺前要記得關掉瓦斯。

🔮 字彙小幫手：
turn off the heat/light/water 關掉暖氣 / 電燈 / 水
turn off the main road/freeway
駛離主要道路 / 高速公路

㉕ **within walking distance** [wɪðˋɪn] [ˋwɔkɪŋ] [ˋdɪstəns]
在步行距離內

The new shopping mall is in a good location—next to a bus stop and **within walking distance of** the train station.

這間新的購物中心位置絕佳——在公車站旁邊且走路就可以到火車站。

NOTE

Index

Index

Index

Index

Index

Index

Index

Index

Index

Index

Index

Index

Index

Index

Index

Index

實戰新多益：
全真模擬題本 3 回

SIWONSCHOOL LANGUAGE LAB／著
戴瑜亭／譯

ETS 認證多益英語測驗

專業發展工作坊講師

李海碩、張秀帆 真心推薦

本書特色

特色 1：單回成冊
揮別市面多數多益題本的厚重感，單回裝訂仿照真實測驗，提前適應答題手感。

特色 2：錯題解析
解析本提供深度講解，針對正確答案與誘答選項進行解題，全面掌握答題關鍵。

特色 3：誤答筆記
提供筆記模板，協助深入了解誤答原因，歸納出專屬於自己的學習筆記。

★試題音檔最多元★
實體光碟、線上音檔、多國口音、整回音檔、單題音檔

新多益黃金互動 16 週：

基礎篇／進階篇 李海碩、張秀帆、多益 900 團隊 編著

依難易度分為基礎篇與進階篇，教師可依學生程度選用。

★本書由 ETS 認證多益英語測驗專業發展工作坊講師李海碩、張秀帆編寫，及多益模擬試題編寫者 Joseph E. Schier 審訂。

★涵蓋 2018 年 3 月最新改制多益題型。每冊各八單元，附電子朗讀音檔及一份多益全真模擬試題。

★全新改制的多益七大題型，提供圖表式的解題分析與步驟化的解題訓練，培養你英語基本聽力與閱讀技巧。

★最實用的職場與生活英文，每單元介紹一個多益常見的職場或生活情境，呈現英語在現實生活中的多樣面貌。